MICHAEL GERWIEN
Monacomord

RAINTALER IST ZURÜCK Ein warmer Herbst in München. Max Raintaler wird im Biergarten von seinem alten Freund und Exkollegen bei der Kripo, Franz Wurmdobler, als Berater engagiert, um einen Todesfall aufzuklären. Die junge Julia Hemmschuh soll in den Isarauen nördlich des Tierparks Hellabrunn von ihrem Mann Robert erschlagen worden sein. Mord oder Unfall? Max verdächtigt zunächst, wie Franz, den Witwer. Der war mit der wohlhabenden Italienerin Giuliana Ferragoni fremdgegangen, und könnte seine Frau deshalb beseitigt haben wollen. Zudem ging Julia ebenfalls fremd – ein weiteres mögliches Motiv für Robert Hemmschuh. Aber er ist nicht der einzige Verdächtige. Nachdem Max die Ermittlungen aufgenommen hat, wächst sich der Fall zu einem Familiendrama ungeahnten Ausmaßes aus. Während er versucht, den Täter zu entlarven, gerät er selbst ins Visier eines rachsüchtigen Attentäters und wird zweimal angeschossen. Max weiß, dass er sich ab jetzt in ständiger Lebensgefahr befindet.

Michael Gerwien lebt in München. Er arbeitet dort als Autor von Kriminalromanen, Thrillern, Kurzgeschichten und Romanen. Darüber hinaus ist er auch Musiker und begleitet seine Lesungen selbst mit Musik.

Bisherige Veröffentlichungen im Gmeiner-Verlag:
Wolfs Killer (2018)
Gründerjahr (2018)
Schattenrächer (2017)
Schattenkiller (2016)
Stückerlweis (2016)
Brummschädel (2015)
Krautkiller (2015)
Andechser Tod (2014)
Wer mordet schon am Chiemsee? (2014)
Jack Bänger (E-Book Only, 2014)
Alpentod (2014)
Mordswiesn (2013)
Raintaler ermittelt (2013)
Isarhaie (2013)
Isarblues (2012)
Isarbrodeln (2011)
Alpengrollen (2011)

MICHAEL GERWIEN
Monacomord
Ein Fall für Exkommissar Max Raintaler

GMEINER SPANNUNG

Personen und Handlung sind frei erfunden.
Ähnlichkeiten mit lebenden oder toten Personen
sind rein zufällig und nicht beabsichtigt.

Immer informiert

Spannung pur – mit unserem Newsletter informieren wir Sie
regelmäßig über Wissenswertes aus unserer Bücherwelt.

Gefällt mir!

Facebook: @Gmeiner.Verlag
Instagram: @gmeinerverlag
Twitter: @GmeinerVerlag

Besuchen Sie uns im Internet:
www.gmeiner-verlag.de

© 2019 – Gmeiner-Verlag GmbH
Im Ehnried 5, 88605 Meßkirch
Telefon 07575 / 2095-0
info@gmeiner-verlag.de
Alle Rechte vorbehalten
1. Auflage 2019

Lektorat: Claudia Senghaas, Kirchardt
Herstellung: Mirjam Hecht
Umschlaggestaltung: U.O.R.G. Lutz Eberle, Stuttgart
unter Verwendung eines Fotos von: © Andy Ilmberger / stock.adobe.com
Druck: CPI books GmbH, Leck
Printed in Germany
ISBN 978-3-8392-2477-9

Vielen lieben Dank an meine Lektorin
Claudia Senghaas.

1

»Bierpause? Ab sofort?« Hauptkommissar Wurmdobler staunte seinen alten Freund und Exkollegen bei der Münchner Kripo, den jetzt privaten Ermittler Max Raintaler ungläubig an. »Nicht mal für die Wiesn nächste Woche willst du eine Ausnahme machen?«

»Du sagst es, Franzi.« Der blonde Max sah von der Zitronenlimonade auf, die er sich gerade am Verkaufsstand ihres gemeinsamen Lieblingsbiergartens in den südlichen Isarauen geholt hatte. Seine strahlend blauen Augen blickten entschlossen drein.

Es war ein warmer Spätsommerabend. Mitte September, Samstag, Wochenende. Die Leute um sie herum tranken, aßen, lachten und schwatzten heiter. Das Licht der untergehenden Sonne schien bereits herbstlich sanft durch das Laub der großen Kastanie über ihnen.

»Nicht zu fassen. Max Raintaler schwört dem Alkohol ab.« Franz schüttelte langsam den Kopf. »Wer hätte das gedacht.«

»Das andauernde Bier macht einen nur schlapp und dick.« Max zeigte auf Franz' stolzen Bierbauch, der durch die geringe Größe des glatzköpfigen Fast-Pensionärs noch etwas voluminöser wirkte als es ohnehin der Fall war.

»Jetzt fang bloß nicht wieder mit meinem Übergewicht an.« Franz schüttelte missbilligend den Kopf. »Mir reicht schon das Gemecker meiner Sandra daheim. Sie will mir einfach nicht glauben, dass ich lediglich zu klein für mein

Gewicht bin.« Er trank einen kräftigen Schluck aus seinem Maßkrug.

»Ein Hauptkommissar der Kripo sollte einem flüchtigen Verdächtigen wenigstens ein paar Meter weit hinterherlaufen können«, stichelte Max weiter.

»Sollen doch die Kollegen rennen.« Franz grinste. »Ein Jahr noch, Max. Dann bin ich aus dem Job raus. Pension, verschärfte Anwesenheit im Biergarten, essen, trinken, schlafen, fernsehen, fertig. Vielleicht lege ich mir einen Hund zu. Dann bin ich nicht so allein, während Sandra in ihr Yoga und ins Fitnessstudio rennt.«

»Aber wenn sie etwas für ihren Körper macht, kannst du das doch auch.« Max als aktiver Freizeitsportler hatte noch nie so recht Verständnis für Franz' Lethargie in Punkto Bewegung aufbringen können. Allerdings wusste er auch, dass es im Grunde genommen nicht sein Problem war, und ihn somit eigentlich nichts anging.

»Meine Rede.« Franz nickte begeistert. »So ein Hund soll einen ganz schön auf Trab halten. Gassi gehen und so.«

»Langsames Spazierengehen und Herumstehen, bis der Waldi sein Geschäft erledigt hat, hilft unbedingt beim Abnehmen.« Max' Stimme hatte einen reichlich ironischen Unterton. »Und dabei immer fleißig weiter deine Zigaretten qualmen, damit die Lunge auch was von der frischen Luft hat.«

»Lass das alles ruhig meine Sorge sein, Herr Supersportler und gerade mal seit einem Tag Alkoholverweigerer.« Franz klang gereizt. »Mein Internist hat gesagt, dass ich mit meinen Blutwerten für hiesige Verhältnisse locker im Durchschnitt liege.«

»Der Arzt gleich neben dem Altenheim bei dir ums Eck? Wundert mich nicht. Der behandelt doch sonst nur Hundertjährige.« Max hätte spätestens jetzt damit aufhören können, seinen alten Freund zu provozieren. Aber irgendetwas an Franz' seit Jahren sturer Haltung bezüglich des Themas körperliche Fitness reizte ihn jedes Mal wieder.

»Schluss jetzt damit.« Franz trank erneut einen Schluck Bier. Kleine Schweißtropfen traten ihm auf die büroblasse Stirn. Das Gespräch schien ihn anzustrengen.

»Hat eh keinen Sinn, dir was beibringen zu wollen.« Max schüttelte grinsend den Kopf. »Aber ich meine es nur gut. Das weißt du schon.«

»Nicht so genau, ehrlich gesagt.«

»Zur Sache. Warum hast du mich herbestellt?« Max setzte eine neugierige Miene auf.

Franz' oberwichtiger Tonfall heute Mittag am Telefon hatte ihn von Anfang an vermuten lassen, dass es bei ihrem Treffen hier um etwas Dienstliches ging.

»Mir klebt da ein Fall an der Backe, bei dem ich nicht weiterkomme«, erwiderte Franz. »Hab gerade auch zu wenig Personal, um richtig in die Sache einzusteigen. Wir ersticken in Arbeit.«

Richtig vermutet.

»Gibt es sowas auch?« Max zog Anteilnahme vortäuschend die Brauen hoch. Franz und in Arbeit ersticken. Kaum zu glauben. Wahrscheinlich konnte der Ärmste ausnahmsweise nach dem Mittagessen nicht in Ruhe seinen Kaffee trinken gehen, und das machte ihn fuchtig.

»Ganz im Ernst und ohne Schmarrn jetzt.« Franz hob den Zeigefinger. »Ein 54 Jahre alter Mann aus Untergiesing-Harlaching steht möglicherweise im Verdacht seine 35-jährige Frau erschlagen und anschließend unter einem Gebüsch in den Isarauen liegengelassen zu haben.«

»Was heißt möglicherweise?«

»Keine Tatzeugen. Noch keine klaren Ergebnisse aus der Rechtsmedizin. Außerdem sagt er, dass er es nicht war.« Franz machte ein ernstes Gesicht. »Wir kommen mit den Ermittlungen einfach nicht voran. Wie gesagt, zu wenig Leute und keine zündende Idee von unserer Seite her.«

»Sieht für mich eher so aus, als hättet ihr mit den Ermittlungen noch nicht einmal richtig angefangen.«

»So könnte man es auch sagen.« Franz nickte.

»Was kann ich da tun?«

»Du könntest dich als quasi Außenstehender leichter als wir über die eine oder andere unpraktische dienstliche Anordnung hinwegsetzen, um die Sache lösungsorientiert zu untersuchen.«

»Sprich Deutsch mit mir, Franzi.«

»Zum Beispiel dürfen wir auf dem Revier unsere Verdächtigen nicht hart anfassen, wie du weißt. Das ruft gleich deren Anwälte auf den Plan und der Richter gibt ihnen in der Folge recht.«

»Das war doch noch nie ein Hinderungsgrund.« Max grinste.

Er dachte an seinen Exkollegen, Hauptkommissar Bernd Müller, den alle wegen seiner harten Verhörmethoden den scharfen Bernd nannten. Dem war in all den Jahren immer wieder mal bei Verdächtigen die Hand ausgerutscht, ohne dass es ernsthafte Konsequenzen für ihn gehabt hätte. Anscheinend war das heute noch so. Er arbeitete nach wie vor mit Franz zusammen.

»Außerdem bist du seit eh und je der ungeschlagene Quotenkönig bei der Kripo München«, meinte Franz. »So viele Fälle wie du, habe nicht mal ich annähernd aufgeklärt.«

»Stimmt.« Max stützte geschmeichelt seinen rechten Ellenbogen auf dem Tisch auf. Er legte nachdenklich das Kinn in seine Handfläche. Franz hatte eine gewisse zwingende Art einen alten Freund zu überzeugen. Das musste man ihm lassen. »Wie schaut es mit der Bezahlung aus?«

»Du bekommst ein großzügiges Beraterhonorar. Was sagst du?« Franz sah ihn erwartungsvoll an.

»Ich bin dabei.« Max nickte. Es gab keinen Grund weiter herum zu eiern. Die Sache klang prinzipiell interessant und gutes Geld gab es obendrein. Er reichte Franz über den schmalen Biertisch hinweg seine Hand, um den Pakt zu besiegeln.

»Sehr gut.« Franz nickt erfreut.

»Für meinen alten Freund Franzi geh ich durchs Feuer. Das weißt du doch.« Max lächelte.

»Na dann prost.« Franz hob seinen Maßkrug. »Nicht doch lieber ein Bier?« Er zeigte auf Max' Glas mit der Limonade darin. »Ein ganz kleines? Ich hol dir eins.«

»Nein, Franzi.« Max schüttelte vehement den Kopf. »Du kennst mich. Wenn ich mir etwas vorgenommen habe, ziehe ich es auch durch. Außerdem schmeckt die Limo ganz köstlich, echt.« Er trank zum Beweis erneut einen kleinen Schluck und gab sich alle Mühe sich seinen Ekel vor der lauwarmen Zuckerbrühe nicht anmerken zu lassen. Jetzt und hier vor Franz sein Gesicht zu verlieren, das ging einfach gar nicht. »Wie heißt der Verdächtige?«

»Robert Hemmschuh.«

»Gibt es eine Adresse?«

»Er wohnt südlich vom Candidplatz, fast beim Tierpark. Inzwischen keine schlechte Gegend dank der allgegenwärtigen Renovierungswut.«

»Erzähl mir was Neues. Ich wohne nicht weit von dort.«

»Es gibt auch Schrebergärten dort in der Nähe. Sogar mit einem kleinen Biergarten in der Mitte.«

»Weiß ich selbst. Was willst du mir damit sagen?«

»Nichts, man redet halt nur so.« Franz zuckte die Achseln.
»Kleingärtner.« Max winkte ab. »Nichts als Ordnungsfreaks, die jede einzelne Blume in Reih und Glied pflanzen und den ganzen Tag ihren bescheuerten Rasen mähen.«
»Na und?«
»Ist mir zu spießig.«
»Was hat das denn mit spießig zu tun?«
»Intoleranz, idiotische Vereinsregeln, immer mit den Blicken im Nachbargarten. Such dir was aus.«
»Kann dir doch egal sein. Oder hast du selbst einen Schrebergarten, von dem ich nichts weiß?« Franz sah ihn gespannt an.
»Ich wollte mal einen pachten.«
»Und?«
»War mir dann doch zu spießig.«

2

Sonntag 9.30 Uhr, Untergiesing-Harlaching.
Max schellte an der Eingangstür des Mehrparteienhauses gleich bei den Isarauen, in dem Robert Hemmschuh wohnte.

Er hatte daheim als Frühstück eine Tasse Espresso getrunken. Dann war er wegen des schönen Wetters von seiner kleinen Wohnung in Thalkirchen aus mit dem Fahrrad hierher nach Untergiesing-Harlaching gefahren, um den Verdächtigen zunächst einmal persönlich zu sprechen.

Seiner Erfahrung nach waren Ermittlungsergebnisse immer nur so gut wie der Ermittler selbst, und leider hatte Franz einige Leute in seinem Team, denen diesbezüglich nicht allzu viel zuzutrauen war.

»Ja, bitte«, ertönte es krachend und scheppernd aus der Gegensprechanlage.

»Herr Hemmschuh?« Max trat einen Schritt zurück, um die stark verzerrte Stimme besser verstehen zu können.

»Wer will das wissen?«

»Max Raintaler mein Name.« Er räusperte sich. »Ich arbeite für die Kripo München im Todesfall Ihrer Frau und würde gerne deswegen mit Ihnen reden.«

»Sie sind von der Polizei?«

»Richtig. Ich hätte einige Fragen an Sie.« Max zog es vor, die Sache zu vereinfachen, bevor er lange Erklärungen über sein tatsächliches Arbeitsverhältnis bei der Kripo abgeben musste. Außerdem öffneten die Leute ihre Tür für gewöhnlich eher einem Polizeibeamten als einem Privatdetektiv.

Das hatte er im Laufe der letzten Jahre bereits des Öfteren festgestellt. Seitdem war ihm auch endgültig klargeworden, dass sein Job nicht gerade den besten Ruf genoss. Stark vermutet hatte er es bereits zuvor.

»Kommen Sie rauf. Ganz oben im vierten Stock rechts.«
Der Türsummer ertönte.

Die Tür schwang nahezu widerstandslos auf.

Max ließ den Aufzug links liegen. Er ging zu Fuß in die vierte Etage hinauf. Seit er vor einigen Jahren einmal drei

Stunden lang in einem Aufzug in der Innenstadt zwischen zwei Stockwerken gefangen gewesen war, hasste er die engen Dinger wie die Pest. Den Arzt, den er dort damals wegen seiner Rückenschmerzen konsultieren wollte, hatte er nie wieder angerufen.

Robert Hemmschuh empfing ihn vor seiner Wohnungstür. Groß, übergewichtig und genauso blond wie Max. Blaue Augen hatte er ebenfalls genau wie der.

Allerdings befanden sich bei Robert, anders als bei Max, tiefe dunkle Ringe darunter. Er schien in letzter Zeit wenig Schlaf bekommen zu haben.

Offensichtlich hatte ihn Max aus der Badewanne oder unter der Dusche hervorgeholt. Seine Arme, Hände und sein Gesicht glänzten nass. In seinem weißen Frotteebademantel und den blauen Flipflops an den Füßen sah er aus wie ein Tourist im Urlaub.

»Kommen Sie herein, Herr Raintaler.«

»Danke.«

Max schlüpfte geschwind an ihm vorbei.

»Entschuldigen Sie meinen Aufzug«, meinte Robert, während er die Tür hinter ihnen zuzog. »Ich war eben in meinem Pool auf der Dachterrasse. Noch passt das Wetter.« Er zeigte nach oben, meinte damit aber bestimmt nicht die mit hellen Holzpaneelen ausstaffierte Decke im Flur, sondern wohl eher den heute wiedermal strahlend blauen Himmel über dem Haus.

»Kein Problem. Wir können uns auch gerne an Ihrem Pool unterhalten. Ich hatte schon befürchtet, dass ich Sie geweckt hätte. Schließlich ist Sonntag.«

»Ich bin längst wach.« Robert winkte ab. »Schlafe zurzeit sehr schlecht. Folgen Sie mir bitte.«

Er führte Max durch ein mit modernen Designermöbeln

eingerichtetes Wohnzimmer auf eine großflächige marmorgeflieste Dachterrasse. Dort bot er ihm einen Platz an dem runden Tisch unter dem knallgelben Sonnenschirm nahe des in kleinen Rauten weiß-blau lackierten, hüfthohen Eisengeländers an.

Von hier aus hatte man freien Blick bis zur Isar hinüber. Rechts von ihnen, am Ende der Terrasse, stand tatsächlich ein kleiner runder Swimmingpool.

Max setzte sich. Er sah sich staunend um.

Da schau her. Luxus pur mitten in Untergiesing-Harlaching.

»Schön haben Sie es hier«, sagte er laut. »Scheint gut zu laufen mit Ihren Heizungen.«

Er wusste natürlich längst von Franz, dass Robert Hemmschuh eine Heizungsbau- und Sanitärfirma besaß und diese auch selbst leitete.

»Man tut was man kann.« Robert lächelte flüchtig. »Ich wohne schon lange hier. Habe das Haus schließlich vor zwei Jahren gekauft.«

»Das ganze Haus?«

»Sicher. War zwar ziemlich teuer. Aber man gönnt sich ja sonst nichts.« Er lachte kurz. »Die Mieter kenne ich alle seit langem persönlich. Sehr zuverlässige Leute. Zahlen alle pünktlich.«

»Und das bei den Münchener Mietpreisen. Sie sind ein wahrer Glückspilz.«

»Bei mir gibt es noch faire Mieten. Ich sehe das so. Ist der Mieter glücklich, bin ich auch glücklich.«

»Sie sind ein Idealist, geben Sie's zu.«

»Eher jemand, der keinen zusätzlichen Stress will. Davon habe ich in meinem Job mehr als genug. Möchten Sie einen Espresso?« Robert zeigte in Richtung der Espressomaschine auf dem gläsernen Tresen unter der weiß-blau gestreiften Markise hinter ihnen.

In der Mitte war gut sichtbar das Logo von 1860 München eingearbeitet. Max wunderte sich nicht darüber. 60ger Fan zu sein, war ein absolutes Muss in Untergiesing. Schließlich war hier so gut wie jeder ein Löwen-Anhänger. Ihre Spielstätte, das alte Grünwalder Stadion, lag keine zehn Minuten Fußweg entfernt.

Auch Max, der Thalkirchener war, mochte die meist erfolglosen Underdogs, die immer wieder in die untersten Fußballliegen und Tabellenregionen abstürzten, seit seiner Jugend. Einmal Löwe, immer Löwe. Es war eine Sache der Sympathie und des Stolzes. Eine Herzensangelegenheit. Die Tabellenspitze erwies sich dabei fast schon als Nebensache.

In die gut vier Meter lange Theke unter der Markise eingearbeitet befand sich eine Art gläsernes Regalbrett. Darauf waren silbern und golden glänzende Armaturen für Küche und Bad aufgereiht. Sie sahen edel aus.

Robert Hemmschuh schien nicht nur ein hingebungsvoller Fußballbegeisterter zu sein. Er führte offensichtlich auch seinen Beruf mit viel Herzblut aus.

»Gerne.« Max nickte. »Espresso ist immer gut.«

»Das hat meine Julia auch immer gesagt. Genau diesen Satz. Ich mache uns einen.« Robert lächelte flüchtig. Er begann routiniert mit der Kaffeemaschine zu hantieren.

»Wie hat sich das Ganze mit Ihrer Frau zugetragen?«, wollte Max wissen, sobald ihm Robert eine kleine dampfende Tasse in die Hand gedrückt hatte. »Es geschah am letzten Samstag. Also ziemlich genau vor einer Woche, stimmt's?«

Seine hellblauen Augen erinnern mich an einen Schlittenhund. So seltsam intensiv leuchtend. Irgendwie geheimnisvoll.

»Samstagnacht, ja.« Robert nickte langsam. »Ein Rentner fand Julia am Sonntagmorgen beim Spaziergehen mit seinem Hund. Nicht weit von hier an der Isar drüben.« Er setzte sich zu Max an den Tisch. »Fünf Stunden vorher, also um 2 Uhr nachts, muss sie dort ums Leben gekommen sein, sagten Ihre Kollegen.«

»Was ist passiert? Haben meine Kollegen Ihnen das auch gesagt?«

»Leider nicht.« Robert blickte ratlos drein. »Sagen Sie's mir.«

»Ich weiß im Moment nur, dass sie anscheinend tödlich am Hinterkopf verletzt wurde.« Max trank einen Schluck Espresso. »Wie genau es dazu kam, wissen wir noch nicht. Um es herauszufinden, wurde ich mit den Ermittlungen beauftragt.«

»Ich vermisse sie so sehr«, flüsterte Robert unvermittelt mit brüchiger Stimme. Tränen stiegen ihm in die Augen. »Wir haben erst letztes Jahr geheiratet.«

»Kann ich gut verstehen.« Max gab sich Mühe einen möglichst einfühlsamen Tonfall anzuschlagen.

Nichts war uneffektiver als Menschen in Trauer beim Verhör zu hart anzupacken. Vorausgesetzt natürlich, sie waren tatsächlich in Trauer, was auf Robert Hemmschuh zuzutreffen schien. Bisher machte er jedenfalls nicht den Eindruck eines Heuchlers oder Lügners.

»Es muss schrecklich für Sie sein«, fuhr Max fort. »Was hatte Ihre Frau eigentlich nachts um zwei in dem kleinen Park in den Isarauen verloren? War sie Schlafwandlerin?«

»Ich weiß nicht, was sie da wollte«, erwiderte Robert fast tonlos. »Vielleicht eine Zigarette rauchen. Sie wusste ganz genau, dass ich die verflixte Qualmerei hasse. Mein Vater starb an Lungenkrebs.«

»Ging sie öfter zum Rauchen in diesen Park?«

»Normalerweise rauchte sie hier unten vor der Tür.« Robert sah mit starrem Blick ins Weite. »Aber der Park ist gleich ums Eck. Vielleicht wollte sie an dem Abend nicht, dass ich sie wie sonst vom Fenster aus dabei beobachte.«

»Könnte es sein, dass sie sich mit jemandem verabredet hatte?«

»Mit wem sollte das gewesen sein?« Robert schaute weiter an Max vorbei über die Isarauen hinweg. »Ach Gott, hätte ich sie nur wieder. Sie könnte von mir aus zwei Schachteln am Tag rauchen.« Er wischte sich schnell die erneuten Tränen aus den Augenwinkeln.

»Haben Sie in dieser Nacht jemanden hier in der Nähe des Hauses beobachtet?«

»Ich habe rein gar nichts mitgekriegt.« Robert schüttelte den Kopf. »Ich war so gut wie ohnmächtig.«

»Wie das?« Max, der sich inzwischen bequem in seinem großen Stuhl zurückgelehnt hatte, setzte sich interessiert auf.

»Ich schlafe sehr schlecht. Hatte wie so oft eine Schlaftablette eingenommen.« Robert presste seine immer noch zitternden Lippen aufeinander. Die dunklen Ringe unter seinen verquollenen Augen gruben sich jetzt immer tiefer in sein Gesicht. »Ich glaube sogar, es war eine von den Starken. Die liegen immer griffbereit auf meinem Nachttisch. Schließlich habe ich ein Unternehmen zu leiten. Da kann ich mir keinen großen Schlafmangel erlauben.«

»Also hätte Ihre Frau an diesem Abend gar nicht in den Park gehen müssen, um nicht von Ihnen beim Rauchen gesehen zu werden?«

»Jetzt wo Sie es sagen.« Robert nickte.

»Dann hatte sie wohl einen anderen Grund. Womöglich doch ein Treffen?«

»Fragt sich nur, mit wem.«
»Hatten Sie beide Streit in letzter Zeit?«, fuhr Max fort. »Ich muss Sie das leider fragen.«
»Wir verstanden uns gut.« Robert schüttelte den Kopf. »Sie warf mir manchmal vor, dass ich beruflich zu sehr eingespannt wäre und sie zu wenig von mir hätte. Aber irgendetwas gibt es schließlich an jeder Ehe auszusetzen.«
»Tatsächlich? Ist das so?« Max zog die Brauen hoch.
»Ich denke schon, oder?«
»Wenn Sie es sagen. Ich bin immer noch ledig. Hab keine Meinung dazu.« Max zuckte die Achseln. »Hatte Ihre Frau Feinde? Oder haben Sie vielleicht Feinde, die Ihnen möglicherweise mit dem Tod Ihrer Frau schaden wollten?«
»Wenn man wie ich beruflichen Erfolg hat, gibt es immer Neider«, räumte Robert ein. »Aber regelrechte Feinde? Ich weiß von keinem. Warum sollte überhaupt irgendwer meine Frau töten? Sie tat keiner Seele etwas zu leide.« Er schüttelte verständnislos den Kopf.
»Wenn Sie wüssten, wie viele Wahnsinnige da draußen herumlaufen …« Max trank nachdenklich einen weiteren Schluck Espresso.
Was denkt sich Franzi bloß wieder? Der arme Kerl hier hat seine Frau nie und nimmer erschlagen. Da bin ich mir sicher.
»Wie ist Ihr Verhältnis zu den Eltern ihrer Frau?«, fuhr er anschließend fort.
»Die Irmi und der Heinz Bauretter wohnen im Haus gegenüber. Wir verstehen uns bestens. Julia und ich waren sogar gemeinsam mit ihnen im Urlaub.«
Zwei Enten kamen von der Isar her angeflogen. Sie näherten sich schnell, ließen sich im Gleitflug sinken und landeten schließlich direkt in Roberts Pool.
»Sie haben Badegäste.« Max, der sie aus den Augenwin-

keln heraus beobachtet hatte, zeigte auf die beiden, während sie begannen fröhlich quakend hin und her zu schwimmen.

»Die kommen gern.« Robert nickte nur. »Macht mir nichts aus, solange sie nicht ins Wasser scheißen.«

Max musste unfreiwillig lachen, obwohl die Stimmungslage gerade alles andere als humorig war. Ein unbewusster Reflex wohl, den man nicht im Griff hatte.

»Fiel Ihnen in der letzten Zeit etwas Ungewöhnliches an Ihrer Frau auf?«, fuhr er anschließend wieder mit ernster Miene fort.

Robert schüttelte stumm den Kopf.

»Denken Sie nach.« Max blickte ihn lange und eindringlich an. »Jede Kleinigkeit kann wichtig sein.«

»Beim besten Willen, mir fällt nichts ein. Sie war wie immer. Einfach nur total lieb ...« Robert schluchzte laut auf.

»Rufen Sie mich bitte an, falls Sie sich noch an etwas erinnern.« Max erhob sich. Er klopfte dem trauernden Witwer tröstend auf die Schulter. Danach legte er eine seiner Visitenkarten auf den Tisch. »Sie wollen doch auch, dass der Mörder Ihrer Frau erwischt wird, richtig?«

»Natürlich.« Robert nickte. Er putzte sich mit einem Papiertaschentuch lautstark die Nase.

»Ich finde alleine raus. Gehen Sie ruhig mit Ihren Enten baden. Auf Wiederschauen, Herr Hemmschuh.« Max schlug den Weg ins Wohnzimmer ein.

»Auf Wiederschauen.« Robert blieb mit hängendem Kopf vor seinem kalten Espresso sitzen. Er hatte während der ganzen Zeit nichts davon getrunken.

»Wirklich eine tolle Wohnung«, rief ihm Max noch über die Schulter hinweg zu, als er den mit erlesenen Antiquitäten eingerichteten Raum zum zweiten Mal durchquerte. »Man könnte glatt neidisch werden.«

»Danke, freut mich, dass sie Ihnen gefällt.« Robert winkte ihm schwach lächelnd hinterher.

Als Max draußen zu seinem Rennrad zurückging, das er vorhin auf der anderen Straßenseite abgestellt hatte, beschlich ihn das Gefühl, dass er beobachtet wurde.

Er blickte sich unauffällig um. Ließ sich Zeit damit.

Niemand zu sehen.

Er zögerte einen weiteren Moment. Dann schüttelte er den Kopf und sperrte sein Fahrradschloss auf.

3

Max entschied sich kurzfristig um. Statt in den Sattel zu steigen und in seine Wohnung nach Thalkirchen zurückzufahren, sperrte er sein Fahrrad erneut ab. Er wollte noch eben zur Familie Bauretter hineinschauen, wenn er schon einmal hier war.

Schnell fand er ihren Namen an dem übersichtlichen Klingelschild des Hauses gleich neben ihm. Er läutete.

Nachdem drinnen jemand den Summer gedrückt hatte, ging er hinein. Im dritten Stock öffnete ihm eine ältere sympathisch wirkende Frau mit kurzen roten Haaren, grünen Augen und einer schwarzen Hornbrille auf der Nase. Sie war übermäßig schlank. Sah dabei aber sehr vital aus. Bestimmt ernährte sie sich bewusst und joggte viel.

»Sind Sie die Frau Bauretter?«, erkundigte sich Max.

Das sind sie, die Rentner von heute. Keine Spur von Müdigkeit oder Ruhe geben. Schon erstaunlich. Früher saß man in diesem Alter vor dem Fernseher, schluckte seine Blutdruck- und Zuckertabletten und gut war's.

»Irmi Bauretter. Wieso?« Sie sah ihn leicht verwirrt an. Ihre Augen waren geschwollen, als hätte sie gerade geweint.

Nachdem er ihr erklärt hatte, dass er von der Kripo wäre und noch Fragen zum Tod ihrer Tochter Julia hätte, bat sie ihn mit gesenktem Kopf herein.

Sie führte ihn an Küche und Schlafzimmer vorbei ins Wohnzimmer, wo ein älterer Herr mit einer aufgeschlagenen Zeitung in einem braun-, gelb- und weißgestreiften Fernsehsessel saß.

Ein gemütlicher Bayer wie aus dem Bilderbuch.

Kurze Sporthose, blaues Polohemd über dem ausladenden Bierbauch und graue Filzpantoffeln an den Füßen. Sein breiter Schädel glänzte kahlrasiert, wie der von Franz. Zum Ausgleich dafür zierte ein üppiger Schnurrbart seine Oberlippe. Auf seiner breiten Nase thronte eine viereckige silbrig glänzende Lesebrille. Seine braunen wachen Augen blickten neugierig aber auch irgendwie von Trauer erfüllt darüber hinweg. Kein Wunder. Sie hatten schließlich ihre Tochter verloren.

Max sah sich im Raum um.

An den Wänden hingen Familienfotos, das riesige Ölgemälde einer sturmumtosten gewittrigen Berglandschaft und mehrere Farbdrucke. Zwei von Kandinsky waren darunter.

Die hätte er den beiden auf den ersten Blick gar nicht zugetraut. Dem traditionell wirkenden Herrn des Hauses schon gar nicht. Der sah eher nach röhrendem Hirsch vor Gebirgslandschaft aus. Wahrscheinlich hatte seine Frau sie aufgehängt.

Über dem dunkelbraunen Esstisch baumelte ein großer, mit viel geschliffenem Glas bestückter Kronleuchter. An der Wand gegenüber der grauen Sitzgarnitur hing ein Flachbildschirm.

Klassik traf Moderne, hätte man sagen können.

Die Balkontür stand weit offen und gab so einen unverstellten Blick auf die Isarauen frei. Bäume, Wiesen und Sträucher soweit das Auge reichte. Dazwischen Spaziergänger mit oder ohne Hund, Jogger und Fahrradfahrer.

»Das ist mein Mann, der Heinz«, sagte Irmi.

»Grüß Gott, der Herr.« Max nickte freundlich lächelnd. »Hier lässt es sich leben. Viel Grün vor der Tür und trotzdem fast mitten in der Innenstadt.«

»Das ist wohl wahr«, entgegnete ihm Heinz. Er schaute erwartungsvoll von seinem Sessel zu Max hinauf. »Wer stört am heiligen Sonntag?«

»Max Raintaler. Ich arbeite für die Mordkommission und hätte ein paar Fragen an Sie beide.«

»Sind Sie wegen Julia hier?« Heinz faltete seine Zeitung zusammen. Er legte sie neben sich auf den Boden.

»Es gibt noch Klärungsbedarf über die Todesursache.« Max nickte. »Ich sprach gerade mit Ihrem Schwiegersohn darüber. Da dachte ich, ich schaue auch gleich mal bei Ihnen vorbei, wenn ich schon in der Gegend bin.«

»Muss das wirklich sein. Sie können sich sicher denken, dass uns das Ganze sehr mitnimmt.«

»Ich kann auch ein andermal wiederkommen.«

»Nein, schon gut. Ich wüsste zwar nicht, wie wir Ihnen helfen sollten. Aber bitte, setzen Sie sich.« Heinz zeigte ohne erkennbare Gefühlsregungen in seiner Mimik auf die gemütlich aussehende Couch zu seiner Linken.

»Danke.« Max tat, wie ihm geheißen wurde.

Das Sofa war härter als er erwartet hatte. Heutzutage waren harte Sitzpolster und Matratzen der letzte Schrei. Er konnte dieser zumeist hochpreisigen Mode noch nie irgendetwas abgewinnen. Hatte es lieber weich und bequem, wenn er saß oder im Bett lag.

»Einen Espresso oder einen Saft?« Irmi blieb stehen.

»Keine Umstände wegen mir bitte. Ich möchte gerne gleich zur Sache kommen. Dann störe ich Sie auch nicht weiter.«

»Aber es macht keine Umstände. Außerdem tut uns im Moment ein wenig Abwechslung gut, stimmt's Heinz?«

»Stimmt.« Er nickte.

»Na gut. Könnte ich dann bitte ein Wasser haben?«

Seltsames Paar. Normalerweise sollten sie mich loswerden wollen, weil ich die Sache mit ihrer Tochter wieder aufs Tapet bringe.

»Natürlich, gerne. Wir haben sogar energetisiertes Wasser nach dem Verfahren eines österreichischen Wissenschaftlers. Sehr gesund.« Sie machte sich schnellen Schrittes auf den Weg in die Küche.

»Sie können aber auch gerne ein Bier haben«, murmelte Heinz, während er demonstrativ hinter ihrem Rücken die Augen verdrehte. »Garantiert nach dem bayerischen Reinheitsgebot gebraut.«

»Passt schon.« Max winkte lächelnd ab. »Wasser ist in Ordnung«, erwiderte Max. »Auch wissenschaftlich energetisiertes. Ich mache gerade eine längere Bierpause.«

»Seit wann kasteien Sie sich denn schon?«

»Na ja ... erst seit gestern.« Max errötete leicht. Natürlich war ihm klar, dass mit dieser kurzen Zeitspanne des Verzichts kein großer Staat zu machen war. »Aber ich habe mir mindestens vier Wochen vorgenommen«, ergänzte er deshalb noch schnell.

So, jetzt aber Schluss mit dem leidigen Thema.

»Da bin ich wieder.« Irmi reichte Max ein großes Glas von ihrem wissenschaftlich energetisierten Wasser.

Er nahm es mit einem dankbaren Lächeln entgegen und trank.

Es war lauwarm und schmeckte milde ausgedrückt absolut ekelhaft. Total lasch. Es musste am Energetisieren liegen. Ein schönes kaltes Bier wäre unvergleichlich besser gewesen. Da hatte ihr Mann unbedingt recht. Selbst wenn es für Alkohol noch etwas früh am Tag war.

Aber Vorsatz war nun einmal Vorsatz. Schließlich konnte er sich nicht schon am zweiten Tag seiner selbstauferlegten Bierpause vor sich selbst unglaubwürdig machen. Das wäre wirklich verfrüht.

Also trank er tapfer aus und stellte das leere Glas erneut lächelnd auf dem Tisch ab.

»Seltsame Zeiten sind das, in denen wir leben«, murmelte Heinz währenddessen. Er schüttelte verständnislos den kahlen Kopf. »Das alles wird eines Tages noch einmal ganz böse enden«, unkte er. »So viel ist sicher.«

4

Monika band ihre dunklen Haare mit einem Gummi nach hinten, damit sie die Kühlschränke unter dem Tresen ihrer kleinen Kneipe einräumen konnte, ohne dass ihr andauernd ihre langen lockigen Strähnen ins Gesicht fielen.

Es war kurz vor zehn. Sie musste sich beeilen, wenn sie das versprochene Sonntagsessen für Max rechtzeitig fertigbekommen wollte. Er würde um eins da sein. Pünktlich, wie er gestern Abend am Telefon sagte.

Eigentlich hätte er das gar nicht zu betonen brauchen. Er war in der Regel immer pünktlich. Eine in ihren Augen eher ungute Eigenschaft. Zum Beispiel, wenn sie noch nicht angezogen war.

Einen Schweinsbraten mit Semmelknödeln und Kraut hatte er sich gewünscht. Als Ausgleich für seine momentane Alkoholpause. Wenigstens essen wolle er etwas Gescheites, wenn es in der nächsten Zeit schon kein Bier mehr gäbe, hatte er gemeint.

Ihren Gegenvorschlag, passend zu seiner getränketechnischen Fastenkur, eine gesunde Gemüsesuppe zu kochen, hatte er mit einem lauten »Ja, pfui Deifel, Frau Schindler« vom Tisch gewischt.

Mit ihrem Nachnamen sprach er sie nur an, wenn er sehr ernst wurde, wusste sie. Also hatte sie nicht weiter auf ihren Vorschlag insistiert.

Hoffentlich hielt er seine Abstinenz diesmal auch wirklich vier Wochen lang durch, sorgte sie sich, während sie die letzte Flasche Weißwein im Kühlschrank verstaute. Die vorherigen Versuche hatte er bereits nach wenigen Tagen abgebrochen. Jedes Mal mit dem Argument, dass seine Leberwerte letztlich gar nicht unbedingt so schlecht wären, verglichen mit denen so manch anderer Zeitgenossen, und dass Wasser nun mal unterirdisch schlecht schmecke.

Als ob er das nicht vorher gewusst hätte.

Sie und Max waren seit ihrer Studienzeit ein Paar. Sie liebte ihn sehr, doch heiraten wollte sie ihn nicht. Zum einen aus Angst, ihre Unabhängigkeit zu verlieren und dann auch einfach so. Ohne besonderen Grund. Der Mensch musste schließlich nicht für alles im Leben eine Erklärung parat haben. Schon gar nicht, wenn sie eine selbstbewusste Frau war und aus Oberbayern stammte.

Sie ging in die Küche und holte das Fleisch für den Braten aus der Kühlung. Spanferkel. Ein schönes mageres Stück hatte sie besorgt, um Max bei seinen Gesundheitsbestrebungen zu unterstützen.

Wenn er das wüsste, würde er garantiert meckern. Aber bestimmt würde er es nicht einmal merken. Die naturgegebene Fleischgier der Männer machte bekanntlich blind. Wenn doch, würde ihr sicher die passende Antwort einfallen. Das war bisher immer so gewesen und es würde sich auch in Zukunft nicht ändern.

Zum Beispiel konnte sie die Schuld auf den Metzger schieben. Er hätte gestern nichts anderes mehr dagehabt, könnte sie behaupten. Max würde es sicher nicht nachprüfen. So weit ging sein naturgegebenes Misstrauen dann doch wieder nicht.

Sie band sich flink eine große weiße Schürze um. Dann zerkleinerte sie mit schnellen routinierten Schnitten das Suppengrün, das sie bereits vorhin aus der Vorratskammer geholt hatte.

Franz hatte Max gebeten, einen ungeklärten Todesfall zu untersuchen. Sie war sehr gespannt, was er ihr nachher darüber berichten würde. Eine Frau war an einer Kopfverletzung gestorben. So viel wusste sie bereits. Aber wann, wie und warum, das musste sie alles erst noch erfahren.

Nachdem sie den Braten mit Knoblauch, Salz und Pfeffer gewürzt hatte, gab sie ihn zusammen mit zwei halbierten Zwiebeln, einigen Markknochen, Tomatenmark und ausreichend Suppengrün in eine große Reine, gab etwas Wasser dazu und stellte das Ganze in den vorgeheizten Herd.

Danach machte sie sich an den Teig für die Semmelknödel. Altbackene Semmeln, Milch, Eier, kleingeschnittene Petersilie, fein gehackte Zwiebeln, Muskatnuss. Alles gut miteinander vermengen. Am besten mit den bloßen Händen.

Nachdem sie ihn fertig hatte, ließ sie ihn ruhen.

Dann setzte sie das Sauerkraut auf. Wie immer mit Lorbeerblatt, Zwiebel, Wacholderbeeren, Gemüsebrühe, Kümmel, geriebenem Apfel und Salz. Am Schluss goss sie großzügig mit Sekt auf.

Es würde ein wahres Festmahl werden.

Als Nachspeise hatte sie ursprünglich Früchte mit Magerjoghurt in Betracht gezogen.

Doch dann hatte sie kurz an Max und seine mögliche Reaktion auf so viel Gesundes gedacht und kurzerhand ihren Plan geändert. Es würde Tiramisu geben. Nach einem alten italienischen Familienrezept, das sie damals mitgebracht hatte, als sie einmal zusammen in Kalabrien im Urlaub gewesen waren. Mit viel Mascarpone und ausreichend Mandellikör. Sie wusste, dass er das über alles liebte.

Ihre Kneipe würde sie heute Mittag wegen des privaten Essens zu zweit ausnahmsweise einmal eine Stunde später aufsperren.

Außer den üblichen überpünktlichen Stammgästen Karl, Gernot und Harry würde das bestimmt niemanden hier in den Isarauen unweit des Münchner Tierparks tangieren.

Die drei konnten auch mal eine Zeitlang auf ihr tägliches Bier warten. Es würde sie garantiert nicht umbringen. Ganz im Gegenteil.

5

»Wie ist Ihr Verhältnis zu Ihrem Schwiegersohn Robert?«, fragte Max Irmi und Heinz. Er blickte dabei neugierig von einem zum anderen.

»Wenn wir unseren Robert nicht hätten, ginge es uns lange nicht so gut. Auf den lassen wir nichts kommen, stimmt's, Irmi?« Heinz sah seine Frau an. Tränen stiegen ihm dabei in die Augen. Er begann zu weinen.

Irmi nickte.

»Er hat uns diese wunderschöne Wohnung geschenkt.« Ihre Stimme zitterte. »Das werden wir ihm nie vergessen. Ein Spitzentyp unser Robert. Wussten Sie, dass er in seinem Betrieb Flüchtlinge arbeiten lässt, damit die hier bei uns integriert werden?«

»Verstehe.« Max nickte.

Na also. Endlich zeigt hier mal jemand Gefühle.

Es hatte ihn schon gewundert, dass sich die beiden so überaus gefasst gaben, obwohl ihre Tochter vor gerade mal einer Woche gestorben war.

»Ach, unsere Julia«, brach es auf einmal aus Irmi heraus. »Sie war so lieb. Konnte keiner Fliege etwas zu leide tun.« Sie konnte ihre Tränen nun ebenfalls nicht mehr zurückhalten.

»Die Welt ist schlecht, Irmi. Wie oft muss ich dir das noch sagen.« Heinz schnäuzte sich in das große karierte Stofftaschentuch, das er zuvor aus der rechten seitlichen Ritze seines Sessels gezogen hatte. Offensichtlich hatte es dort einen gemütlichen feuchten Stammplatz.

»Hatte Ihre Tochter irgendwelchen Ärger in letzter Zeit?«, fragte Max. »Ein Streit mit Freundinnen, Freunden, Kollegen oder mit ihrem Mann Robert?«

»Kollegen hatte sie keine mehr«, antwortete Heinz, dem erneut die Tränen in die Augen schossen. »Gleich nach der Hochzeit hörte sie auf, in ihrer Spedition zu arbeiten.«

»Warum das?«

»Robert schwimmt im Geld.« Heinz zuckte die Achseln.

»Sie sagten ihre Spedition? Gehörte ihr das Unternehmen?«

»Sie war acht Jahre lang dort tätig. Deshalb sage ich *ihre* Spedition. Es ist die Spedition Hundhammer in Thalkirchen drüben. Sie gehört Herrn Frank Hundhammer junior. Seinen Vater, den alten Hundhammer, kannte ich noch persönlich.«

»Bleiben noch Freunde, Freundinnen oder Robert Hemmschuh selbst.«

»Robert kommt nicht infrage.« Irmi schüttelte vehement den Kopf. »Er hat Julia auf Händen getragen. Hat immer nur gut von ihr gesprochen und umgekehrt war es genauso.« Sie schluchzte laut.

»Kein kleiner Ehekrach?« Max sah sie ungläubig an.

»Hie und da gab es wohl Zoff wegen Julias Qualmerei«, räumte Irmi ein. »Robert wollte nicht, dass sie sich mit ihren Glimmstängeln umbrachte. Aber sonst war da nichts. Nicht das Geringste. Stimmt doch, oder Heinz?« Irmi sah fragend zu ihrem Mann hinüber.

»Das war die große Liebe mit den beiden, wie man so sagt.« Heinz nickte. »Ist nicht unbedingt jedem beschieden.« Er sah flüchtig zu Irmi hinüber.

»Was ist mit Freunden oder Freundinnen? Gab es da irgendwelche Feindseligkeiten.«

»Keine Ahnung.« Heinz zuckte die Achseln. »Hat sie dir etwas darüber erzählt, Irmi? Mir jedenfalls seit Jahren nicht mehr.«

»Ich wüsste auch nichts.« Irmi schluchzte zum wiederholten Mal. »Ach Gott, meine kleine Julia.«

Irgendetwas verbergen die beiden vor mir.

»Was ist denn hier los?«

Max drehte sich um. Eine junge, gut aussehende blonde Frau stand hinter ihm im Zimmer. Er hatte sie nicht kommen gehört. Sie musste auf Zehenspitzen hereingeschlichen sein oder sie hatte generell einen sehr leisen Gang.

»Grüß Gott«, erwiderte er.

»Das ist der Herr Raintaler von der Kriminalpolizei, Regina«, klärte Heinz sie auf. »Er ist wegen Julia hier.«

»Aha.« Regina rührte sich nicht vom Fleck. Ihr Gesicht zeigte keinerlei Regung.

»Regina ist Julias jüngere Schwester«, erklärte Heinz.

»Es geht um den Todesfall Ihrer Schwester, Frau Bauretter. Ich untersuche die Details.« Er lächelte ihr freundlich zu. »Wollen Sie sich vielleicht einen Moment zu uns setzen?«

»Wenn es sein muss.« Sie nahm sichtlich wenig begeistert neben Max auf dem Sofa Platz. »Eigentlich wollte ich nur wie gewohnt zum Sonntagsfrühstück kommen.«

6

Franz saß in verschwitztem weißem Hemd und dunkler Leinenhose in seinem kleinen karg eingerichteten Büro. Den ganzen Vormittag über hatte das Telefon geklingelt. Und das am Sonntag.

Besonderen Ärger machte ihm dabei, wie auch schon in den vorherigen zwei Wochen, sein neuer direkter Vorgesetzter, Kriminalrat Maier. Alle halbe Stunde rief er an und nervte mit etwas anderem. Er mischte sich ungefragt in jede Phase der Ermittlungen ein, verlangte unentwegt Berichte über Berichte. Der reinste Horror.

Franz war sich im Klaren darüber, dass es so nicht weitergehen konnte. Er würde sich zeitnah an die Gewerkschaft wenden. Auch mal wieder ein Wochenende freizuhaben, wie jeder andere normale Mensch. Das musste einfach möglich sein.

In der ganzen Hektik war er nicht einmal dazu gekommen, seinen Goldfisch Rüdiger zu füttern. Der arme Kerl schwamm nur noch sehr langsam und sehr vorwurfsvoll dreinblickend knapp über dem Grund seines kleinen Aquariums auf dem Fensterbrett hin und her.

Bei seinem letzten Anruf hatte sich Maier von Franz verabschiedet. Er sei ab morgen zwei Tage bei einem Referendum in Stuttgart. Man habe ihn als Hauptredner eingeladen. Ziemlich große Sache. Wenn etwas Wichtiges sei, wäre er allerdings jederzeit am Handy erreichbar.

Franz hatte ihm viel Erfolg gewünscht und erleichtert aufgelegt. Wenigstens zwei Tage Ruhe vor dem überehrgeizigen Kerl. Anrufen würde er ihn sicher nicht. Selbst wenn die Welt unterging.

Ihm fiel ein Spruch von Karl Valentin ein, der ihn immer wieder zum Grinsen brachte. Valentin sagte darin sinngemäß, dass es ihm egal wäre, ob morgen die Welt unterginge, weil er da sowieso nicht hier in München wäre, sondern am Starnberger See.

»Einfach genial, der Karl Valentin«, murmelte er vor sich hin. »Unglaublich, dass er verhungern musste. Ja mei, ein Künstlerschicksal eben.«

Nachdem Franz Rüdigers Fütterung unter laut ausgesprochenen Entschuldigungsformeln nachgeholt hatte, fand er endlich Zeit, in aller Ruhe die Ergebnisse der Untersuchung von Julia Hemmschuhs Leichnam aus dem kriminaltechnischen Labor zu lesen, die vor einer knappen Stunde per E-Mail gekommen waren. Eine gute Woche hatte es diesmal gedauert. Er hätte sich gleich wieder über die unsägliche Schlamperei aufregen können, ließ es aber mit Rücksicht auf sein Herz lieber bleiben.

»Da schau her«, murmelte er selbstvergessen vor sich hin, während er las.

Das Opfer sei wohl rückwärts gestolpert und mit dem Hinterkopf auf eine harte Wurzel aufgeschlagen, hieß es in dem Schreiben.

Blutspuren, die auf diesen Hergang schließen ließen, seien am Tatort vorgefunden worden. Weitere Spuren, wie zum Beispiel Fußabdrücke, seien möglicherweise verwischt worden.

Die Sache sei somit relativ eindeutig. Es handele sich dem gegenwärtigen Erkenntnisstand nach nicht um Mord. Höchstens um einen Unfall oder wegen der verwischten Spuren um eine fahrlässige Körperverletzung mit Todesfolge. Was wiederum nahezu einem banalen Unfall gleichkäme.

Auf jeden Fall lieferten die Erkenntnisse zu wenig, um eine aufwändige Morduntersuchung zu rechtfertigen.

»Dann bin ich aus dem Schneider.« Franz legte den Akt beiseite. Er rieb sich zufrieden die Hände. »Eine Baustelle weniger. Gott sei Dank.«

Der Staatsanwalt würde entscheiden, ob die Ermittlungen dennoch weitergehen sollten oder nicht. Der Bericht war ebenfalls an ihn gegangen. Sicher würde er sich gleich morgen früh bei Franz melden. Denn einer wie er arbeitete am Sonntag sicher nicht.

So blöd wie wir ist doch sonst keiner.

»Dann muss ich nur noch Max beibringen, dass sein Auftrag ein so schnelles Ende gefunden hat.« Franz erhob sich, während er leise mit sich selbst sprach. »Da wird er zwar erstmal meckern. Aber ich bezahle ihm etwas mehr für die zwei Tage. Dann beruhigt er sich gleich wieder.«

Er verließ das Zimmer, um sich einen Kaffee zu holen. Wenn er Glück hatte, war auch ein süßes Teilchen vom Brötchendienst übrig. Der kam jetzt sogar sonntags, weil die Münchner Kripo so viel zu tun hatte. Da sollte nochmal einer blöde Witze über angeblich faule Beamte machen. Irgendwas mit Sahne- oder Vanillecremefüllung wäre super gewesen.

Zucker und Fett, die ideale Kombination, die glücklich machte. Vor allem, wenn man es seit Kurzem mit einem neuen Chef zu tun hatte, der einem so gut wie jeden Tag zu versauen versuchte und das auch noch schaffte.

7

»Wann haben Sie Ihre große Schwester zum letzten Mal gesehen?« Max sah die schöne Regina Bauretter erwartungsvoll an.

»Keine Ahnung.« Sie zuckte anmutig die Achseln. »Vor zwei Wochen vielleicht.«

»Genauer geht's nicht.«

»Ich hab es mir nicht so genau gemerkt.« Sie schüttelte den Kopf. »Wusste ja nicht, dass ich das einmal bei der Polizei aussagen muss.« Ihre dunkelblauen Augen funkelten angriffslustig.

»Hatten Sie in letzter Zeit Streit mit Julia?«

Da schau her. Ein heißblütiges Temperament hat sie, die junge Dame.

»Nein, wieso?«

»Ich versuche mir ein möglichst umfassendes Bild von Julias Leben vor ihrem Tod zu machen. Das gehört routinemäßig zu unserem Job bei ungeklärten Todesfällen.« Max lächelte verbindlich.

»Ungeklärt? Glauben Sie denn, dass sie ermordet wurde?« Regina sah ihn offensichtlich erschrocken an.

»Wir schließen es im Moment nicht aus.«

»Aber wie kommen Sie denn darauf? Ihre Kollegen letzte Woche meinten, sie sei höchstwahrscheinlich unglücklich gestürzt.«

»Oder sie wurde geschubst und stürzte deswegen. Absichtlich oder möglicherweise versehentlich. Vielleicht wurde sie auch mit einem Gegenstand auf den Kopf geschlagen. Warum lag sie unter einem Gebüsch? Solange wir das alles nicht genau wissen, sind wir verpflichtet, weitergehend zu ermitteln.«

»Ich habe Julia jedenfalls lange nicht mehr gesehen, und totgeschlagen habe ich sie schon gar nicht.« Regina schnaubte ärgerlich. Sie bedachte Max mit einem abweisend wirkenden arroganten Augenaufschlag.

»Das hat auch niemand behauptet.«

»Dann ist es ja gut.« Ihr Tonfall klang zunehmend zickig. Sie erhob sich. »Darf ich mir wenigstens etwas zu trinken holen, wenn es schon kein Frühstück gibt?«

»Es ist Ihr Elternhaus.« Max nickte.

Wieso ist sie nur so wütend?

Er machte sich Notizen über das bisher Gehörte. Irgendetwas stimmte mit dieser Familie nicht. Aber was mochte es sein?

Er würde es herausfinden.

Wenig später war Regina mit einem Glas energetisiertem Wasser in der Hand zurück. Sie setzte sich wieder neben Max und blickte ihn herausfordernd an. Große Trauer über den Tod ihrer Schwester schien sie nicht zu verspüren. Natürlich war es auch möglich, dass sie sich prinzipiell keine Gefühle anmerken lassen wollte.

Die Menschen waren verschieden.

Der eine so, der andere anders.

»Wo waren Sie alle letzten Samstag in der Nacht, als Julia ums Leben kam?« Max blickte fragend in die Runde.

»Geht's noch? Ich sagte gerade doch bereits, dass ich sie nicht umgebracht habe.« Regina stellte ihr Glas auf dem Tisch ab. Sie sprang echauffiert mit ihren schlanken Armen in der Luft herumfuchtelnd auf.

»Heinz und ich waren hier«, meinte Irmi. »Wir haben gemeinsam ferngesehen wie immer. Dann gingen wir zusammen ins Bett.«

»Jeder in seins, wolltest du wohl sagen.« Heinz schaute grantig vor sich hin. »Zusammen gibt es schon lange nicht mehr.«

»Wie auch immer. Wir waren jedenfalls beide in unserem gemeinsamen Schlafzimmer, Herr Raintaler«, wischte Irmi den Einwand ihres Mannes vom Tisch. »Jeder in seinem eigenen Bett, zugegeben.«

»Früher hatte man Ehebetten«, fuhr Heinz unbeeindruckt fort. »Heutzutage hat jeder sein Einzelbett, Herr Raintaler. Das sind die modernen Zeiten. Sport, Diät und getrennte Betten. Der Untergang des Abendlandes.«

»Aha.« Max konnte sich ein Grinsen nicht verbeißen. *Jetzt weiß ich auch, warum so viele immer wieder von der Ehehölle sprechen.*

»Wo ich war, weiß ich nicht mehr.« Regina sah gezielt an Max vorbei. »Muss ich auch nicht wissen, weil ich, wie gesagt, nichts mit Julias Tod zu tun habe.«

»Vielleicht fällt es Ihnen noch ein. Dann wäre ich Ihnen für einen Anruf dankbar.«

»Von mir aus.« Sie sah ihn immer noch nicht an.

»Na gut. Dann bedanke ich mich bei Ihnen allen.« Max stand auf. »Einen schönen Tag wünsche ich noch.« Er nickte sachlich in die Runde und ging hinaus.

Unten auf der Straße, meinte er erneut beobachtet zu werden.

Doch wieder war niemand zu sehen.

Warum haben die Bauretters mir eigentlich nicht gleich von ihrer zweiten Tochter Regina erzählt? Schon merkwürdig.

Er sperrte sein Fahrrad auf.

Am besten klapperte er Julia Hemmschuhs Stammkneipen ab und besuchte ihre alte Arbeitsstelle, diese Spedition Hundhammer.

Möglicherweise stieß er dort auf Informationen, die zur Klärung des Falles beitrugen. Es mussten immer noch Verbindungen von ihr zu den alten Kollegen oder Kolleginnen bestanden haben. Acht Jahre gingen nicht vorüber, ohne dass man sich näherkam. Auch wenn sie seit einem halben Jahr nicht mehr dort gearbeitet hatte.

8

»Gut dass du anrufst, Max.« Franz war aus der Kaffeepause zurück. Er setzte sich mit seinem Smartphone am Ohr auf seinen Schreibtischstuhl. Seinen eigenen Anruf bei Max hatte er seit einer knappen halben Stunde immer wieder aufgeschoben. Es war ihm unangenehm gewesen, seinem alten Freund den kürzlich erteilten Auftrag gleich wieder entziehen zu müssen.

»Du willst schließlich über meine Fortschritte in unserem Fall informiert werden, richtig?« Max atmete laut in den Hörer hinein.

»Rufst du etwa vom fahrenden Fahrrad aus an?«

»Zeit ist Geld.«

»Ist aber verboten.«

»Ich arbeite für die Kripo. Ich darf das.« Max lachte kurz. »Also pass auf. Die ganze Familie der Toten erscheint mir verdächtig. Nur ihr Witwer, Robert Hemmschuh nicht. Was ihn betrifft, bist du gewaltig auf dem Holzweg.«

»Aha.« Franz räusperte sich.

»Julia Hemmschuhs Schwester ist ungewöhnlich aggressiv. Sie und die Eltern der beiden verschweigen etwas. Da bin ich mir sicher. Obwohl alle behaupten, dass Julia mit niemandem Streit hatte. Ich finde schon noch heraus, mit was sie hinter dem Berg halten.«

»Max.«

»Ja?«

»Der Fall ist vom Tisch. Der Staatsanwalt hat die Ermittlungen eingestellt.« Jetzt war es raus. Franz fühlte sich erleichtert. Er atmete zweimal kräftig durch.

»Wieso das?« Max klang überrascht.

»Die kriminaltechnische Untersuchung hat ergeben, dass wir nicht genug für einen Mordfall in der Hand haben. Es sieht aus, als wäre die Tote tatsächlich nur unglücklich gestürzt und mit dem Kopf auf einer Wurzel aufgeschlagen.«

Franz begann nervös mit den Fingern auf seinem Schreibtisch herum zu trommeln. Er wusste, dass ihm Max das Ganze nicht so ohne weiteres durchgehen lassen würde.

»Sagtest du am Samstag im Biergarten nicht, dass sie unter einem Gebüsch gefunden wurde?«

»Ja.«

»Als sie tot war, zerrte sie sich noch mal eben schnell selbst unter einen Busch?« Max Stimme triefte vor Ironie. »Außerdem wissen wir das mit dem Sturz doch längst. Nur nicht, wie es dazu kam. Ein Schubs gegen die Brust hätte genügt, um sie zum Straucheln zu bringen. Davon bleiben natürlich keine Spuren zurück. Falls der Schubser auch noch Handschuhe getragen hat, zum Beispiel.«

»Die Jungs von der Kriminaltechnik meinen, dass es durchaus möglich ist, dass sie sich noch aus eigener Kraft unter das Gebüsch geschleppt hat und dann erst gestorben ist.« Franz begann kleine Mainzelmännchen auf seine Schreibunterlage aus Papier zu zeichnen.

Er hatte sie schon als kleiner Bub geliebt, wenn er bei seinem Opa gegen den Willen der Eltern fernsehen durfte. Seine damalige kindliche Faszination für sie hielt bis heute an. Möglicherweise war es aber auch die Liebe zu seinem Großvater, die ihn an ihnen festhalten ließ. Der Opa war sein geheimer Verbündeter gewesen. Mit ihm konnte er über alles reden, was die Eltern besser nicht erfuhren.

»Warum hätte sie das tun sollen?«, fragte Max, reine Verständnislosigkeit in der Stimme. »Damit sie bloß keiner findet?«

»Keine Ahnung.« Franz zuckte die Achseln. »Möglicherweise hatte sie die Orientierung verloren oder sie rollte nach ihrem Sturz von selbst darunter.«

»Wie weit hätte sie dabei rollen müssen?«

»Ungefähr drei Meter.«

»So einen ausgemachten Schmarrn hab ich noch nie gehört, Franzi.« Max wurde laut. »Haben die von der Spurensicherung keine Fußabdrücke oder Schleifspuren am Tatort gefunden?«

»Nicht unbedingt.« Franz hörte auf zu malen. Er schaute mit leerem Blick auf die gegenüberliegende Zimmerwand.

»Was heißt das?«

»Dem Bericht nach könnte es möglicherweise welche gegeben haben. Aber wenn es tatsächlich so wäre, seien sie gründlich verwischt worden. Als Indiz oder Beweis gäben sie jedenfalls nicht genug her.«

»So ein Schwachsinn«, schimpfte Max. »Da hätte man halt gründlicher suchen sollen. Wenn du mich fragst, muss sie jemand im Streit geschubst und unter dem Gebüsch versteckt haben. Anders geht es gar nicht.«

»Wunderbare Theorie. Hilft uns nur leider nichts. Du sagst selbst, dass die Familie von keinem Streit erzählt hat.«

»Willst du den Fall nun lösen oder nicht?«

»Scheint relativ klar zu sein, dass es kein Mord war. Wieso sträubst du dich so dagegen?«

»Ganz einfach. Solange wir nicht hundertprozentig sicher wissen, was los war, dürfen wir nicht einfach aufhören zu ermitteln. Es gibt schließlich eine Sorgfaltspflicht.«

»Es gibt aber auch einen geizigen Staatsanwalt, der sogar

am Sonntagvormittag hier anruft und meint, dass wir uns das Geld für diese Untersuchung sparen können.«

Franz legte die Füße auf seinen Schreibtisch, um seinen schmerzenden Rücken zu entlasten. Heute war es wieder besonders schlimm mit seinen Bandscheiben. Sicher war der Föhn daran schuld, der seit den frühen Morgenstunden in Orkanstärke über den Alpennordkamm fegte.

»Na gut, Franzi. Wie du meinst.« Max klang verschnupft. Er schien die Entscheidung beim besten Willen nicht zu verstehen.

Franz wusste, dass sein alter Freund und Exkollege nur sehr ungern losließ, wenn er sich einmal in eine Sache verbissen hatte. Noch dazu ging es ihm selbst ähnlich mit der Einschätzung des Falls. Da stimmte eindeutig etwas nicht. So etwas hatte man nach all den Dienstjahren im Gefühl.

Doch gegen einen Staatsanwalt kam er nicht an. Zumindest nicht offiziell.

»Ich kann dir natürlich nicht verbieten, privat in der Sache weiter zu ermitteln«, sagte er deshalb. Auch um sich selbst ein Hintertürchen offen zu halten. Letztlich fielen sauber gelöste Fälle immer positiv ins Gewicht. Sowohl bei den Vorgesetzten als auch bei den Medien.

»Lass gut sein, Franzi. Früher hätte ich das noch gemacht. Heute geht es mir auch ein wenig ums Geld, zugegeben. Mach's gut. Bis demnächst.«

»Dein Geld bekommst du natürlich trotzdem. Also bis heute meine ich. Ich leg sogar was drauf.«

»Alles klar, Servus.« Max legte auf.

Franz blieb noch eine Weile lang mit hochgelegten Beinen sitzen. Er dachte nochmal kurz darüber nach, ob eine genauere Untersuchung beim gegenwärtigen Stand der Dinge nicht eigentlich doch ihre Pflicht gewesen wäre.

»Ich bin hier nur ein kleiner Fisch und tue, was mir gesagt wird«, murmelte er schließlich. »Und gerade sagt mir mein Magen, dass es sehr bald Zeit fürs Mittagessen in der Kneipe nebenan ist.«

Schweinsbraten wäre nicht schlecht gewesen oder Rouladen oder Sauerbraten. Irgendwas Sonntägliches auf jeden Fall. Er rieb sich voller Vorfreude die Hände.

9

»Nimm dir erst mal einen Kaffee. Der Schweinsbraten und die Knödel sind pünktlich in einer Viertelstunde fertig.« Monika küsste ihren langjährigen Teilzeitlebensabschnittsgefährten, der gerade hereingekommen war, auf den Mund.

»Ein echtes Sonntagsessen.« Max lachte sie fröhlich an. »Du bist die Beste.«

»Natürlich bin ich das.« Monika lachte zurück. »Was ist mit deinem neuen Fall?« Sie sah ihn neugierig an.

»Willst du nicht erst mal fragen, wie es mir geht?« Er zog erstaunt die Brauen hoch.

»Wie geht es dir?«

»Gut, so weit.«

»Und was ist jetzt mit deinem neuen Fall?«

»Du bist echt unmöglich.« Er schüttelte grinsend den Kopf. »Aber gut, mein neuer Fall wird nicht länger untersucht. Die Ermittlungen wurden offiziell eingestellt.«

»Du hast ihn so schnell aufgeklärt? Respekt.« Monika wischte sich mit einem Zipfel ihrer knielangen Schürze den Schweiß aus dem Gesicht. »Herrgott, in der Küche hat es mindestens 40 Grad«, kommentierte sie es.

»Ich hab noch nicht mal richtig damit angefangen, die Sache aufzuklären. Der Staatsanwalt meint, es sei auf keinen Fall Mord gewesen. Keine eindeutige Tötungsabsicht eines Dritten erkennbar, heißt es in den Ergebnissen des Labors.«

»Und was meinst du?«

»Die Eltern und die Schwester der Toten verschweigen etwas. Da bin ich mir sicher. Beim Ehemann bin ich mir nicht sicher.«

»Und?«

»Nichts und.« Er zuckte die Achseln. »Franzi hat mir gekündigt. Obwohl das Opfer höchstwahrscheinlich sogar vom Täter unter ein Gebüsch gezogen wurde. Für mich ein klares Indiz für Mord oder Totschlag. Angeblich gab es sogar Spuren, die allerdings verwischt wurden.«

»Und jetzt?«

»Mein Geld kriege ich trotzdem, meinte er. Zumindest einen Teilbetrag.«

»Das war's?« Monikas Mund blieb vor Staunen offen stehen. »Interessiert dich denn gar nicht mehr, was die Schwester und die Eltern dir verschweigen?«

»Schon.« Er nickte. »Aber außer mir will es eh keiner wissen.«

»Doch.«

»Wer?« Max sah sie mit großen Augen an.

»Ich.«

»Schau an.« Er grinste amüsiert. »Dann klär du doch den Fall auf, der keiner mehr ist.«

»Sehr witzig.« Sie grinste nicht. »Früher hättest du jedenfalls nicht geruht, bis du die ganze Wahrheit herausgefunden hättest.«

»Früher war früher. Heute habe ich eine kleine Beamtenpension, kaum Aufträge als Privatdetektiv und muss davon Miete und Essen bezahlen, wie du weißt. Eine rein private Ermittlung kann ich mir gar nicht leisten.«

Max war zwar erst 58 Jahre alt. Aber er wurde bereits vor zwei Jahren frühzeitig aus dem Dienst bei der Kripo entlassen, weil er sich mit jemandem ganz oben in der Landesregierung angelegt hatte.

Ober stach Unter, so war das nun mal.

Trotzdem bekam er fast seine volle Pension ohne große Abzüge. Allerdings musste er dafür eine Schweigevereinbarung unterzeichnen. Er hatte es getan. Letztlich ließen sie ihm keine Wahl. Entweder er unterschrieb oder er verlor seine Existenz. So einfach war das.

»Albernes Gejammer.« Monika verdrehte die Augen. »Erstens bekommst du keine kleine, sondern sogar eine recht großzügige Pension.«

»Die ich für unser gemeinsames Alter ansparen will.«

»Zweitens zahlt Franzi einen Teil deiner Gage, wie du sagst. Bevor du in deinem winzigen Wohnzimmer die Decke anstarrst und gelangweilt auf neue Aufträge wartest, kannst du genauso gut herausfinden, was wirklich passiert ist. Dein Handy hast du schließlich immer dabei. Falls jemand einen attraktiveren Auftrag für dich haben sollte.«

»Stimmt eigentlich.« Er blickte ihr nachdenklich in ihre wunderschönen blauen Augen.

»Setz dich. Gleich kommt das Essen.«

»Du hast also tatsächlich Schweinsbraten mit Knödeln und Kraut für mich gemacht?«

»Er wird auch pünktlich auf die Minute serviert. Abgemacht ist abgemacht.« Sie verschwand in der Küche.

Max setzte sich voller Vorfreude an den für zwei Leute gedeckten Tisch gleich beim Fenster und sah sich im Raum um.

Er liebte Monikas kleine Kneipe. Das warme Gemütlichkeit verströmende dunkle Holz überall. Die von den Gästen gesendeten bunten Urlaubspostkarten aus aller Herren Länder an der Wand neben dem Eingang. Das riesige Fischernetz an der Decke über dem Tresen, das ihr einmal einer der Isarfischer geschenkt hatte, die regelmäßig auf ein Bier vorbeischauten. Die kleinen weißen Tischdecken und die dicken roten Kerzen darauf.

Seit Jahren trank er hier immer wieder gerne sein Feierabendbier und half am Tresen aus, wenn sie zu viel Arbeit hatte.

Monika kam mit zwei großen Tellern zurück.

»Ich hoffe, du hast dein Frühstück heute ausfallen lassen«, sagte sie, während sie sich zu ihm setzte.

»Es gab wie meistens bloß einen Espresso. Ich könnte einen riesigen Ochsen verschlingen, so hungrig bin ich.«

»Versuch's erstmal mit einem kleinen Schwein.« Sie grinste.

»Wie? Ist das etwa ... Spanferkel?« Er zeigte mit dem Kinn auf seinen Teller.

»Erraten.« Sie nickte mit einem stolzen Grinsen.

»Wie genial. Danke, Moni.« Seine Augen glänzten, wie die eines kleinen Kindes vor dem Weihnachtsbaum.

Im selben Moment zerbarst die Fensterscheibe neben ihnen mit lautem Geschepper.

Sie sahen sich mit großen Augen an.

»Wirft da einer mit Steinen?« Monika legte ihr Besteck aus der Hand. Sie blickte überrascht und erschrocken zugleich nach draußen.

Max ließ ebenfalls Messer und Gabel fallen.

»Geh schnell in Deckung, Moni!«, rief er. »Da schießt einer auf uns.«

»Okay.« Sie rutschte blitzartig seitwärts vom Stuhl und kroch unter den Tisch.

Max ließ sich ebenfalls zu Boden sinken.

Im selben Moment zerbrach ein weiteres Mal Glas. Den Geräuschen nach hatte es diesmal nicht nur die Fensterscheibe, sondern auch eine der Schnapsflaschen in dem Regal hinter dem Tresen erwischt.

10

»Ich kriege dich, du mieses Schwein«, murmelte er, während er den zweiten Schuss auf das Fenster der kleinen Kneipe auf der anderen Straßenseite abfeuerte. So gut wie lautlos, dank des Schalldämpfers, den er aufgeschraubt hatte.

»Mist, schon wieder daneben. Wo sind sie nur hin?«

Seit heute Morgen verfolgte er den ehemaligen Hauptkommissar und jetzigen Privatdetektiv Raintaler nun schon. Die ganze Zeit über hatte er auf eine günstige Gelegenheit gewartet, ihn zu erschießen. Jedoch waren immerzu potentielle Zeugen in der Nähe gewesen.

Also hatte er es lieber bleiben lassen. Ein Massaker wollte er schließlich nicht anrichten. Erstens war das nicht sein Ziel, zweitens war die Gefahr, dabei erwischt zu werden, viel zu groß.

Jetzt, gegenüber dieser kleinen Kneipe hier am Stadtrand, lehnte er von neugierigen Blicken geschützt an einem dicken Baumstamm und hatte freie Schussbahn. Er würde ihn jeden Moment plattmachen, den Mistkerl. Sobald er sich wieder blicken ließ.

Er schaute erneut durch sein Zielfernrohr.

Legte behutsam seinen Zeigefinger an den Abzug.

Schüttelte seine Anfangsnervosität endgültig ab.

Konzentrierte sich.

Aller guten Dinge waren drei. Diesmal würde er garantiert treffen.

Doch weder Max Raintaler noch die Frau an der anderen Seite des Fensters, die der Mistkerl vorhin geküsst hatte, waren zu sehen.

»Verdammt nochmal«, zischte er. »Zeig dich endlich wieder, du Ratte.« Wahrscheinlich versteckten sie sich alle beide irgendwo unter dem Fenster, vor dem sie zuvor gesessen waren.

Er überlegte, ob er hineingehen und Raintaler wie einen tollwütigen Hund über den Haufen schießen sollte, verwarf den Gedanken aber gleich wieder. Er wollte nicht, dass dabei möglicherweise eine Unschuldige ums Leben kam. Das wäre nicht richtig gewesen.

Außerdem würde er wohl keine zwei Schritte in den Raum hineinmachen und schon wäre er auf der Verliererstraße, weil ihn der Kerl aus jedem x-beliebigen Versteck heraus abknallen konnte. Sicher war er als Privatdetektiv bewaffnet und wartete nur auf so etwas.

Er ließ den Lauf seines Präzisionsgewehrs sinken.

Erstmal weg hier.

Bestimmt hatte jemand die Fenster zersplittern gehört und die Bullen gerufen. Denen wollte er auf gar keinen Fall in die Arme laufen.

Es würde sich bald eine erneute Gelegenheit bieten, Raintaler auszulöschen. Wenn er irgendwo alleine war, ohne seine Bekannte oder Freundin, der das Lokal zu gehören schien. Wieso hätte sie auch sonst ganz alleine mit ihm dort sein sollen.

11

Nachdem einige Minuten lang keine weiteren Schüsse gefallen waren, rannte Max mit gezogener Waffe ins Freie. Er durchquerte gebückt den kleinen Biergarten. Duckte sich hinter die hüfthohe efeuumrankte Mauer, die das Areal von Monikas kleiner Kneipe zur Straße hin begrenzte.

Möglicherweise war der Schütze noch in der Nähe. Er musste sich irgendwo auf der anderen Straßenseite auf die Lauer gelegt haben oder weiter hinten auf einem Hausdach oder auf einer Dachterrasse oder einem Balkon.

Bestimmt besaß er ein Gewehr für Scharfschützen mit einem Schalldämpfer. Damit waren Treffer über solch große Entfernungen absolut möglich, und daher waren die Schüsse auch nicht zu hören gewesen.

Wenig später wagte sich Max mit dem Kopf ein Stückweit über das Ende der Mauer hinaus, sodass er freien Blick auf die gegenüberliegende Straßenseite und die Umgebung dahinter bekam.

Niemand zu sehen.

Er duckte sich wieder.

Als auch in den nächsten fünf Minuten keine weiteren Schüsse fielen, erhob er sich und spurtete, so schnell er konnte, zurück zu Monika ins Lokal.

Niemand schoss auf ihn.

Der Schütze schien sich verzupft zu haben.

Im Lokal stellte er fest, dass das Einschussloch, das vom zweiten Schuss im rechten Fensterflügel verursacht worden war, und die kaputte Schnapsflasche genau in einer Linie mit der Stelle lagen, an der sein Kopf gewesen war, bevor er sich mit Monika unter dem Tisch versteckt hatte. Der Unbekannte schien es also möglicherweise auf ihn und nicht auf sie abgesehen zu haben.

Gott sei Dank. Auf sich selbst konnte er aufpassen. Selbst gegen einen Überraschungsangriff in der Fußgängerzone würde er sich irgendwie zu wehren wissen. Aber wie hätte er sie beschützen sollen, wenn er beruflich unterwegs war.

Monika kauerte immer noch leicht verstört unter dem Tisch.

Er beruhigt sie erst einmal. Dann erzählte er ihr, dass er bereits den ganzen Tag das Gefühl gehabt hätte, dass ihn jemand verfolgte. Anscheinend wäre derjenige aber erst einmal wieder verschwunden.

»Meinst du, es hat etwas mit deinem neuen Fall zu tun?«, fragte sie, während er ihr aufhalf. »Ist dir jemand von Grünwald aus gefolgt?«

»Möglich ist es natürlich.« Er zuckte die Achseln. »Es kann aber auch einer der Ganoven gewesen sein, die ich früher als Hauptkommissar einkassiert habe. Mann oder Frau. Beides kommt in Frage.«

»Du meinst, sowas wie ein persönlicher Racheakt?« Sie schüttelte vorsichtig ihre Schürze aus, in der sich etliche winzige Glassplitter verheddert hatten.

»Genau das meine ich.« Er nickte.

»Ich dachte immer, sowas gibt es nur im Krimi oder bei der Mafia.«

»Wir hatten etliche solcher Fälle als ich noch bei der Kripo war. Es gibt jede Menge Volldeppen, die sich auch noch im Recht fühlen bei ihren Taten.«

»Was machen wir jetzt. Rufst du Franzi an?«

»Auf jeden Fall. Soll ich etwa nicht?« Er schaute sie fragend an.

»Doch, damit er eine Fahndung nach dem Schützen rausgibt.«

»Weißt du, wie er oder sie aussieht?«

»Natürlich nicht.« Sie schüttelte den Kopf.

»Ich auch nicht. Aber ich rufe Franzi trotzdem an.« Max holte sein Smartphone hervor. »Er soll auf jeden Fall ein paar Leute vorbeischicken, die die Kugeln aus der Wand hinter dem Tresen pulen. Bestimmt brauchen wir sie irgendwann noch als Beweis. Die andere Straßenseite dürfen sie auch gleich gründlich nach Spuren absuchen.«

»Die bringen mir hier aber nicht alles durcheinander, oder? Heute ist so schönes Wetter, da will ich nochmal ein möglichst gutes Geschäft im Biergarten machen.«

»Ich sag Franzi, dass sie unauffällig bleiben sollen. Am besten wäre es, er stellt später zwei Leute ab, die in den nächsten Tagen auf dich und deine Gäste aufpassen. Was meinst du?«

»Es würde mich schon irgendwie beruhigen.« Sie nickte. »Aber sie müssen es wirklich unauffällig tun. Sonst kommen die Gäste nicht mehr.«

»Ist gut.«

Max telefonierte. Monika begann derweil damit, die Scherben von Fenstersims, Stühlen und Tisch auf den Boden zu kehren.

»Wer zahlt mir eigentlich die kaputten Scheiben?«, fragte sie ihn, als er seinen Anruf bei Franz beendet hatte.

»Deine Versicherung?«

»Das glaube ich weniger. Höhere Gewalt ist etwas anderes.«

»Sobald Franzi mir mein Geld gibt, kannst du es haben«,

bot er ihr an. »Es sollte für die Reparatur genügen.« Er wollte auf keinen Fall, dass sie einen finanziellen Nachteil wegen ihm erlitt.

»Du bist ein Schatz.« Sie umarmte ihn und küsste ihn innig. »Aber das kriege ich schon irgendwie hin«, fuhr sie danach fort. »Der Sepp, der lange Lulatsch, der abends immer auf genau drei Bier und drei Schnäpse kommt ... Du weißt schon, der mit dem grauen Rauschebart ...«

»Der aus Harlaching? Ich weiß genau, wen du meinst.« Max nickte. »Was ist mit ihm?«

»Er ist Glaser. Macht mir bestimmt einen guten Preis. So viel Rücklagen habe ich allemal.«

»Wenn ich den Schützen erwische, holen wir es uns von ihm zurück. Alles wird gut. Wirst schon sehen.«

»Hoffentlich.« Sie atmete einmal tief ein und wieder aus. Dann lächelte sie ihn zufrieden an.

Max staunte darüber, wie schnell sie sich wieder gefangen hatte. Schüsse eines Heckenschützen, der es auf dich selbst oder jemanden in nächster Nähe abgesehen hatte, waren schließlich kein Pappenstiel.

»Herrschaftszeiten, ich würde wirklich zu gerne wissen, wer dieser Geisteskranke ist.« Er ließ seinen Blick vom kaputten Fenster über den immer noch scherbenübersäten Tisch bis zu der erschossenen Schnapsflasche im Regal hinter dem Tresen gleiten.

»Abwarten.«

»Und Tee trinken?« Er blinzelte ihr zu.

»Du auf jeden Fall. Zumindest die nächsten vier Wochen.« Sie schüttelte scherzhaft den Zeigefinger. Lachte dabei leise.

»Jedermann weiß, dass ich meine Vorsätze niemals breche.« Er lachte ebenfalls.

»Was hast du heute noch vor?«

»Erstmal werde ich dir beim Aufräumen helfen und dann aufessen. Du hast doch noch Fleisch und so weiter in der Küche, oder?«

»Sicher.« Sie nickte. »Ich würde aber lieber nur aufräumen und nichts mehr essen.«

»Wie du willst. Ich helfe dir.« Max wusste, dass sie bald das Lokal aufsperren musste. Außerdem war ihr der Appetit vorerst sicher vergangen. Nicht jeder konnte einen unempfindlichen Rossmagen haben, wie er.

»Lass gut sein.« Sie zupfte ihn kurz am Oberarm. »Alleine schaff ich das schneller. Was immer du noch vorhattest, tu es.«

»Bist du dir sicher? Ich hatte tatsächlich was vor. Nämlich Josef zu treffen.«

»Sehr gut.« Sie nickte. »Du sagtest doch, dass der Täter auf jeden Fall hinter dir her ist. Da ist es sowieso sicherer für mich und meine Gäste, wenn du nicht hier bist.«

»Auch wieder wahr.« Er zuckte die Achseln.

»Oder meinst du, ich sollte heute doch lieber geschlossen lassen?«, zögerte sie. Zweifel huschten über ihr Gesicht. »Aber ich brauche das Geld wirklich. Ich habe Kosten. Zum Beispiel muss ich neue Fenster bezahlen.«

»Sperr ruhig auf.« Max strich ihr sanft über die Wange.

»Wirklich?«

»Ich verschwinde, dann kommt der Kerl vorerst bestimmt nicht wieder. Lass auf jeden Fall sicherheitshalber die Vorhänge zu, bis Franzis Leute eintreffen.«

Max war es im Grunde genommen ganz recht so. Das Treffen mit Josef, seinem Freund und Fußballvereinskollegen vom FC Kneipenluft, war bereits seit letzter Woche abgemacht. Sie wollten Kaffee trinken gehen und dabei ihre Neuigkeiten austauschen.

»Mach ich«, erwiderte Monika, die trotz ihrer wiedergewonnenen üblichen Forschheit nach wie vor reichlich blass um die Nase war. »Pass du aber ebenfalls gut auf dich auf. Lieber Gott, wer tut sowas bloß?« Sie zeigte auf die kaputten Fensterscheiben.

»Wie gesagt, keine Ahnung.« Max zuckte erneut die Achseln. »Wenigstens kann mir bei einem so lausigen Schützen nicht viel passieren.« Er grinste humorlos.

»Es sei denn, er hat mit Absicht danebengeschossen.«

»Du meinst, es war möglicherweise nur eine Warnung?«

»Kann doch sein.«

»Im Prinzip geb ich dir recht«, stimmte ihr Max zu. »Aber wenn es tatsächlich so ist, hat er echt verdammt knapp danebengezielt.«

»Doch kein lausiger Schütze?«

»In diesem Fall wohl eher nicht. Allerdings müsste noch irgendeine Nachricht kommen. Ich als Opfer sollte doch wenigstens wissen, wovor ich gewarnt werde.«

12

Montagmorgen, München Thalkirchen.

Max rieb sich mit der rechten Hand die Augen. Mit der anderen griff er nach seinem Handy, das vor ihm auf seinem Couchtisch hin und her rutschte. Vibrationsalarm und das Lied vom Tod. Schluss damit. Er hob ab.

»Franzi hier.«

»Servus.«

»War noch was gestern?«

»Nein, alles gut. Sonst hätte ich dich angerufen. Habt ihr irgendwo Spuren des Schützen gefunden?«

»Wir sind der Richtung des Schusskanals gefolgt, haben aber draußen weiter nichts Verdächtiges entdeckt. Auf jeden Fall konnten wir die Projektile in Monis Schankraum sichern. Wir finden den Täter, Max. Verlass dich drauf.«

»Fragt sich nur wie.« Max blickte nachdenklich auf den Fußboden. Er gähnte ausgiebig.

»Wir schaffen das.« Franz hörte sich sehr zuversichtlich an. Max fragte sich, ob er tatsächlich glaubte, was er sagte, oder sich nur Mühe gab, so zu klingen.

»Natürlich, Frau Kanzlerin.«

»Witzbold. Es gibt leider auch schlechte Nachrichten.«

»Immer her damit.«

»Irmi Bauretter ist tot.«

»Die Mutter von Julia Hemmschuh?« Max war noch nicht ganz wach. Deshalb fragte er vorsichtshalber nach, bevor er etwas falsch verstanden hatte.

»Genau die.«

»Was ist passiert?« Er setzte sich überrascht auf. Kam aber nur schwer in Schwung. Dabei hatte er gestern gar nichts getrunken.

Das Treffen mit Josef war auch ohne Bier sehr amüsant gewesen. Bis in die Abendstunden waren sie zusammengesessen, hatten über alte Zeiten gesprochen und viel gelacht.

Dann waren sie getrennt nach Hause gegangen.

Er hatte sich gleich hier in sein Wohnzimmer gelegt, und war um kurz nach zehn auf seiner geliebten Couch eingeschlafen.

Bis gerade eben hatte ihn auch niemand in seiner Nachtruhe gestört. Der Attentäter war ihm also offensichtlich nicht gefolgt.

Offenkundig hatte er sich, wie von Max vorausgesagt, genauso wenig vor Monikas kleiner Kneipe blicken lassen. Sonst hätte sie oder einer ihrer Bewacher angerufen.

Er blickte erneut gähnend auf seine Armbanduhr, die er zum Schlafen nie abnahm, damit er auch ohne Blick auf den Wecker immer sofort wusste, wie spät es war. Eine alte Gewohnheit aus Schichtdienstzeiten.

Da schau her, kurz vor zehn. Zwölf Stunden Schlaf. Das sollte eigentlich reichen. Tat es aber nicht. Er gähnte ein weiteres Mal.

»Frau Bauretter ist vorhin von ihrem Balkon gestürzt«, sagte Franz. »Offenbar wurde sie mit dem Tod ihrer Tochter Julia nicht fertig und hat sich selbst das Leben genommen. Das ist zumindest die offizielle Version.«

»Und die inoffizielle?«

»Mir kommt das Ganze nun doch reichlich merkwürdig vor. Zwei Tote aus ein und derselben Familie in so kurzer Zeit. Beide Male weiß man nicht so ganz, was passierte. Bisschen viel Zufall.«

»Ach wirklich?« Max konnte sich den sarkastischen Unterton in seiner Stimme nicht verbeißen.

»Schon gut, Max. Du hattest wahrscheinlich wie immer recht. Ist es das, was du hören willst?«

»Und jetzt?« Max hatte keine Lust, auf Franz' provozierende Frage zu reagieren. Sollte er sie sich selbst beantworten.

»Der Staatsanwalt ist auf einmal ebenfalls anderer Meinung. Er will den Fall wieder aufnehmen.«

»Freut mich für ihn. Und warum weckst du mich in aller Früh?«

»Es ist zehn Uhr.«

»Eben.«

»Ich wollte dich darum bitten, wieder einzusteigen. Du hast bereits mit der Sache angefangen und bestimmt schon jede Menge Ideen zu dieser Familie.«

»Ist das so?«

»Außerdem habe ich, wie bereits gesagt, zu wenig Leute.«

»Na sowas.«

»Jetzt lass es dir doch nicht so raushängen, Herrgott nochmal.« Franz wurde ungeduldig. »Nächstes Mal hör ich gleich auf dich, versprochen.«

»Tatsächlich?« Max musste grinsen. Er genoss es ausgiebig Franz betteln zu hören. Deshalb sagte er auch nicht sofort zu, sondern stellte erst einmal eine weitere Frage. »Gibt es schon genauere Erkenntnisse bezüglich des Tathergangs?«

Er erhob sich mit seinem Smartphone am Ohr von seinem Nachtlager, ging in die Küche, legte es dort auf die Anrichte, stellte es auf volle Lautstärke und schaltete seine Espressomaschine ein.

Sie war uralt, aber sie funktionierte immer noch einwandfrei. Eins der ersten Modelle, die in Deutschland in den 1950er-Jahren für den Privathaushalt auf den Markt kamen. Sein Vater hatte sie damals gekauft. Max schwor auf den einzigartigen Geschmack, den sie lieferte. Kein Vergleich mit der bitteren Brühe, die man heutzutage in vielen Cafés oder Kneipen angeboten bekam.

»Die ersten Ergebnisse der Spurensicherung lassen wie gewohnt auf sich warten. Möchte mal wissen, was die in ihrem Labor machen, Taschenbillard? Ihre Eier schaukeln? Gruppensex? Keine Ahnung.«

»Was weißt du selbst?«

»Der Mann der Toten, dieser Heinz Bauretter, kam meinen Leuten vor Ort ein wenig seltsam vor. Er schien nicht großartig um sie zu trauern. Möglicherweise wollte er es aber auch nicht zeigen. Durchaus denkbar, dass er sie vom Balkon stieß, weil sie einen Streit hatten.«

»Glaube ich nicht.« Max schüttelte den Kopf.

Er erinnerte sich mit einem flüchtigen Lächeln auf den Lippen an das Gespräch mit Heinz Bauretter. Dessen Gemecker über das mangelhafte Essen daheim und dass es keinen Sex zwischen ihm und seiner Frau mehr gäbe, könnte zwar auf ein Motiv schließen lassen. Genau betrachtet war es aber unwahrscheinlich, dass er Irmi deshalb umgebracht hatte.

Die Gründe waren zu schwach und er war außerdem einfach nicht der Typ dazu. Noch dazu hatte er Max gegenüber gestern angedeutet, dass er sich bereits mit Scheidungsgedanken trug. Das war zwar halb im Spaß gewesen. Aber wozu hätte er seine Frau umbringen sollen, wenn er eine Trennung zumindest bereits erwog.

Das machte so gesehen alles keinen rechten Sinn.

Außerdem hätte er es, wenn er es wirklich vorgehabt hätte,

längst tun können. Wieso also ausgerechnet jetzt, wo jeder sofort auf einen Zusammenhang mit dem Tod von Julia kommen musste?

»Bist du also wieder dabei?«

»Ich glaube einfach nicht, dass er ein Mörder ist. Da müsste ich mich schon schwer täuschen.« Max stellte eine kleine Tasse unter den Kaffeeausschenker seiner Espressomaschine. Er drückte auf den Startknopf. »Was, wenn Irmi Bauretter zum Beispiel etwas über den Tod ihrer Tochter wusste und deshalb sterben musste? Das muss nicht unbedingt etwas mit Heinz Bauretter zu tun haben, oder?«

»Das weißt du besser als ich«, meinte Franz. »Du warst schließlich bei ihnen. Also was ist jetzt?«

»Was soll sein?«

Während die Espressomaschine leise vor sich hin schnorchelte und tuckerte, suchte Max im Kühlschrank nach etwas Essbarem. Außer einem an den Rändern bereits verfärbten und bockharten Stück Emmentaler, einer alten Milchpackung, einer halbleeren Flasche Ketchup und einer Dose Bier entdeckte er allerdings nichts.

Unverrichteter Dinge ließ er die Tür wieder ins Schloss fallen.

Ich sollte mal wieder einkaufen gehen. Moment. Falsch. Ich sollte überhaupt mal einkaufen gehen.

»Max, hör zu. Ich habe keine Zeit mehr. Ich stecke bis über die Ohren in Bürokram.« Franz klang sehr ungeduldig, so als hätte er gerade wirklich gar keine Lust auf die Spielchen seines alten Freundes und Exkollegen. »Bist du wieder dabei oder nicht? Ich muss das wissen oder ich schau mich nach jemand anderem um.«

»Wer sollte das sein?«

»Ich kenne sehr viele Privatdetektive.«

»Dann nimm doch einen von denen.« Max zuckte die Achseln.

Gleich geht er in seinem ungemütlichen Büro an die Decke. Wetten?

»Max!« Franz wurde prompt laut. »Hör endlich auf. Du alte beleidigte Leberwurst.«

»Warum schreist du denn so?« Max grinste breit.

Wette gewonnen!

»Ich schreie nicht, verdammt nochmal!«, schrie Franz.

»Komm wieder runter. Ich bin dabei.« Max schlürfte genussvoll den ersten Schluck Espresso. Als er dabei über den Rand seiner kleinen Tasse zum Fenster hinausblickte, fiel ihm zum ersten Mal auf, dass draußen die Sonne schien. Ein weiterer warmer Herbsttag kündigte sich an. »Allerdings hat sich mein Honorar gerade um 50 Euro am Tag erhöht. Eine Art Schmerzensgeld sozusagen.«

»Du ... mieser Erpresser.«

»Umsonst ist der Tod und der kostet das Leben.«

»Na gut, von mir aus.« Franz stöhnte genervt. »Aber du fängst gleich heute an.«

»Ihr Wunsch ist mir Befehl, Eure königlich bayerische Erhabenheit.«

»Depp.« Franz legte auf.

»Das war jetzt aber fast ein bisserl hart, Herr Hauptkommissar«, murmelte Max. Er legte ebenfalls auf.

13

Montag, 10.45 Uhr, München, Untergiesing-Harlaching.

»Mein Beileid, Herr Bauretter.« Max reichte Heinz die Hand.

»Danke.« Heinz ließ den Kopf sinken. »Ich verstehe das nicht, Herr Raintaler. Erst unsere Julia, jetzt meine Irmi. Das geht doch alles nicht mit rechten Dingen zu.« Er wirkte wie vom Blitz getroffen. Die Sache ging ihm offenkundig sehr nahe, was auch weiter kein Wunder war.

Franz' Leute schienen kein besonderes Gespür für andere zu haben, wenn sie behaupteten, er würde nicht großartig trauern.

»Merkwürdig ist das Ganze schon.« Max nickte langsam.

»Kommen Sie doch rein.« Heinz trat beiseite, um ihn in den Flur zu lassen.

»Danke.«

Sie gingen ins Wohnzimmer.

»Der liebe Gott meint es nicht gut mit mir.« Heinz setzte sich kopfschüttelnd an den Esstisch. In seiner gekrümmten Körperhaltung machte er den Eindruck eines gebrochenen Mannes. »Bestimmt rächt er sich jetzt dafür, dass ich seit Jahren nicht mehr beim Gottesdienst in der Kirche war.«

»Wissen Sie, wie das mit Ihrer Frau passiert ist?« Max setzte sich ebenfalls. Er legte ihm mitfühlend seine Hand auf den Unterarm.

»Ich habe keine Ahnung.« Heinz sah ihn aus tränenerfüllten Augen an. »Aber sie ist wohl vom Balkon gesprungen. Ich entdeckte sie unten neben der Eingangstür, als ich vom Semmeln holen heimkam.«

»Sie lag also direkt unter Ihrem Balkon, als Sie nach Hause kamen? Um wie viel Uhr war das?« Max zückte Kugelschreiber und Notizblock, um sich die wichtigen Eckdaten zu notieren.

»Kurz nach acht. Ich gehe immer um kurz vor acht zum Bäcker auf der anderen Straßenseite und hole frische Semmeln. Morgens hat sie noch Kohlenhydrate gegessen, die Irmi. Richtig schlimm wurde es dann erst beim Mittagessen. Nur Salat, Rohkost und so weiter. Abends genau dasselbe. Manchmal ein winziges Stück Fisch. Das war's.« Heinz sah durch Max hindurch. »Herrgott nochmal, ich würde sogar rohe Kartoffeln essen, wenn sie wieder da wäre, Herr Raintaler.«

»Es muss schrecklich für Sie sein. Darf ich Ihnen trotzdem noch ein paar Fragen stellen?«

Der genaue Todeszeitpunkt aus der Pathologie wird hier sicher für weitere Klarheit sorgen.

»Ja.« Heinz nickte. Er wischte sich mit dem Handrücken die Tränen aus dem Gesicht. Danach schenkte er sich einen Obstler aus der angebrochenen Flasche ein, die neben ihm auf dem Tisch stand. »Auch einen? Ist nicht mein erster heute.«

»Alkoholpause. Sie erinnern sich?« Max lächelte flüchtig.

»Ach ja, stimmt.« Heinz zuckte die Achseln. »Ich brauch jetzt jedenfalls einen oder zwei.« Er kippte sein Stamperl auf einen Sitz hinunter. Dann schenkte er sich erneut ein. »Warum hat sie das nur getan? So schlimm war es doch auch wieder nicht mit mir. Ich weiß, dass ich ein grantiges Ekel sein kann. Aber deswegen bringt man sich doch nicht gleich um.« Er schluchzte laut und hemmungslos.

»Vielleicht wurde sie von jemandem gestoßen«, meinte Max, nachdem er gewartet hatte, bis sich Heinz wieder einigermaßen beruhigt hatte. »Möglich wäre es.«

»Wer sollte das gewesen sein? Sie war doch allein zu Haus.« Heinz sah ihn mit großen Augen an.

»Es könnte jemand geklingelt haben. Sie ließ ihn herein. Dann gingen sie zu zweit auf den Balkon. Dort stieß dieser jemand sie hinunter. Das würde auch erklären, warum es hier in der Wohnung keine Spuren eines Kampfes gibt.«

»Aber Irmi ließ doch keinen Fremden rein, der sie einfach so vom Balkon schubst. Sie war zwar vom Fitnesswahn besessen, aber beileibe nicht dumm oder leichtsinnig.« Heinz schüttelte, deutliche Zweifel im Blick, den Kopf. »Außerdem war ich höchstens eine Viertelstunde oder 20 Minuten lang weg. Da hätte das Ganze schon sehr schnell vor sich gehen müssen.«

»Ist Ihnen unten jemand aufgefallen, nachdem Sie Ihre Frau gefunden hatten? Kam etwa ein Fremder aus dem Haus?«

»Nein.« Heinz Antwort kam wie aus der Pistole geschossen. Er schien sich absolut sicher zu sein. »Ich hatte zuerst nur Augen für meine Irmi. Hoffte immerzu, sie würde jeden Moment aufstehen und sagen, dass das Ganze nur ein schlechter Witz gewesen sei. Aber da war niemand sonst. Das hätte ich sicher bemerkt.«

»War also kein schlechter Witz«, raunte Max fast stimmlos. *Falls sie tatsächlich geschubst wurde, muss der Täter also vor Heinz Bauretters Rückkehr verschwunden gewesen sein.*

»War es nicht.« Heinz schüttelte langsam den Kopf. »Als mir klar wurde, dass etwas Schlimmes geschehen sein musste, ging ich auf die Straße hinaus und rief mit meinem Handy einen Krankenwagen herbei.«

»Hat sich Ihre Frau irgendwie merkwürdig verhalten in der letzten Zeit?«

»Außer ihrem Gesundheitstick, meinen Sie?«

»Ja.« Max nickte.

»Das könnte ich Ihnen nicht einmal genau sagen, Herr Raintaler.« Heinz schaute mit leerem Blick aus dem Fenster. »Ich denke mal, wir sind uns in den letzten Jahren die meiste Zeit über aus dem Weg gegangen.«

»Das letzte Mal, als ich hier war, haben Sie, Irmi und Regina mir etwas verschwiegen.«

»Wie meinen Sie das?« Heinz sah ihn erstaunt an. Max konnte nicht erkennen, ob er sich ertappt fühlte oder einfach nur über die in seinen Augen möglicherweise zu weit hergeholte Vermutung staunte.

»So wie ich es sage.«

»Aber wir haben Ihnen nichts verschwiegen.« Heinz schüttelte erneut den Kopf.

»Bitte reden Sie mit mir«, drängte ihn Max. »Je mehr ich über irgendwelche Ungereimtheiten im Leben Ihrer Familie weiß, umso schneller kann ich herausfinden, was tatsächlich mit Julia und Ihrer Frau passiert ist. Das wollen Sie doch auch, oder?«

»Aber wir haben Ihnen wirklich nichts verschwiegen. Wie kommen Sie nur darauf?« Heinz schüttelte wieder den Kopf. Er schien tatsächlich nicht zu verstehen, was Max meinte.

»Reden Sie schon, Herr Bauretter.« Max ließ nicht locker.

Heinz sah ihn lange schweigend an. Dann senkte er auf einmal seinen Blick und räusperte sich umständlich.

»Na gut«, lenkte er anschließend ein. »Da gab es etwas, das vielleicht mit Julias Tod zu tun hatte.«

»Was war es?«

»Robert und Julia hatten gestritten, weil sie fremdgegangen war. Er hatte ihr sogar mit der Scheidung gedroht.«
»Tatsächlich?«
»Ja.«
»Kein Schmarrn?«
»Nein.«
»Davon hat er mir gar nichts erzählt.« Max rieb sich zufrieden die Hände. »Dann werde ich den feinen Herrn Hemmschuh gleich mal in seiner Firma aufsuchen. Wissen Sie die Adresse?«

Sie wollten also Robert Hemmschuh schützen. Klar, wer verliert schon gern das Huhn, das goldene Eier legt.

»Nördlich vom Candidplatz in der Hans-Mielich–Straße. Den hellgrünen Bau gleich auf der linken Seite können Sie gar nicht übersehen. Aber sagen Sie ihm nicht, dass Sie es von mir haben.«

»Ich werde mein Bestes tun. Wo ist Ihre Regina eigentlich morgens um acht für gewöhnlich?«

»In der Arbeit. Sie arbeitet als Verkäuferin in einem Supermarkt beim Mariahilfplatz. Da muss sie jeden Tag pünktlich um sieben antreten.«

»Supermarkt, ehrlich?« Max zog erstaunt die Brauen hoch. »Sie sieht für mich eher nach einer Boutiquebesitzerin aus, wenn Sie erlauben.«

»Sie hatte auch eine Boutique in Schwabing, bis sie Pleite ging«, erwiderte Heinz. Er schnäuzte sich kräftig die Nase. »Das mit dem Supermarkt macht sie nur vorübergehend, bis sie wieder etwas Besseres findet.«

Meine Menschenkenntnis ist also nach wie vor gar nicht so schlecht.

»Konnte ihr Julia nicht helfen? Immerhin war sie mit dem schwerreichen Robert Hemmschuh verheiratet.«

Dass Robert nicht nur wohlhabend, sondern sogar mehrfacher Millionär war, hatte Max vorhin noch kurz bei sich zu Hause recherchiert.

»Das weiß ich nicht. Die beiden haben wohl gestritten deswegen. Aber wir haben uns nicht eingemischt, die Irmi und ich.« Heinz blickte Max frank und frei in die Augen.

»Verstehe.«

»Weiß Regina schon über den Tod ihrer Mutter Bescheid?«

»Ich versuche andauernd sie zu erreichen. Aber sie hat ihr Handy wohl ausgeschaltet.« Heinz zeigte auf sein Smartphone, das zwischen ihnen auf dem Tisch lag.

»Kann man sie nicht über die Geschäftsleitung des Supermarktes anrufen?«

»Da wird ausgerechnet heute die Telefonanlage erneuert. Wie es der Teufel will.« Heinz schüttelte ärgerlich den Kopf. »Ich wollte nachher persönlich mit dem Bus hinfahren, wenn ich sie immer noch nicht erreiche.«

»Ich könnte ihr das mit dem Tod Ihrer Frau behutsam beibringen. Muss sie gleich sowieso befragen. Danach schicke ich sie zu Ihnen.«

»Das würden Sie tun?«

»Sicher.«

»Vielen Dank. Ich fühle mich wirklich nicht besonders und bleibe gern hier sitzen.« Heinz zeigte mit einer Handbewegung auf sein Wohnzimmer.

»Schon gut, Herr Bauretter. Sie haben gerade jede Menge durchzustehen. Am besten machen Sie auch mal einen kleinen Spaziergang, sobald ich weg bin.«

»Gute Idee. Sonst saufe ich mich noch tot mit meinem Schnaps.« Heinz zeigte mit zitternden Fingern auf die Flasche auf dem Tisch.

14

Als Max gegen halb zwölf zu Robert Hemmschuhs Firma in der Hans-Mielich-Straße aufbrach, machte er vorher noch einen kurzen Abstecher zum Flauchersteg, wo es am Standl vom alten Anton seine Lieblingsbratwurst gab.

Höchste Zeit, dass er etwas in den Magen bekam. Ganz ohne Frühstück stellte sich früher oder später nur schlechte Laune bei ihm ein. Es hing offenbar mit seinem Blutzuckerspiegel zusammen. Zumindest hatte ihm das sein Hausarzt, Dr. Berger, einmal so erklärt.

Er stellte sein Radl neben dem Kiosk ab. Dann begrüßte er seinen alten Bekannten in der grauen Kittelschürze mit Handschlag.

»Servus, Anton. Wie laufen die Geschäfte?«

»Könnte besser sein«, jammerte der urige Münchner mit den hellbraunen Augen und dem grauen Rauschebart. Sein breites Grinsen ließ jedoch darauf schließen, dass er eigentlich ganz zufrieden war. »Eine Rote mit scharfem Senf, wie immer, Max?«

»Du hast es erraten. Höchste Zeit fürs Frühstück.«

»Kommt sofort.«

Max setzte sich an einen der kleinen Tische, die vor dem Kiosk standen und im Moment alle noch frei waren. Ab 12 Uhr würden sie wie gewöhnlich von unzähligen Rentnern besetzt sein. Dann hatte Anton nämlich regelmäßig mindestens eine besonders günstige Mahlzeit auf der Karte. Gutes Essen zu fairen Preisen unter großen Kastanienbäumen. So ließ sich das Leben auch noch im Ruhestand hervorragend genießen.

Nachdem er voller Genuss aufgegessen hatte, fuhr Max direkt zu Robert Hemmschuhs Firmengebäude in der Hans-Mielich-Straße.

Er stellte sein Fahrrad vor der Tür ab, trat ein und fragte die sympathische Blondine hinter dem Empfangstresen nach dem Chef.

Sie rief bei Robert an, um seinen Besucher anzukündigen.

»In den zweiten Stock hinauf, bitte«, meinte sie danach, während sie auf den Personenaufzug schräg gegenüber von ihrem Platz zeigte. »Der Chef wartet oben auf Sie.«

»Danke schön.«

Aufgrund seiner Aufzugphobie nahm Max auch diesmal lieber die Treppe. Als er in der zweiten Etage ankam, erwartete ihn Robert bereits im Flur. Allerdings augenscheinlich aus Richtung des Lifts.

»Hallo, Herr Hemmschuh«, rief Max.

Robert drehte sich zu ihm um. Er trug diesmal natürlich keinen Bademantel, sondern einen maßgeschneiderten dunklen Geschäftsanzug.

»Grüß Gott, Herr Raintaler. Was verschafft mir die Ehre?«, sagte er, während er zu ihm hinübereilte.

»Könnten wir in Ihrem Büro wohl noch eine Kleinigkeit besprechen?« Max atmete zweimal tief durch. Dann war die Anstrengung seines flotten Aufstiegs hierher auch schon wieder vergessen. Er registrierte zufrieden, dass man offenkundig auch mit fast 60 Jahren noch einigermaßen fit sein konnte.

»Natürlich.« Robert nickte. »Bitte folgen Sie mir einfach.«

Er ging voraus. Am Ende des von rechts durch große Fenster lichtdurchfluteten Ganges öffnete er die letzte Tür auf der linken Seite.

Sie durchquerten zunächst einen Vorraum mit Sekretärin, die freundlich grüßte. Anschließend betraten sie ein großes Zimmer mit Glasschreibtisch, etlichen Regalen mit Aktenordnern darin und leicht getönten Panoramafenstern vom Boden bis zur Decke.

»Es geht nochmal um ihre verstorbene Frau, Herr Hemmschuh«, begann Max das Gespräch, nachdem sie sich einander gegenüber an Roberts Schreibtisch aus Eichenholz gesetzt hatten.

»Was ist denn noch damit?« Roberts Stimme klang wenig begeistert. Er beäugte Max mit wachem Blick. »Ich stecke bis über die Ohren in Arbeit. Das wissen Sie schon.«

»Es dauert nicht lange.«

»Legen Sie los.«

»Sie haben mir verschwiegen, dass Sie sich scheiden lassen wollten.«

Er scheint heute lange nicht so traurig wie gestern zu sein. Was mag in der kurzen Zeit mit ihm passiert sein?

»Ich mich scheiden lassen? Das wüsste ich aber.« Robert schüttelte überrascht den Kopf. Zumindest wirkte es so.

»Ist es nicht richtig, dass Ihre Frau fremdging?«

»Wer sagt das?«

»Bitte beantworten Sie meine Frage.«

»Na ja …« Robert zögerte. Dann fuhr er widerstrebend fort. »Sie hatte da mal was mit einem früheren Arbeitskollegen. Einem Italiener. Das ist schon richtig.«

»Wann war das?«

»Vor vier Wochen vielleicht.«

»Wie hieß der Mann?«

»Keine Ahnung.«

»Und warum haben Sie mir bisher nichts davon erzählt?«

»Ich hielt es wohl nicht für wichtig.« Robert zuckte die Achseln.

»Nicht für wichtig? Ihre Frau kommt unter ungeklärten Umständen ums Leben und Sie halten es nicht für wichtig, dass Sie eine schwere Auseinandersetzung wegen eines Liebhabers mit ihr hatten?« Max zog ärgerlich die Brauen hoch. »Für wie blöd halten Sie mich eigentlich?«

»Langsam, Herr Raintaler. Das mit der Auseinandersetzung haben Sie gesagt, nicht ich.« Robert wurde laut. »Für mich war es eine ganz normale Diskussion. Julia hat mir daraufhin versprochen, die Angelegenheit zu beenden. Damit war die Sache für mich gelaufen. Schließlich ist man selbst auch nicht immer ein Waisenknabe.«

»Sie hatten ebenfalls ein Verhältnis?« Max staunte nicht schlecht darüber, wie viel schmutzige Wäsche in diesem Fall scheibchenweise unter der gutbürgerlichen Fassade zum Vorschein kam. »Darf man fragen mit wem?«

»Wenn Sie es genau wissen wollen, ich hatte und habe ein Verhältnis. Mit wem, geht Sie allerdings nichts an.« Robert verschränkte abweisend die Arme vor der Brust.

»Der Name Ihrer Geliebten wäre aber hilfreich, um die Todesumstände Ihrer Frau zu klären.« Max klang sachlich. Sein Mitleid mit dem gestern noch so überzeugend trauernden Witwer hielt sich im Moment eher in Grenzen.

»Ist mir egal.« Robert schaute stur an ihm vorbei.

»Kommen Sie schon. Sie machen sich und ihre Bekannte nur verdächtig, wenn Sie schweigen. Das muss Ihnen doch selbst klar sein.«

»Von mir erfahren Sie nichts.« Robert schüttelte den

Kopf. »Sie hat mit der ganzen Sache nichts zu tun. Außerdem wohnt sie im Ausland.«

»Darf man fragen wo?«

»Italien. Mehr sage ich wirklich nicht. Außer Sie verhaften mich und versuchen, es aus mir herauszuprügeln. Aber selbst dann würde ich meine liebe Giuliana nicht in diese Sache mit hineinziehen.«

»Giuliana aus Italien also. Woher kommt die Vorliebe für Südländer bei Ihnen und Ihrer verstorbenen Frau?«

»Reiner Zufall.« Robert zuckte die Achseln. Er sah Max immer noch nicht an.

»Warum haben Sie mir nicht gleich von ihrer Geliebten erzählt?«

»Ich will sie, wie gesagt, nicht in die Sache mit Julia hineinziehen. Man weiß doch, was die Polizei denkt, sobald sie von so etwas erfährt. Eifersucht und so weiter.«

»Tatsächlich, weiß man das?«

»Ja.« Robert nickte. Er gab seine abweisende Haltung auf und blickte Max direkt in die Augen.

»Ist der Gedanke denn so abwegig, dass Ihre beiden Damen aneinandergerieten?«, wollte der wissen. »Aus Eifersucht oder möglicherweise auch aus Geldgier?«

»Ja, ist er.« Robert nickte. »Beide waren nicht eifersüchtig und nicht geldgierig. Giuliana schon gar nicht. Ihre Eltern sind sehr reich.«

»Giuliana, sehr reiche Eltern, Italien. Ich weiß jetzt sowieso fast alles. Also?« Max zog neugierig die Brauen hoch.

»Was also?«

»Sagen Sie mir endlich den vollen Namen Ihrer Freundin oder muss ich ihn tatsächlich selbst herausfinden?« Max behielt die Ruhe. Erfolgreich ermitteln erforderte Geduld, wusste er. Wer das nicht akzeptierte, war hier im falschen

Job. »Ich finde ihn so oder so heraus«, fuhr er selbstgewiss fort. »Verlassen Sie sich darauf.«

»Tun Sie, was Sie nicht lassen können, Herr Raintaler. Von mir erfahren Sie diesbezüglich jedenfalls nichts.« Robert erhob sich. Er klang jetzt unfreundlich und von oben herab. Chefmäßig arrogant sozusagen. »Nochmal. Ich habe meine Frau nicht umgebracht. Ich habe sie geliebt. Giuliana hat ebenfalls nichts getan.«

»War Ihre Geliebte zur Tatzeit in München?«

»Ich würde jetzt gerne weiterarbeiten, wenn Sie nichts dagegen haben, Herr Raintaler. Ansonsten rufen wir Ihren Chef an und fragen ihn, ob es nötig ist, dass Sie so aufdringlich werden.«

»War Ihre Giuliana zur Tatzeit in München?« Max ließ sich von Roberts verbalen Drohgebärden nicht beeindrucken. Zu oft hatte er Ähnliches während seiner Zeit bei der Kripo erlebt. Es langweilte ihn inzwischen nur noch.

»Herrgott nochmal, sind Sie ein sturer Hund.« Robert schnaubte ärgerlich. »Ja, sie war hier. Aber sie hat nichts getan. Als Julia starb, war sie in ihrem Hotel. Zufrieden?«

»In welchem Hotel?«

»Im Bayerischen Hof, wo sonst?« Robert hielt sich mit einer schnellen Geste den Mund zu. Offenbar hatte er inzwischen viel mehr gesagt, als er eigentlich wollte.

»Wir werden das überprüfen«, meinte Max.

»Tun Sie, was Sie wollen. Von mir erfahren Sie endgültig nichts mehr.« Robert ging unruhig hinter seinem Schreibtisch auf und ab. Das Gespräch schien ihn nervös zu machen. So viel war sicher.

»Eine Sache hätte ich aber doch noch.«

»Interessiert mich nicht im Geringsten, wenn ich ehrlich bin.« Robert setzte erneut einen blasierten Blick auf.

»Wo waren Sie heute Morgen zwischen 7 Uhr und 9 Uhr?«

Max ignorierte den unhöflichen Einwand geflissentlich.

»Das darf jeder wissen.« Robert zuckte gleichmütig die Achseln. »Ich war hier in meinem Büro, wie immer.«

»Die ganze Zeit über?«

»Die ganze Zeit über.« Robert nickte selbstsicher.

»Kann das jemand bezeugen?«

»Meine Sekretärin. Sie ist jeden Morgen die Erste hier.«

»Werde ich ebenfalls gleich überprüfen, wenn ich rausgehe.«

»Überprüfen Sie, was und so viel Sie wollen, Herr Kommissar. Aber wieso wollen Sie das denn unbedingt wissen?«

»Irmi Bauretter ist tot.«

»Was?« Robert blickte Max mit schreckgeweiteten Augen an. »Die Irmi ist …? Aber … Was ist denn passiert?«

»Sie ist von ihrem Balkon in die Tiefe gestürzt.«

»Wie bitte?« Roberts Hände begannen unkontrolliert zu zittern. Er setzte sich wieder. »Etwa … Selbstmord?«

»Wir wissen es noch nicht genau.«

»Aber das kann doch nicht wahr sein.« Robert raufte sich die Haare. »Erst die Julia und jetzt auch noch die Irmi.«

»Leider ist es wahr.« Max' Stimme klang für einen kurzen Augenblick nahezu einfühlsam.

»Unfassbar«, hauchte Robert ungläubig. Seine Überraschung wirkte echt. Er schien keine Show abzuziehen.

»Das war noch nicht das Ende mit uns beiden, Herr Hemmschuh«, fuhr Max sachlich fort, während er aufstand.

»Bemühen Sie sich nicht. Ich finde alleine raus.«

Er drehte Robert den Rücken zu und verließ das Büro.

Roberts Sekretärin bestätigte sein Alibi für heute Morgen. Irmi Bauretter schien er also tatsächlich nicht auf dem Gewissen zu haben. Blieb allerdings immer noch seine Frau Julia.

Als Nächstes würde Max Regina Bauretter besuchen. Der Supermarkt, in dem sie arbeitete, lag nicht weit entfernt, nördlich von hier in der Au. Gleich beim Mariahilfplatz.

15

Montag, 12.10 Uhr, München Süd.
Als Max durch die Falkenstraße Richtung Norden fuhr, meldete sich sein Handy.
Er bremste scharf, hielt am Straßenrand an, stieg von seinem Radl ab und ging ran, ohne vorher auf das Display zu blicken.
»Raintaler.«
»Moni hier.«
»Was gibt`s, mein Engel?"
»Ich wollte fragen, ob du nachher zum Essen kommen willst. Ich hätte Schaschlik anzubieten.«
»Schweinsbraten, Schaschlik, und alles innerhalb von zwei Tagen. Warum sagst du nicht gleich, was ich für dich tun soll?« Er grinste. »Brauchst du Geld? Soll ich jemanden für dich umbringen? Willst du mich auf einmal doch heiraten?«

»Depp.« Sie lachte amüsiert. »Es ist reiner Zufall. Ich habe heute Schaschlik auf der Speisekarte und gleich ein bisschen mehr gemacht.«

»Sehr umsichtig. Freut mich natürlich. Ich komme gerne.« Ihm lief jetzt schon das Wasser im Mund zusammen. Monikas Schaschlik war eine Köstlichkeit, wegen der die Gäste von überall aus der Stadt zu ihr in die kleine Kneipe nach Thalkirchen kamen. »Hast du nochmal jemanden mit einem Gewehr in der Hand auf der anderen Straßenseite herumlungern gesehen?«

»Nein, alles friedlich.«

»Na siehst du. Hab ich's nicht gesagt? Vielleicht hat er oder sie alle Pläne umgeworfen und ist längst über alle Berge.«

»Das glaube ich eher nicht. Pass lieber weiter gut auf dich auf.«

»Hast recht. Werde ich machen.« Max nickte nachdenklich.

Natürlich glaubte er ebenfalls nicht wirklich daran, dass der Attentäter von gestern so schnell aufgegeben hatte. Wenn jemand einmal so weit war, dass er tatsächlich schoss, tat er das wohl auch so lange, bis er Erfolg damit hatte oder vorher selbst zur Strecke gebracht wurde.

»Kommst du also?«, fragte Monika.

»Nach der genialen Armbanduhr, die du mir zu Weihnachten geschenkt hast, ist es jetzt genau viertel nach zwölf. Ich könnte gegen eins bei dir sein. Dann hab ich meine Verdächtige verhört und mein Frühstück von vorhin verdaut.«

»Du und Frühstück?« Sie klang erstaunt. »Du trinkst doch sonst nur Espresso wegen deinem chronisch leeren Kühlschrank. Was ist das überhaupt für eine Verdächtige? Ist sie hübsch?«

»Zum Thema Frühstück: Ich sag nur Bratwurst, Anton, genial.«

»Aha, daher weht der Wind.« Sie lachte. »Du warst beim Standl am Flauchersteg.«

»Jawohl.« Max nickte. »Auf eine schöne fettige Rote mit scharfem Senf. Und nochmal ja, die Verdächtige ist sehr hübsch. Fast so hübsch wie du. Ich werde aber die Augen schließen, wenn ich sie befrage.«

»Alter Schmarrnkopf.«

»Alte Eifersüchteline.«

»Stimmt doch gar nicht. Außerdem ... was soll das sein, eine Eifersüchteline? Gibt es das Wort überhaupt?«

»Das Wort beschreibt jemanden, der eifersüchtig ist und weiblichen Geschlechts, und es gibt es ab sofort, weil ich es erfunden habe.« Max grinste breit.

»Wie du meinst.« Sie stöhnte schicksalsergeben in den Hörer.

»Franz hat mich übrigens angerufen. Der Fall Julia Hemmschuh wird wieder aufgenommen, weil es eine neue Tote gibt. Irmi Bauretter, die Mutter der Toten, ist vom Balkon gestürzt. Ich bin unterwegs, um ihre andere Tochter zu verhören.«

»Oh je.«

»Richtig. Also bis nachher.«

»Ja, bis später.«

»Ich freu mich auf dich.«

»Da bin ich mir selbst gerade nicht mehr ganz so sicher, als sogenannte Eifersüchteline.«

»Ach, komm schon.«

»Na gut.« Sie lachte erneut. Dann fuhr sie mit ernster Stimme fort. »Aber klopfe am Hintereingang und pass auf, dass dir niemand folgt.«

»Musst du mir nicht sagen.«

Max legte auf. Er stieg wieder in den Sattel und trat kräftig in die Pedale. Während er fuhr, fiel ihm auf, dass man in München mit dem Radl auch nicht länger als mit dem Auto brauchte, um von A nach B zu kommen. Im Gegenteil, teilweise ging es sogar schneller.

Wenig später stellte er seinen Drahtesel vor dem Supermarkt ab, in dem Regina arbeitete. Er ging hinein, entdeckte sie an einer der Kassen und bat sie nach draußen, wo er sie fragte, wo sie heute Morgen zwischen 7 Uhr und 9 Uhr gewesen wäre.

»Hier in der Arbeit natürlich, wo sonst?« Sie zuckte mit einem ausgesucht unfreundlichen Blick die Achseln.

»Sind sie immer so pünktlich?« Max betrachtete sie neugierig.

Sie gefiel ihm zwar rein äußerlich, aber mit ihrer ruppigen Art ließ sie für seinen Geschmack charakterlich doch einiges zu wünschen übrig. In jungen Jahren hätte er eine grantige Giftspritze, wie sie, wohl schwerlich als Freundin oder Flirt ins Visier genommen.

»Sind Sie meine neue Gouvernante?«

»Gott sei Dank nicht.« Er lachte humorlos.

»Na also.« Ihr arroganter Blick schien ihr regelrecht ins übertrieben geschminkte Gesicht gemeißelt zu sein.

»Ich werde das mit der Uhrzeit natürlich überprüfen. Nur damit Sie Bescheid wissen.« Max klang längst nicht mehr so freundlich, wie zu Beginn ihres Gespräches. Wie man in den Wald hinein rief, so schallte es eben wieder heraus.

»Nur zu, Herr Schnüffler«, maulte sie ihn unbeherrscht an. »Tun Sie, was Sie nicht lassen können. War's das? Kann ich jetzt wieder rein?« Sie musterte ihn abschätzig.

»Langsam, junge Dame. Sonst verlegen wir unser nettes

Gespräch sofort aufs Revier.« Max wurde ihre pampige Art jetzt endgültig zu dumm. »Dort haben Sie dann die Gelegenheit, sich einige Stunden in einer schönen Einzelzelle abzukühlen.«

»Von mir aus. Der Job hier kotzt mich sowieso an. Haben Sie Handschellen dabei?« Sie hielt ihm trotzig ihre Unterarme hin.

Max legte eine kurze Verschnaufpause ein.

»Ist das alberne Theater wirklich nötig?«, fragte er sie wenig später, während er sie ernsthaft ansah. Er hörte sich jetzt nur noch halb so offiziell wie zuvor an. Vielleicht traf er damit endlich den richtigen Ton, um sie zu einer vernünftigen Antwort zu bewegen.

Sie zögerte. Schien nachzudenken.

»Nein, entschuldigen Sie«, meinte sie nach einer Weile zerknirscht. »Aber ich habe zurzeit Stress ohne Ende.«

»Ich muss Ihnen etwas Schlimmes sagen, Frau Bauretter.« Er machte ein ernstes Gesicht.

»Ist etwas mit meinen Eltern?« Sie schien zu ahnen, was er sagen wollte. Sah ihn mit einem besorgten Blick an.

»Ihre Mutter …« Er zögerte.

»Was ist mit ihr?« Regina packte ihn am Arm. Sie hielt ihn fest.

»Sie hatte einen Unfall.«

»Was sagen …?« Regina stoppte mitten im Satz.

Es riss ihr schlagartig den Kopf nach hinten.

Sie stürzte rückwärts.

Schlug langgestreckt auf dem Asphalt auf.

Max blickte zuerst erstaunt, dann schockiert auf sie hinunter.

In ihrer Stirn war ein dunkles Loch zu erkennen. Es sah aus wie ein drittes Auge.

Er spürte einen stechenden Schmerz an seinem linken Ohr.
Fasste hin.
Betrachtete seine Hand. Blut lief daran herunter.

16

Montag 12.10 Uhr, Monikas kleine Kneipe, Thalkirchen.

Monika war spät dran. Sie hatte heute Früh im Großmarkt länger als gewöhnlich für ihre Einkäufe gebraucht. Jetzt richtete sie eilig ihren kleinen Biergarten für das Mittagsgeschäft her.

Von Zeit zu Zeit blickte sie sich dabei um. Kontrollierte unauffällig die gegenüberliegende Straßenseite, um zu sehen, ob sie von dort aus möglicherweise beobachtet wurde.

Es war zwar nicht so, dass sie direkt Angst davor gehabt hätte, dass irgendwo dort drüben der Schütze von gestern lauerte. Ein wenig beunruhigend erschien ihr das Ganze allerdings immer noch. Gott sei Dank saßen die Bewacher, die Franz abgestellt hatte, unauffällig in Sichtweite in ihrem Auto.

»Hoffentlich geht es Max gut«, murmelte sie, während

sie Aschenbecher, Bestecke, Servietten, Essig, Öl, Salz und Pfeffer auf den Tischen verteilte.

»Hallo, Frau Schindler.«

Die Stimme kenn ich doch.

Monika blickte von ihrer Arbeit auf.

»Frau Bauer. Das ist aber eine schöne Überraschung, dass Sie mich einmal besuchen.« Sie mochte Max' zaundürre Nachbarin, die vor ihr auf der Straße stand. Kannte sie bereits von zahlreichen Gelegenheiten her.

Zuletzt hatten sie ihn gemeinsam gesundgepflegt, als er mit einer Lungenentzündung schwer krank geworden war. Frau Bauer war dabei eine große Hilfe gewesen. Sie hatte täglich für ihn gekocht und Bettwache gehalten, wenn Monika in ihre kleine Kneipe zur Arbeit musste.

»Ich benötige eine deftige Mahlzeit.« Die alte Dame lächelte. »Damit ich etwas mehr auf die Rippen kriege. Der Doktor Weigert hat mich gerade geschimpft. Er meinte, ich wäre viel zu dünn.«

»Kommen Sie, und setzen Sie sich. Für Sie ist natürlich jetzt schon geöffnet.« Monika rückte ihr einen besonders bequemen Gartenstuhl mit einem besonders weichen Sitzkissen darauf zurecht.

»Er meinte auch, dass ich eine magere Sucht bekäme, wenn ich nicht mehr essen würde« fuhr Frau Bauer fort, während sie Platz nahm.

»Soso, eine magere Sucht.« Monika musste grinsen.

Sie erinnert mich jedes Mal an meine Mama.

»Ich kann allerdings nicht lange bleiben. Sonst macht sich mein Bertram Sorgen. Er geht inzwischen kaum noch aus dem Haus wegen seiner Schmerzen in den Knien. Arthrose vom Übergewicht, meint der Doktor Weigert. Er hat auch eine große Ahnung von der Knochenkunde.«

»Oh Gott, der Ärmste. Ihr Bertram meine ich.«

»Zucker hat er neuerdings auch, der Bertram. Aber er isst so gerne. Also nimmt er Tabletten. Da könne er dann essen, wie ein Normaler, meint der Herr Doktor Weigert. Na ja, zumindest fast, wie ein Normaler. Aufpassen muss ich schon beim Kochen. Nicht zu viel Nudeln und Fett.«

»Ist sowieso gesünder«, meinte Monika. »Ganz allgemein.«

»Und bewegen sollte er sich. Aber bringen Sie mal einem Kamel das Fliegen bei.« Frau Bauer winkte resigniert ab.

»Ja, die Männer. Unvernünftig wie die Kinder. Aber lieben tun wir sie trotzdem, stimmt's?« Monika wäre der alten Dame am liebsten um den Hals gefallen und hätte sie abgeknutscht.

»Haben Sie ein großes Bier für mich?« Frau Bauer strahlte wie ein junges Mädchen.

»Ein Bier? Sind Sie sicher?«

»Ja.« Frau Bauers große wasserblaue Augen strotzten vor Entschlusskraft. »Ich habe solange keins getrunken, und der Herr Doktor Weigert meinte, ein, zwei Bier am Tag würden mir nicht schaden. Dann käme der Appetit aufs Essen auch wieder.«

»Dann probieren Sie doch gleich ein Dunkles. Das hat noch mehr Kalorien als das normale Helle.« Monika hielt ihr die Speisekarte hin.

»Gerne.« Frau Bauer zeigte kopfschüttelnd auf die Karte, ohne sie entgegenzunehmen. »Ich habe meine Lesebrille nicht dabei. Was empfehlen Sie denn heute zu essen, Frau Schindler? Sie wissen bestimmt besser als ich, was besonders gut schmeckt.«

»Nehmen Sie ein Schaschlik«, sagte Monika. »Ich muss es nur noch warm machen. G'schmackig, würzig, und eine große Portion ist es obendrein.«

»Mach ich. Ist der Herr Raintaler auch da?«

»Leider noch nicht. Er hat einen neuen Fall. Aber in einer guten Stunde wollte er hier sein.« Monika machte sich auf den Weg ins Lokal, um das Bier für ihren seltenen Gast zu holen.

»Ein neuer Fall?« Frau Bauer hörte sich schlagartig sehr neugierig an.

»Ja.«

Monika blieb auf halber Strecke stehen und drehte sich noch einmal zu ihr um. Sie wusste, dass die alte Dame sich schon immer sehr für Max Ermittlerarbeit interessierte. Er hatte sie bisher nicht nur einmal die Miss Marple von Thalkirchen genannt, wenn er von ihr erzählte.

»Wissen Sie mehr darüber?« Frau Bauer klang hellwach.

»Nein, leider.« Monika schüttelte den lockigen Kopf. »Da müssen Sie ihn wohl selbst fragen. Bleiben Sie doch einfach ein bisschen länger. Ihr Bertram wird Ihnen derweil schon nicht verhungern.«

»Stimmt eigentlich.« Frau Bauer nickte langsam. Dabei strich sie sich eine Strähne ihrer langen grauen Haare hinter das Ohr. Sie trug sie voller Stolz immer offen. »Er ist sehr unvernünftig.«

»Wer? Ihr Bertram?«

»Nein.« Frau Bauer schüttelte den Kopf. »Der Herr Raintaler.«

»Wieso das?«

»Er zieht sich nicht warm genug an.«

»Da gebe ich Ihnen absolut recht, Frau Bauer.« Monika nickte. »Ich habe ihm bestimmt schon tausendmal gesagt, dass er nicht immer nur in T-Shirt und Lederjacke herumlaufen soll. Vor allem nicht im Winter.«

»Hört er wenigstens auf Sie?«

»Nein.« Monika schüttelte nun ihrerseits den Kopf.

»Das habe ich mir gedacht. Ein Wunder, dass er sich nicht längst eine Lungenentzündung eingefangen hat.«

»Richtig. Andauernd jammert er wegen irgendwas. Der reinste Hypochonder. Aber wenn es ums Warmanziehen geht, spinnt er. So, jetzt hole ich aber Ihr Bier. Sonst verdursten Sie mir noch.«

Monika verschwand im Inneren ihres kleinen Lokals.

Noch war es ruhig. Aber nachher würde jede Menge los sein. Wenn um 13 Uhr die 20-köpfige Reisegruppe aus Japan einträfe, die sich gestern angesagt hatte.

Josef hatte das für sie organisiert.

Dafür trank er die nächsten zwei Wochen bei ihr sein Bier, ohne bezahlen zu müssen. Eine ganz normale Spezlwirtschaft. So wie sie seit ewigen Zeiten üblich war in Bayern.

Gott sei Dank hatte ihre älteste und beste Freundin, die platinblonde Anneliese Rothmüller, versprochen, ihr beim Kochen und Bedienen zu helfen.

17

Montag, 12.20 Uhr, Supermarkt in der Au.

Der Schuss musste von hinten gekommen sein. Max warf sich langgestreckt hinter das nächste Auto. Er zog seine Pistole aus dem Halfter und suchte, so gut es von seinem Versteck aus möglich war, mit den Augen die Umgebung ab.

Dass er Regina nicht mehr helfen konnte, hatte er sofort gesehen. Ein Kopfschuss zwischen die Augen – und so sah ihre Verletzung eindeutig aus – endete in aller Regel absolut tödlich.

Eilig fischte er sein Handy aus der Hosentasche, um Franz anzurufen.

»Auf mich und Regina Bauretter wurde soeben geschossen«, sagte er ohne Begrüßung, sobald Franz abgehoben hatte. »Sie ist tot. Ich bin in Deckung, kann den Schützen aber nirgends entdecken. Bitte schick mir sofort ein paar Leute und einen Krankenwagen.«

»Wohin?«

»Ich liege hinter einem Auto auf dem Parkplatz vor dem Supermarkt gleich südlich vom Mariahilfplatz. Direkt neben dem Eingang.«

»Du liegst? Hat es dich schwer erwischt?« Franz klang besorgt.

»Nein, ich musste aber in Deckung gehen.«

»Bleib wo du bist. Ich schick dir die Kavallerie und komme auch hin.« Franz legte auf.

Max scannte weiter das Umfeld.

Niemand mit einer Waffe im Anschlag zu sehen. Es folgten auch keine weiteren Schüsse. Er dachte an gestern in Monikas Kneipe. Dort war es ähnlich gewesen. Der Schütze schien sich nicht allzu viel Zeit für seine Aufgabe zu nehmen. Womöglich hatte er Angst entdeckt zu werden, dort wo er stand oder lag.

Zehn Minuten später erklang die Sirene des Notarztwagens. Max hatte derweil den Leuten, die in den Supermarkt hineinwollten, zugerufen auf der Stelle in ihre Autos zurückzukehren. Die Leute, die aus dem Markt heraustraten, hatte er wieder hineingeschickt.

Jetzt erhob er sich vorsichtig. Er winkte den Fahrer des Rettungswagens zu sich herüber. Dann ging er vorsichtshalber gleich wieder in Deckung.

Wiederum nur wenige Minuten später trafen etliche Streifen- und Mannschaftswägen ein. Sie sperrten alles großräumig ab. Da Max logischerweise keine Täterbeschreibung abgeben konnte, suchten sie zunächst überall in der Nähe fieberhaft nach einer unbekannten Person mit einem Gewehr oder einer großen länglichen Tasche.

Franz kam mit seinem Dienstwagen angefahren. Er näherte sich Max, dessen Wunde am linken Ohr gerade auf der Ladefläche des Notarztwagens von einem der Ärzte provisorisch geklammert wurde.

»Wie geht es dir?«, wollte er zunächst wissen.

»Passt schon.« Max winkte ab. »Nur ein Kratzer. Aber die junge Frau Bauretter ist tot. Nichts mehr zu machen, meinte der Doktor vorhin. Sie wurde genau zwischen die Augen getroffen.«

»Da hast du aber ein riesen Glück gehabt, dass du dem Täter nicht ein Stück weiter links im Weg gestanden bist.« Franz schüttelte ungläubig den Kopf.

»Bin ich nicht.«

»Was?«

»Dem Täter im Weg gestanden.«

»Du meinst, der Anschlag galt nicht deiner toten Zeugin, sondern dir?« Franz sah ihn überrascht an. »Der Schütze von gestern?«

»Der Kerl hat mich abermals verfehlt.«

»Ist natürlich gut möglich.« Franz nickte nachdenklich.

»Ja, leider.« Max nickte ebenfalls. Er bedankte sich kurz bei dem Mediziner, der die Klammerarbeiten an seinem Ohr beendet hatte und erhob sich.

»Aber sie müssen später noch ins Krankenhaus zum Nähen. Nicht vergessen, sonst …« Der junge Mann entfernte sich, um seinen Kollegen bei der Untersuchung von Reginas Leiche zu helfen.

»Was ist sonst?«, rief ihm Max nach.

»Entzündung, Wundbrand, Blutvergiftung. Suchen Sie sich was aus.«

»Tatsächlich?« Max blickte erschrocken drein. Der allgegenwärtig tief in ihm schlummernde Hypochonder meldete sich in seinem Bewusstsein zurück. »Okay, ich geh auf jeden Fall hin. Versprochen.« Als Beweis hielt er seinen Daumen hoch.

Der Mediziner winkte ihm im Weitergehen zum Abschied zu.

»Ich werde sicherheitshalber auf jeden Fall ab sofort zwei Leute zu deinem persönlichen Schutz abstellen.« Franz atmete hektisch. Die ganze Sache hier regte ihn gerade sichtlich auf.

»Was soll das bringen?«, wiegelte Max ab. »Insbesondere, wenn der Schütze aus der Entfernung agiert und jederzeit und überall zuschlagen kann.« Er sah seinen alten Freund

und Ex-Kollegen lange an.»Außerdem hast du bereits zwei Leute für Moni abgestellt. Wird schwierig werden, die Kosten zu rechtfertigen.«

»Lass das getrost meine Sorge sein.« Franz winkte ab. »Sechs Augen sehen mehr als zwei. Da gibst du mir doch wenigstens recht, oder?«

»Rein mathematisch auf jeden Fall.«

»Vielleicht war alles aber doch ganz anders und jemand wollte Regina Bauretter zum Schweigen bringen, bevor sie etwas verraten konnte, was niemand wissen sollte?« Franz kratzte sich nachdenklich am Hinterkopf. »Schon gar nicht die Kripo. Zum Beispiel etwas über ihre tote Mutter oder ihre tote Schwester.«

»Warum sollte dann unabhängig davon bereits gestern jemand bei Monika auf mich geschossen haben? So viel Zufall gibt es nicht. Nein, Franz. Es muss derselbe Schütze wie gestern gewesen sein. Mit ihr hat das ganz sicher nichts zu tun.«

»Klingt tatsächlich so, als könntest du recht haben.« Franz zuckte ratlos die Schultern. »Vielleicht kennt er dich von früher.«

»Das hatte ich bereits gestern Mittag am Telefon zu bedenken gegeben, falls du dich daran erinnerst.«

»Stimmt, sorry. Bei uns ist im Moment so viel los. Da kann man Sachen, die man nur am Telefon hört, glatt vergessen. War auch noch nicht so konkret dein Verdacht, oder? Sonst wärst du doch sicher aufs Revier gekommen.«

»Können wir uns irgendwo kurz setzen? In deinem Auto?«

»Nicht so ganz auf der Höhe mit deinem verletzten Ohr. Was, Superman?«

»Mir ist nur etwas schwindelig. Lass uns einfach ein bisschen sitzen. Dann geht es gleich wieder.«

»Stütz dich auf mich.«

»Okay.«

Sie wankten Arm in Arm auf Franz' Dienstwagen zu.

»Weißt du was?«, fragte Max, nachdem sie auf den Vordersitzen Platz genommen hatten. »Wir drehen den Spieß einfach um. Wir werden den Kerl ab sofort selbst jagen.«

»Ich bin dabei.«

»Such bitte über euren Computer alle besseren Gewehrschützen der letzten Jahre heraus, die ich verhaftet habe und die anschließend verurteilt wurden. Männer und Frauen.«

»Ich kümmere mich drum.« Franz nickte. »Pass auf. Ich finde mit meinen Leuten deinen Attentäter. Schau du derweil zu, dass du so unauffällig wie möglich den Fall Hemmschuh und Bauretter löst.«

»Aber ich will ihn selbst erwischen.«

»Keine Widerrede. Du hältst diesbezüglich erstmal eine Weile die Füße still. Ich will nicht, dass du dich unnötig in Gefahr begibst. Soll ich dich jetzt erst mal heimbringen?«

»Passt schon.« Max winkte ab. »Ich fahre mit meinem Radl zu Heinz Bauretter. Irgendwer muss ihm die neue Horrornachricht schließlich überbringen. Herrschaftszeiten, ich möchte gerade nicht in seiner Haut stecken. Das kannst du mir glauben.« Er sah nachdenklich zu Franz hinüber.

»Überlass das mir, alter Junge. Ruh du dich inzwischen ein bisschen aus.«

»Echt?«

»Ja, ich mach's.« Franz nickte.

»Aber nimm den psychologischen Dienst mit. Er ist sicher schwer traumatisiert.« Max senkte den Kopf. Seine Stimme klang rau, so als hätte er mit Rasierklingen gegurgelt. »Die drei engsten Verwandten innerhalb von nicht mal zwei Wochen tot. Das haut den stärksten Bullen um. Der muss doch glauben, dass er einen bösen Albtraum erlebt.«

»Mach ich.« Franz nickte erneut.

»Dann fahr ich jetzt zu Moni. Sie hat mich zum Mittagessen eingeladen, Schaschlik. Danach besuche ich Hemmschuh und Bauretter selbst nochmal. Ich muss wissen, wie alles zusammenhängt. Kannst du inzwischen herausfinden lassen, ob eine gewisse Giuliana, reiche Italienerin, zu Julia Hemmschuhs Todeszeitpunkt im Bayerischen Hof auf ihrem Zimmer war.«

»Na klar.« Franz nickte. »Hat sie auch einen Nachnamen?«

»Den weiß ich leider nicht.« Max schüttelte den Kopf.

»Ich versuch's trotzdem.« Franz notierte sich alles Nötige. »Schaschlik bei Moni, sagtest du?«, fragte er, als er damit fertig war. »Könnte ich da auch hinkommen? Später, meine ich.«

»Warum nicht. Es ist ein öffentliches Lokal.« Max blickte mit gerunzelter Stirn zurück.

Manchmal stellt er wirklich saublöde Fragen, der Franzi.

»Was hast du inzwischen eigentlich noch in der Sache Bauretter rausgefunden?«, fuhr Franz fort.

»Robert Hemmschuh hat eine offenbar wohlhabende italienische Geliebte, diese Giuliana eben, die im Bayerischen Hof übernachtet haben soll. Seine Julia ging ebenfalls fremd.«

»Weißt du, mit wem?«

»Mit einem ehemaligen Kollegen – übrigens ebenfalls Italiener – aus ihrer Arbeit. Außerdem hatten Regina und Julia Streit, weil Regina pleite war und Julia ihr offenbar nicht aushelfen wollte, obwohl sie direkt am Geldhahn saß, sprich Robert Hemmschuh.«

»Zickenkrieg?«

»Sieht so aus.« Max nickte mit zusammengekniffenen

Lippen. »Ein tödlicher Zickenkrieg womöglich. Allerdings werden wir das von keiner der beiden mehr erfahren.«

»Und was ist mit einer Eifersuchtstat?«, fragte Franz.

»Natürlich auch möglich.« Max nickte. »Zumindest Julia Hemmschuhs Tod könnte so verursacht worden sein. Wegen der Italienerin oder weil sie selbst fremdging. Beide Richtungen sind denkbar.«

»Aber was war dann mit Irmi Bauretter?«

»Sie könnte von ihrem Balkon geschubst worden sein, weil sie ausgeraubt werden sollte, über irgendetwas zu viel wusste oder jemandem auf die Füße getreten ist, der ihr das übelnahm. Alles ist möglich.«

»Kein Selbstmord?«

»Natürlich auch denkbar.« Max blickte nachdenklich zur Frontscheibe hinaus.

»Hört sich alles ziemlich wirr an.« Franz strich sich nachdenklich über seine Glatze. »Du bleibst dran und gibst mir Bescheid, sobald es etwas Neues gibt?«

»Logisch.« Max gab ihm die Hand.

Er stieg aus und radelte los.

Die schwarze Limousine, die mit ein wenig Abstand möglichst unauffällig hinter ihm herfuhr, bemerkte er natürlich. Franz' Leute waren schließlich nicht von der CIA, sondern aus seiner Abteilung.

18

»Verdammter Windstoß. Fast hätte ich das miese Schwein erwischt«, fluchte er, während er, ärgerlich über sich selbst, in Richtung Haidhausen davoneilte.

Nachdem er in die belebte Rosenheimer Straße eingebogen war, mischte er sich unter die Passanten auf dem breiten linken Gehsteig, der zum Gasteig und dahinter zum Rosenheimer Platz hinauf führte. Sorgen, dass ihn möglicherweise jemand erkannte, machte er sich nicht.

Niemand würde auch nur im Ansatz vermuten, dass er gerade jemanden erschossen hatte. Es war ihm schließlich nicht anzusehen. Beobachtet hatte ihn wohl auch keiner dabei.

Sein Gewehr hatte er gleich nach dem Schuss in zwei Teile zerlegt und in einer ganz normalen harmlos aussehenden Sporttasche verstaut. Also alles gut.

Wenn da nicht dieser fatale Fehler gewesen wäre, den er vorhin begangen hatte. Er hatte Raintaler zum zweiten Mal verfehlt und diesmal statt ihm den falschen Menschen getötet. Es war zum Ausrasten. So etwas durfte nicht passieren.

Er hätte sich dafür ohrfeigen können, dass er den böigen Wind derart unterschätzt hatte.

Normalerweise gab es so etwas wie gestern und heute nicht bei ihm. Er war ein absolut treffsicherer Präzisionsschütze bei der Fremdenlegion gewesen. Hätte er damals versagt, hätte das nicht nur einmal seinen sicheren Tod bedeutet.

»Abhaken«, sagte er sich.

Was auch sonst. Er musste sich schnellstmöglich auf die nächste Möglichkeit konzentrieren, den verhassten Exkommissar auszulöschen.

Vielleicht schaute er später noch einmal bei dem Biergarten von Raintalers Bekannter oder Freundin vorbei. Möglicherweise tanzte der Kerl täglich bei ihr an. Auf jeden Fall wäre er ein leichtes Ziel, wenn er dort ankam oder von dort wegging.

Er könnte diese dunkelhaarige attraktive Frau natürlich auch entführen und Raintalers Leben gegen ihres einfordern.

Blödsinn. Viel zu umständlich.

Ein einziger wohlgezielter Schuss auf den Kerl sollte genügen. Sollte, wie gesagt.

Verflucht nochmal.

Er biss sich auf die Knöchel seiner linken Hand, um vor Unmut und Wut auf sich selbst nicht laut loszuschreien.

Dann beruhigte er sich wieder von einer Sekunde auf die andere. Er würde weitere Gelegenheiten finden, um seine Rache auszuführen.

Wenn alles nichts half, würde erstmal Plan B greifen. Es gab schließlich noch andere, die auf seiner Liste standen.

19

Montag, 13.30 Uhr, Monikas kleine Kneipe, München-Thalkirchen.

»Hallo, Herr Raintaler.« Frau Bauer winkte Max von ihrem Ehrenplatz unter Monikas größter Kastanie aus zu.

Sie saß am Kopfende ihres Tisches. Vor ihr stand ein halbvolles Bierglas. Die Stühle gleich links und rechts neben ihr waren noch frei.

Auf den beiden Plätzen am anderen Ende des Tisches saßen zwei junge Japanerinnen. Sie spachtelten unter lauten Begeisterungsausrufen Monikas Schaschlik. Neben ihren Tellern stand jeweils ein fast voller Maßkrug.

Der kleine Biergarten war vollständig besetzt. Bei den meisten Gästen handelte es sich ebenfalls um Japaner. Sie alle trugen graue Oktoberfest-Sepplhüte aus dem Souvenirladen auf dem Kopf.

Josef hat also tatsächlich Wort gehalten und Moni eine ganze Reisegruppe ins Haus gebracht. Sehr gut.

Er setzte sich zu seiner alten Nachbarin. Dass er eigentlich am Hintereingang hätte klopfen sollen, hatte er bei der ganzen Aufregung wegen der Sache vor dem Supermarkt völlig vergessen.

»Hallo, Frau Bauer«, sagte er. »Sie und ein Dunkles? Was ist passiert?«

»Der Herr Doktor Weigert meint, ich wäre zu dünn«, erwiderte sie mit einem flüchtigen Grinsen. »Also habe ich mir selbst eine Bierdiät zum Zunehmen verordnet. Einen kleinen Schwips habe ich, glaube ich, auch schon. Bin seit kurz vor zwölf hier.«

»Da schau her.« Max grinste ebenfalls. Er registrierte amüsiert, dass sie leicht schielte. »Das wievielte Dunkle ist das denn?«

»Nummer drei.« Frau Bauer hielt stolz Daumen, Zeigefinger und Mittelfinger ihrer rechten Hand hoch.

»Respekt!« Max betrachtete sie mit unverhohlener Bewunderung.

Bis auf das Schielen merkt man ihr nicht das Geringste an.

»Hallo, Max. Gut, dass du da bist.« Monika stand wie aus dem Nichts vor ihnen. »Alles okay? Was ist mit deinem Ohr passiert, um Himmels willen?« Sie zeigte mit besorgter Miene auf die geklammerte Wunde.

»Erzähl ich dir später.« Er winkte kopfschüttelnd ab.

»Warum nicht gleich? Hat der Schütze wieder zugeschlagen. Sag schon.«

»Später, Moni. Alles gut soweit.«

»Wie du meinst. Wollt ihr zwei euch nicht reinsetzen. An den schönen Tisch seitlich der Fenster.« Sie hob bedeutungsvoll die Brauen in seine Richtung.

»Ach, so. An den besonders schönen Tisch für Ehrengäste.« Er verstand sofort, dass sie ihn und Frau Bauer aus der eventuellen Schusslinie des Attentäters haben wollte. Natürlich auch, um ihre japanischen Gäste nicht zu gefährden.

»Von mir aus gerne«, meinte Frau Bauer. »Mir zieht es hier draußen sowieso an den Rücken. Es herbstelt. Man spürt es deutlich.«

Sie standen auf und gingen hinein. Im Schankraum fanden sie den schnurrbärtigen Josef Stirner am Tresen vor. Er trank ein Bier und las die Zeitung. Musste sich wohl irgendwie die Zeit vertreiben, bevor er mit seinen Japanern wieder zu deren Hotel aufbrach.

»Komm doch zu uns an den Tisch«, forderte ihn Max auf, nachdem er und Frau Bauer sich gesetzt hatten. Er kontrollierte kurz die Lage. Alles bestens. Von draußen konnte man sie nicht sehen.

»Mach ich glatt.« Der schnauzbärtige dunkelhaarige Torwart des FC Kneipenluft Thalkirchen, faltete seine Zeitung zusammen und legte sie auf den Tresen. Er setzte sich mit seinem Bier in der Hand zu ihnen.

»Was ist mit deinem Ohr passiert?«, fragte er Max währenddessen.

»Ja, was ist damit?«, schloss sich Frau Bauer an.

Beide blickten ihm neugierig ins wie immer leicht sonnengebräunte Antlitz.

»Nichts weiter.« Max schüttelte den Kopf.

»Ach, und wegen nichts hast du Blut auf der Schulter und einen Verband am Ohr.« Josef lachte. »Bestimmt bist du nur an einem kleinen Ast hängengeblieben.«

»Na gut, ich verrate es euch. Ihr dürft Moni aber auf keinen Fall etwas davon erzählen. Sonst regt sie sich bloß zu sehr auf.«

»Wir können schweigen wie die Gräber. Stimmt's, Herr Stirner?« Frau Bauer sah Josef fragend an. Sie kannte ihn natürlich von seinen zahlreichen Besuchen bei Max.

»Frau Bauer hat recht.« Er nickte.

»Aber ihr sagt ihr wirklich nichts. Ich erzähl es ihr erst später, wenn der Trubel hier vorbei ist.«

»Versprochen«, versichert ihm Frau Bauer.

»Red schon«, meinte Josef.

»Na gut.« Max beugte sich vor.

20

Franz saß bei Heinz Bauretter am Wohnzimmertisch. Er hatte sich ein Bier eingeschenkt und wartete gemeinsam mit dem in Trauer versunkenen Rentner auf den oder die Verantwortlichen vom psychologischen Betreuungsdienst.

Die Nachricht vom Tod seiner Tochter hatte den alten Mann regelrecht umgehauen. Die Ärztin, die Franz vorsorglich mitgebracht hatte, hatte ihm erst einmal ein Beruhigungsmittel gespritzt. Dann war sie aufgebrochen. Sie habe weitere Termine.

Seit der Spritze reagierte Heinz zumindest wieder auf seinen Namen. Mit Franz reden wollte er allerdings nicht. Er saß nur da, stierte auf seine Fußspitzen, schüttelte immer wieder den gesenkten Kopf und murmelte dabei unverständliches Zeug vor sich hin.

»Soll ich Ihnen auch ein Bier holen?«, fragte Franz ihn jetzt schon zum dritten Mal. Er sah ihn fragend an.

Wie die beiden Male zuvor reagierte Heinz nicht.

»Ein Bier kann sicher nicht schaden«, insistierte Franz. »Sie müssen doch durstig sein nach dem ganzen Schnaps.« Er zeigte auf die leere Obstlerflasche vor Heinz.

Der schüttelte nur weiter den Kopf.

Er stimmte dabei einen undefinierbaren Singsang an. Ohne Worte. Mehr eine Art gebrummte unmelodische Melodie. Sie erinnerte entfernt an den fremdartigen Gesang asiatischer Mönche bei der Meditation.

Franz nahm es gleichmütig hin. Er trank einen Schluck

aus seinem Bierglas. Jemand hatte eine Gravur hineingeritzt. »Zum 30-jährigen Firmenjubiläum«. Heinz musste also lange Zeit am selben Arbeitsplatz geblieben sein.

Heutzutage wurde das immer seltener. Jeder wechselte hin und her. Die Sicherheit des Arbeitsplatzes war bei vielen nicht mehr gegeben.

Herrgott nochmal. Einerseits verspürte er Mitleid mit dem gebrochenen alten Mann auf der anderen Seite des Tisches. Er wollte ihm in seiner wohl düstersten Stunde liebend gerne beistehen. Andererseits wollte er so schnell wie möglich wieder aus dieser Wohnung hier hinaus, um den Anschlag auf Max zu untersuchen.

Die Sache ließ ihm keine Ruhe. Hoffentlich versahen die zwei Beamten, die er zur Bewachung seines besten Freundes abgestellt hatte, ihren Dienst gründlich. Nicht auszumalen, was los wäre, wenn Max tatsächlich einem Anschlag zum Opfer fiel.

»Ich glaub, jetzt trink ich doch eins«, verkündete Heinz unvermittelt mit glasklarer Stimme. Offensichtlich hatte ihn seine Meditation erfrischt und er war aus seinem katatonischen Zustand erwacht. »Würden Sie mir bitte ein Bier holen, Herr Hauptkommissar? Ich fürchte, ich kann nicht aufstehen.«

»Gerne.« Franz sprang auf.

Er weiß sogar noch, dass ich mich ihm als Hauptkommissar vorgestellt habe. Ganz vorbei scheint es mit seinen geistigen Fähigkeiten noch nicht zu sein.

Er eilte in die Küche. Dort nahm er eine Flasche Bier aus dem Kühlschrank, schenkte die bernsteinfarbene Flüssigkeit in ein großes Glas mit der Aufschrift »Dem lieben Papa« ein und kehrte flugs zu Heinz an den Wohnzimmertisch zurück.

»Danke«, sagte der und trank auf Ex aus. »Noch eins, bitte.« Er hielt Franz das leere Glas hin.

»Sehr gerne, Herr Bauretter.«

Als Franz aus der Küche zurückkam, läutete es an der Tür. Er stellte das Bier für Heinz vor diesem auf den Tisch und eilte zur Haustür.

»Rita Maihofer, psychologischer Betreuungsdienst«, stellte sich ihm die junge Dame vor, die er erblickte, sobald er geöffnet hatte. Blaue Augen, blondes Haar, schlank, sehr sympathisches offenes Gesicht.

»Sehr gut.« Er nickte freundlich, während sie sich die Hände gaben. »Bitte folgen Sie mir ins Wohnzimmer.«

Ja, so ein sauberes Madl. Respekt.

Als sie bei Heinz ankamen, saß er mit der Stirn auf den Tisch gestützt vornübergebeugt da und schnarchte laut.

»Schaut so aus, als hätten sie eine leichte Aufgabe.« Franz schnalzte lächelnd mit der Zunge.

»Kein Problem. Das geschieht oft«, versicherte ihm Rita. »Ich habe genug Lesestoff dabei. Wenn er aufwacht, kümmere ich mich um ihn.«

»Dann kann ich Sie jetzt guten Gewissens mit ihm alleine lassen?«

»Unbedingt, Herr Wurmdobler.« Rita nickte. »Prima, dass Sie bisher so toll auf ihn achtgegeben haben.« Sie schenkte ihm ein freundliches Lächeln.

»Ist doch selbstverständlich.« Franz errötete geschmeichelt. Er hielt ihr seine Visitenkarte hin. »Wenn Sie mich brauchen, dürfen Sie jederzeit anrufen. Auch nachts. Äh, ich meine, wenn etwas mit Herrn Bauretter ist natürlich.«

»Vielen Dank. Aber ich komme sicher zurecht.« Sie machte ein entschlossenes Gesicht. Die Karte nahm sie trotzdem an sich.

21

»Sie verdächtigen uns, dass wir etwas mit Julias Tod zu tun haben. Stell dir das mal vor, Giuliana.« Robert Hemmschuh klang empört.

»Wer? Die Polizei?«

»Ja.«

»Aber wie kommen sie auf so etwas?«, fragte seine italienische Geliebte am anderen Ende der Leitung. Die Verwunderung war ihrer Stimme deutlich anzuhören. »Wir haben nichts Böses gemacht, oder?«

»Sie glauben, dass entweder ich oder du mit Julia Streit hatten.« Robert setzte sich hinter seinen Schreibtisch. Er legte die Füße hoch und lehnte sich gemütlich in seinem Chefsessel zurück.

Warum auch nicht. Es war schließlich sein Büro. Da konnte er machen, was er wollte. Egal was andere davon hielten. Zum Beispiel seine altjüngferliche Sekretärin Eva, die ihm immer wieder missbilligende Blicke zuwarf, wenn sie ihn so vorfand.

»Wieso hätte ich mit ihr streiten sollen?«, fragte Giuliana mit überraschtem Unterton in der Stimme.

»Aus Eifersucht, meinte die Polizei, und in der Nacht, als du das letzte Mal hier in München warst, geschah das Ganze auch. Das fanden sie wohl verdächtig.« Robert wusste nicht genau, ob es richtig war, es ihr auf diese Art zu sagen. Andererseits wollte er ganz sicher gehen, dass sie nichts mit der Angelegenheit zu tun hatte. Deshalb hatte er vorhin auch erst nach einigem inneren Abwägen ihre Nummer gewählt.

»Woher wissen die überhaupt, dass ich in München war?«, fragte sie jetzt.

»Keine Ahnung. Ich habe nichts verraten.« Er öffnete seinen obersten Hemdknopf. Ihm wurde heiß. Wie immer, wenn er log. »Vielleicht haben sie die Hotels überprüft.«

»Aber woher kennen sie meinen Namen?«

»Von mir.«

»Du hast ihnen meinen Namen verraten?« Sie klang bedrohlich hysterisch. »Warum tust du so etwas? Bist du vollkommen verrückt geworden?«

»Nur deinen Vornamen. Und dass du immer im Bayerischen Hof absteigst, wenn du in München bist, sagte ich ihnen auch.«

Ehrlich währt möglicherweise doch am längsten.

»Du spinnst wohl. Das geht die gar nichts an.«

»Sie haben mich brutal in die Mangel genommen. Am Ende habe ich ihnen erzählt, was sie hören wollten. Da hätte wohl jeder geredet. Aber ich habe auch gesagt, dass du zur Tatzeit im Hotel warst. Stimmt doch, oder?« Robert blickte aus dem Fenster seines Büros auf die Hans-Mielich-Straße hinunter.

So viele Menschen und bestimmt hatten sie es gerade alle besser als er. Das war nicht gerecht. Er hatte ein sorgenfreies glückliches Leben genauso verdient, wie alle anderen.

»Natürlich stimmt das.« Giuliana hörte sich äußerst verärgert an. Ihr südländisches Temperament kam jetzt immer mehr durch. Sie wurde laut.

»Na siehst du.«

»Sag mal, glaubst du etwa, dass ich etwas mit dem Tod deiner Frau zu tun habe?« Ihre Stimme drohte sich zu überschlagen.

»Natürlich nicht.« Er gab sich alle Mühe überzeugt zu klingen.

»Das hört sich aber nicht so an.«
»Finde ich nicht.«
»Weiß du, was du mich mal kannst, Robert?«
»Nein, wie sollte ich?« Er schüttelte den Kopf.
»Du kannst mich mal gern haben, jawohl. Such dir eine andere Blöde.« Sie begann zu schreien. »Ich bin fertig mit dir, Stronzo. Wage es ja nicht, mich nochmal anzurufen. Sonst hetze ich meine Brüder auf dich.« Sie legte auf.

»Das hast du wiedermal prima hingekriegt, Robert Hemmschuh«, murmelte er vor sich hin, während er ebenfalls auflegte. »Jetzt bist du sie alle beide los.«

Halb zwei. Er entschied sich dafür, in der bayerischen Wirtschaft ums Eck ein spätes Mittagessen einzunehmen, bevor er Heinz besuchte, um ihm in seiner Trauer um Irmi und Julia beizustehen. Vielleicht fiel ihm dabei ein, wie er die Sache mit Giuliana wieder geradebiegen konnte. Möglicherweise würde ein schöner Diamantring das Ganze beschleunigen.

Aber was, wenn sie doch etwas mit Julias Tod zu tun hatte? Eine Katastrophe wäre das.

Nein, das konnte nicht sein. Auf gar keinen Fall.

Möglicherweise wartete er mit seinem Besuch bei Heinz besser, bis der sich wieder etwas beruhigt hatte und ging stattdessen erstmal zu seinem Lieblingsjuwelier in der Innenstadt. Giuliana liebte Diamanten über alles.

Er würde seinen Ex-Schwiegervater vorab allerdings schon mal anrufen. Aber erst nach dem Essen. Sonst schmeckte es ihm womöglich nicht, bei dem ganzen inneren Stress, der ihm dabei ins Haus stand.

22

Montag, 13.40 Uhr, Monikas kleine Kneipe, München-Thalkirchen.

»Na, hast du den beiden von dem Schützen gestern erzählt?« Monika knallte Max einen bis an den Rand gefüllten Suppenteller auf den Tisch, sodass die rote Flüssigkeit darin überschwappte. »Jetzt hat er dir auch noch das Ding am Ohr verpasst? Vernunft ist wirklich nicht deine große Stärke, stimmt's? Schaschlik gefällig?« Sie zeigte auf den Teller.

»Jetzt mal langsam, Moni. An dem Ohr hab ich mich beim Fahrradfahren angehauen. Habe einen Ast mitgenommen. Und Josef und Frau Bauer habe ich gerade von meinem neuen Fall erzählt, den toten Bauretters, sonst nichts.«

»Du wurdest also nicht angeschossen und bist dabei fast ums Leben gekommen?« Ihre Stimme klang auf einmal ungewöhnlich hart und ironisch. »Und hier hat auch gestern niemand das Fenster kaputtgeballert?«

Sie schien richtig sauer zu sein. Nicht nur ein bisschen oder mittelsauer wie für gewöhnlich. Wahrscheinlich hatte sie große Angst und ihre Wut musste als Ventil dafür herhalten. Was war da einfacher, als es an seinem eigenen Freund auszulassen?

»Nein, ich wurde nicht angeschossen. Wie kommst du bloß darauf?« Er schüttelte heftig den Kopf.

»Weil mich unser Plaudertäschchen Franzi gerade angerufen hat, wegen seinem Schaschlik. Er hat wie immer Angst, dass nicht genug für ihn übrigbleibt. Na, was sagst du jetzt, Pinocchio?« Sie reckte herausfordernd ihr Kinn nach vorne.

»Dieser blöde Depp!«, rief Max genervt aus.

»Dann seid ihr schon zwei. Darf's ein Bier sein, der Herr?« Sie blickte immer noch sichtlich wütend auf ihn herab.

»Du weißt ganz genau, dass ich Bierpause mache.«

»Ich dachte, deine Gesundheit wäre dir inzwischen egal.« Ihre Stimme triefte vor Hohn.

»Jetzt ist es aber wieder gut, Moni. Was soll das vorwurfsvolle Gezeter?« Er wurde nun ebenfalls laut.

»Was das soll?« Sie lachte humorlos. »Wolltest du nicht besonders gut auf dich aufpassen?«

»Wollte ich, klar. Aber Franzi hat wegen dem neuen Fall heute Morgen angerufen, wie du weißt. Den kann ich schließlich nicht vom Bett aus lösen.«

»Warum konntest du die Frau nicht im Inneren des Supermarktes verhören? Musstet ihr dazu unbedingt auf den Parkplatz gehen, wo ihr auf dem Präsentierteller standet? Herrgott nochmal, Max, so ein verdammter Leichtsinn.«

»Ich wollte ihr die Peinlichkeit vor ihren Kollegen ersparen. Sie war schließlich nur eine Verdächtige, keine Schuldige.« Er zuckte die Schultern. »Das hat man nun davon, wenn man es gut meint.«

»Hatten die kein ruhiges Eck da drinnen?«

»Nein. Der Kerl hätte mich außerdem überall erwischen können. Solange ich nicht weiß, wer er ist, kann ich nichts gegen ihn tun.«

»Warum hast du vorhin eigentlich nicht an der Hintertür geklopft, wie abgemacht?«

»Hab ich bei der ganzen Hektik vergessen. Mein Fehler. Ist ja nichts passiert. Außerdem lässt Franz nach ihm suchen, und er hat extra zwei Bewacher für mich abgestellt. Sie sitzen draußen und halten die Augen auf.«

»Sie halten die Augen auf? Dass ich nicht lache. Die haben sich gerade Bier und Schaschlik bestellt.«

»Na und? Sie essen ja nicht mit den Augen.«

»Du bringst mich noch ins Irrenhaus.« Monika verschwand, weiter laut vor sich hin fluchend, hinter ihrem Tresen, um Anneliese beim Bierzapfen zu helfen.

»Hab ich's doch gewusst, dass es Ärger gibt«, sagte Max derweil zu Josef und Frau Bauer, die Monikas Tirade wortlos mitverfolgt hatten.

»Hätte schlimmer kommen können«, meinte Josef.

»Sie macht sich halt große Sorgen.« Frau Bauer hob ihr Glas und trank einen Schluck Dunkles. »Sie wurden also tatsächlich angeschossen?«, fragte sie, während sie ihr Glas wieder auf den Tisch stellte. Sie lispelte dabei, was sie für gewöhnlich nicht tat. Das Bier schien seine Wirkung bei ihr langsam zu entfalten.

»Das würde mich allerdings auch interessieren«, meinte Josef.

»Das wollte ich euch gerade erzählen. Bevor Moni ankam und mit ihrem Theater loslegte.« Max aß ein Stück Fleisch. Er stöhnte wohlig dabei auf. Das Schaschlik war wie immer köstlich.

»Und?« Frau Bauer rutschte neugierig auf ihrem Stuhl hin und her.

»Ich wurde angeschossen. Irgendwer scheint hinter mir her zu sein.« Max kaute genussvoll das nächste Stück Fleisch. »Wahrscheinlich fühlt er sich zu Unrecht von mir verhaftet und will sich jetzt rächen.«

»Nur an dir?«

»Wie meinst du das, Josef?«

»Es gibt doch sicher auch noch andere Leute bei den Justizbehörden, die er ebenfalls für schuldig an seiner Misere hält.«

»Herrschaftszeiten, da könntest du natürlich recht haben.«

23

Montag, 13.45 Uhr, Monikas kleine Kneipe, München-Thalkirchen.

Er spazierte langsam mit seinem auseinandergebauten Gewehr in der Sporttasche über seiner Schulter auf der anderen Straßenseite vorbei. Sah den Ex-Kommissar Raintaler aber nicht im Biergarten der kleinen Kneipe von gestern sitzen. Möglicherweise befand er sich im Inneren des Lokals.

Unauffällig setzte er sich auf eine Bank in sicherer Entfernung hinter einer Ulme und beobachtete das Geschehen an den Tischen. Eine große Gruppe von Japanerinnen und Japanern sang laut irgendwelche Lieder, deren Texte er nicht verstand. Sie schienen allesamt einen sauberen Rausch zu haben.

Irgendwo hatte er mal gelesen, dass die Asiaten keinen Alkohol vertrugen, weil ihnen ein Enzym zum Abbau desselben fehlte. Ob das tatsächlich stimmte, konnte er nicht sagen. Diesen Exemplaren hier schien es auf jeden Fall herzlich egal zu sein. Das amüsierte ihn.

Zwischen ihnen saßen vereinzelt verstreut Einheimische an den Tischen. Offenbar Stammgäste, so schnell und bevorzugt, wie sie von der platinblonden älteren Frau im Service bedient wurden. Sie starrten trübe in ihre Gläser oder waren in eine Zeitung vertieft. Gute Laune und die Fröhlichkeit des Daseins überließen sie offenbar den trinkfreudigen Ausländern.

Er holte ebenfalls eine Zeitung aus seiner Sporttasche und begann zu lesen. Hatte sie vorhin auf dem Weg hierher gekauft, besser gesagt, ohne Bezahlung aus dem Verkaufsbehälter am Straßenrand genommen.

Die zwei kräftigen Männer in ihren Lederjacken und mit den dunklen Sonnenbrillen im Gesicht, die im Biergarten saßen, waren ihm sofort aufgefallen. Polizisten in Zivil. Allem Anschein nach überwachten sie das Areal, möglicherweise um ihn gegebenenfalls einzukassieren.

Wenn er sich nicht täuschte, hatte gerade ein weiterer Mann von der Kripo das Lokal betreten.

Ihre Anwesenheit war natürlich weiter kein Wunder. Er hatte auf einen aus ihrer großen Polizeifamilie geschossen. Das würden sie sich nicht bieten lassen. Sie würden ihn mit allen Mitteln, die ihnen zur Verfügung standen, jagen. Seine Schüsse riefen sicher in ganz München jeden Einzelnen von ihnen auf den Plan. Wenn nicht sogar in ganz Deutschland.

Terrorgefahr war das große Angstwort.

Wenn er hier und jetzt zuschlug, würde das seine weiteren Pläne also nur unnötig gefährden. Die anderen Schuldigen, die auf seiner To-Do-Liste standen, würden möglicherweise ihrer gerechten Strafe entgehen. Nämlich dann, wenn er erwischt oder selbst erschossen wurde.

Er machte sich auf den Heimweg.

Jetzt waren erst einmal die anderen an der Reihe.

Auf den selbstgefälligen Ex-Kommissar Raintaler, der ihn damals wegen nichts vor den Kadi gezerrt hatte, würde er später zurückkommen. Der lief ihm schon nicht davon. Wenn doch, würde er ihn auftreiben.

Selbst im letzten Winkel dieser Stadt.

24

Franz saß in seinem Dienstwagen. Er ließ den Motor an und fuhr Richtung Thalkirchen zu Monikas kleiner Kneipe. Ein schönes Bier und eine große Portion Schaschlik würden ihm jetzt unbedingt guttun.

Er kam nur langsam voran. Wie fast immer in den letzten Jahren herrschte unfassbar viel Verkehr auf den Straßen. Er hätte sein Blaulicht und die Sirene einschalten können. Aber strenggenommen war das nicht erlaubt. Also ließ er es bleiben und dachte lieber nach, während er auf der Schönstraße in südlicher Richtung im Stau stand.

Wer wollte Max tot sehen? Strenggenommen konnte es wirklich nur einer der Verhafteten der letzten Jahre sein, der außerdem eine Scharfschützenausbildung hatte. Obwohl der Kerl sein Ziel Gott sei Dank knapp verfehlt hatte. Aber das konnte dem Wind geschuldet sein, der über größere Entfernungen sicher nicht immer gleichmäßig blies hier in der Stadt.

Er rief erneut auf dem Revier an, um sich über den Stand der Datenbankrecherche, die er vor seinem Besuch bei Heinz Bauretter in Auftrag gegeben hatte, zu erkundigen.

»Wie schaut es mit meinen Scharfschützen aus?«, fragte er Bernd Müller, der am anderen Ende der Leitung abgehoben hatte.

»Wir haben vier Kerle rausgefunden, die in Frage kämen, Franzi. Zwei davon sitzen hinter Gittern. Die zwei anderen laufen frei herum.«

»Hast du auch Namen und Adressen von denen?«

»Der eine heißt Freddie Postler. Er wohnt in Riem gleich neben einem Schrottplatz. Der andere heißt Ferdinand Gruber.

»Hat der auch eine Bleibe?«

»Er ist immer noch in einer Wohnung in der Innenstadt bei seiner Mutter gemeldet. Genauer gesagt in der Klenzestraße. Wohnt aber anscheinend nicht mehr dort, wie die Kollegen vor Ort gerade herausgefunden haben.«

»Haben die anderen Kollegen diesen Freddie Postler bei sich zu Hause angetroffen?«

Franz legte den zweiten Gang ein. Er überholte den Laster direkt vor ihm. Endlich freie Fahrt. Aufatmend ließ er den Tierpark links liegen.

»Sie haben ihn im Krankenhaus besucht. Er wurde gestern am Darm operiert. Liegt wohl noch einige Tage flach.«

»Dann bleibt uns im Moment nur Ferdinand Gruber.«

»Richtig«, bestätigte Bernd.

»Wo hält er sich zurzeit auf?«

»Konnten wir noch nicht rausfinden.«

»Was konntet ihr rausfinden?«

»Er ist ein ehemaliger Fremdenlegionär und seit zwei Wochen wieder auf freiem Fuß. Die Fahndung nach ihm läuft auf Hochtouren.«

»Was hat er mit Max zu tun?« Franz bog auf den Parkplatz vor Monikas kleiner Kneipe ein.

»Max hat ihn vor vier Jahren verhaftet, weil der Typ angeblich eine Prostituierte halbtotgeschlagen hatte.«

»Und? Hat er?«

»Gruber gab damals zu Protokoll, dass der Zuhälter der Prostituierten ihm die Sache nur anhängen wollte, um ihn loszuwerden und sie selbst verprügelt hätte. Anscheinend hatte er sich in die Frau verliebt und wollte mit ihr abhauen. Sagte er zumindest.«

»Und dann?« Franz parkte ein. Er stellte den Motor aus und blieb zunächst sitzen.

»Es half ihm alles nichts. Sie sagte gegen ihn aus. Möglicherweise aus Angst vor ihrem Zuhälter. Oder sie sagte die Wahrheit. Weiß man nicht so genau. Jedenfalls wurde er verurteilt. Vier Jahre wegen schwerer Körperverletzung. Bis vor zwei Wochen saß er seine Strafe ab.«

»Und jetzt will er sich an Max rächen, weil er sich von ihm ungerecht behandelt fühlt.« Franz sprach mehr zu sich selbst. Er strich sich nachdenklich über den kahlen Kopf.

»Könnte gut sein.«

»Wer waren damals Staatsanwalt und Richter?«

»Friedemann Bauer, unser zweimeterhoher Staatsanwalt mit dem allseits bekannten Blick fürs Unwesentliche und Richter Herbert Steiner, der kleine Mann mit den meisten Fehlurteilen des Freistaates.«

»Ausgerechnet die zwei größten Pappnasen unserer Justiz. Sieht tatsächlich so aus, als könnte dieser Ferdinand Gruber damals unschuldig gewesen sein.« Franz schüttelte den Kopf.

»Gut möglich«, erwiderte Bernd.

»Aber wieso hielt ihn Max für schuldig?«

»Du meinst, der Kerl könnte die Frau am Ende doch zusammengeschlagen haben?«

»Ausschließen würde ich es nicht. Wenn es um Liebesdinge geht, gerät so mancher in Rage. Wissen wir doch.« Franz schloss das Seitenfenster, das er zum Fahren immer einen Spalt weit offen ließ. »Außerdem täuscht sich Max selten.«

»Warum stritt er es dann so vehement ab? Ein Geständnis und ein wenig Reue hätten ihm die Hälfte der Strafe erspart.«

»Vielleicht wollte er generell nicht ins Gefängnis?« Franz klang jetzt ironisch.

»Gibt es sowas?« Bernd klang noch eine Spur ironischer.

»Ich hab davon gehört.« Franz sah sich um. Gut möglich, dass der Kerl irgendwo hier draußen lauerte und Monikas kleine Kneipe beobachtete.

Nichts zu sehen.

Locker bleiben.

Die zwei Beschützer, die er Max in ihrer dunklen Limousine hinterhergeschickt hatte, sahen das offenbar genauso. Sie tranken gemütlich Kaffee in der Sonne vor Monikas Haus und unterhielten sich dabei angeregt.

Franz überlegte, ob er sie mit dienstlicher Autorität zur Aufmerksamkeit auf ihre eigentliche Aufgabe zwingen sollte. Andererseits war offensichtlich wirklich kein Attentäter in der Nähe. Also was sollte es. Päpstlicher als der Papst musste er auch wieder nicht sein.

»Angenommen, Gruber hat diese Prostituierte tatsächlich zusammengeschlagen. Dann hätten Pat und Patachon sogar ausnahmsweise mal recht gehabt«, fuhr Bernd fort.

»Auch blinde Hühner finden mal ein Korn. Schickst du mir und Max bitte ein möglichst aktuelles Bild von Ferdinand Gruber aufs Handy. Und warne sicherheitshalber den Richter und den Staatsanwalt vor ihm. Sie sind zwar alle beide echte Deppen, aber deswegen müssen sie nicht gleich sterben, stimmt's?«

»Mach ich, Chef.«

»Danke.«

Franz legte auf.

Dann stieg er aus.

Er konnte Max nirgendwo im Biergarten entdecken. Nur eine Menge lautstark singender Japaner, die offenbar bereits einige Biere und Schnäpse intus hatten.

Wahrscheinlich saß er drinnen bei Moni. Dort konnte ihn der Attentäter nicht sehen, falls er doch in der Nähe war.

25

Montag, 13.50 Uhr, Monikas kleine Kneipe, München-Thalkirchen.

»So ist es«, bestätigte Franz wie aus dem Nichts Josefs Vermutung über weitere gefährdete Leute bei den Justizbehörden. »Es gibt tatsächlich einen Staatsanwalt und einen Richter, die ebenfalls in Gefahr sind.«

Er war wie ein Geist an ihrem Tisch aufgetaucht. Max und die anderen beiden hatten ihn gar nicht kommen hören. Offenkundig stand er bereits so lange hinter ihnen, dass er Josefs letzten Satz mitgehört hatte.

»Es handelt sich um Staatsanwalt Friedemann Bauer und um den Richter Herbert Steiner«, fuhr Franz fort. »Wir haben sie bereits davor gewarnt, dass sie in Gefahr sein könnten.«

»Franzi, alter Depp«, begrüßte ihn Max ruppig. »Wieso musst du Moni auf die Nase binden, dass ich angeschossen wurde?«

»Wieso nicht?« Franz machte ein erstauntes Gesicht.

»Weil sie sich ängstigen könnte und dann sauer auf mich ist?« Max sah ihn vorwurfsvoll an.

»Ich dachte, du hättest es ihr selbst erzählt. Seid ihr nun befreundet oder nicht?« Franz zog fragend die Brauen hoch.

»Na gut«, brummte Max. »Setz dich.«

»Grüß Gott, Frau Bauer. Servus, Josef.« Franz nahm direkt neben Max Platz.

»Schaschlik ist allerdings aus. Das hier ist das letzte.«

Max zeigte mit ernster Miene auf seinen halb leergegessenen Teller.

»Mist«, rief Franz ärgerlich aus. »Dabei bat ich Moni extra, mir eine große Portion aufzuheben.«

»Hättest halt früher kommen müssen.«

»Ging nicht anders. Heinz Bauretter brauchte echt Hilfe.«

»Pech.«

»Darf ich wenigstens mal bei dir probieren?« Franz fuhr sich mit der Zungenspitze über die Oberlippe. Er nahm sich vorsichtshalber schon einmal eine Gabel aus dem grauen Steinkrug mit den Servietten und dem Besteck darin.

»Nein.« Max schüttelte entschieden den Kopf.

»Geben Sie ihm doch etwas ab«, mischte sich Frau Bauer ein. »Er sieht hungrig aus.«

»Er sieht immer hungrig aus.« Max schüttelte erneut den Kopf.

»Wir wissen übrigens, wer dein Attentäter sein könnte. Aller Wahrscheinlichkeit nach.« Franz setzte eine geheimnisvolle Miene auf.

»Echt jetzt?« Max fiel vor Schreck die Gabel aus der Hand. Mitten in den Teller hinein. Eine nicht unerhebliche Fontäne roter Schaschliksoße ergoss sich daraufhin über den Tisch und sein Hemd. Franz' Hemd und Anzugjacke erwischte es ebenfalls. Ein typischer Fall von Kollateralschaden. »Wer ist es? Sag schon. Etwa der, dessen Bild mir Bernd gerade ohne Namen aufs Handy geschickt hat? Wer soll das sein?«

»Schaschlik gegen Information.« Als erfahrener Hauptkommissar wusste Franz natürlich, wie man verhandelte.

»Na gut.« Max schob ihm seinen Teller hinüber.

»Es handelt sich um den sogenannten Weißbierferdl, Ferdinand Gruber«, sagte Franz, bevor er seine Gabel hastig in einem besonders großen Stück Fleisch versenkte.

»Der Typ, der damals diese Prostituierte geschlagen hat?«

»Und der immerzu das Gegenteil behauptet hat. Genau der. Du hast wirklich ein gutes Gedächtnis.«

»Berufskrankheit.« Max winkte ab.

»Er ist der einzige Scharfschütze, den du in den letzten Jahren verhaftet hast, und der im Moment nicht im Krankenhaus oder im Knast ist.«

Max betrachtete das Bild von Gruber auf seinem Smartphone noch einmal genauer. Dunkle kurze Haare, braune Augen, brutaler Gesichtsausdruck.

»Jetzt erinnere ich mich wieder an alles«, meinte er daraufhin. »Es ist um die vier Jahre her. Er hat behauptet, dass ihm die Frau gemeinsam mit ihrem Zuhälter die Sache in die Schuhe schieben wollte.«

»Richtig.« Franz nickte, während er sich genussvoll eine Scheibe gegrillten Bauchspeck auf der Zunge zergehen ließ.

»Er hat aber nachweislich gelogen. Seine DNA wurde überall an ihrem Körper und in ihren Wunden nachgewiesen.«

»Jetzt ist er seit zwei Wochen wieder auf freiem Fuß und will sich offenbar an dir rächen.«

»Weil er meint, ich wäre an seinem Schicksal schuld.« Max schüttelte ungläubig den Kopf.

»So schaut es aus. Die eigene Schuld verdrängen und auf die anderen übertragen. Typisch kranker Depp halt.«

»Habt ihr die Fahndung nach ihm herausgegeben?« Max strich sich nachdenklich über das Kinn.

»Was glaubst denn du? Sind wir Profis oder sind wir Profis?« Franz gönnte sich das nächste Stück Fleisch. Er tropfte dabei sein Kinn und erneut seinen Schlips voll, schien es vor lauter Gier aber nicht einmal zu bemerken.

»Das weiß ich manchmal ehrlich gesagt nicht so genau. Es gibt da immer wieder Sachen, die mich sehr wundern.«

»Was da wäre?«

»Zum Beispiel deine auffällig unauffälligen Bewacher im Biergarten draußen oder euer falscher Verdächtiger in deinem letzten Mordfall mit diesem Schauspieler. Du wolltest unbedingt glauben, dass er der Täter ist und er war es eben doch nicht. Soll ich noch mehr Beispiele aufzählen?«

»Geh, hör mit den alten Kamellen auf. Das ist doch schon gar nicht mehr wahr.« Franz errötete wie ein Schulbub, der beim Abschreiben erwischt wurde.

»So Franzi, dein Mittagessen. Wie versprochen.« Monika war mit einer riesigen Doppelportion Schaschlik in einem extra großen Suppenteller zurück. Man hätte auch von einer mittelgroßen Salatschüssel für mehrere Personen sprechen können.

»Das nehme ich«, rief Max und griff blitzschnell zu. »Der Franzi will lieber aus meinem Teller essen. Weil er mich so gernhat. Stimmt's, Franzi?« Er machte sich eilig über das köstliche neugebrachte Essen her.

»Aber du hast doch gesagt, Schaschlik wäre aus.« Franz bedachte seinen Freund mit einem vorwurfsvollen Blick.

»Hab ich das? Kann ich mich gar nicht daran erinnern.« Max spachtelte grinsend weiter.

»Von Josef erwarte ich diesbezüglich nichts. Der verarscht mich genauso gern wie du. Aber Frau Bauer, wenigstens Sie hätten mir doch die Wahrheit sagen können.« Franz blickte der alten Dame voller Enttäuschung in die Augen.

»Ich weiß von nichts. Ich glaube, ich habe einen Rausch.« Max' Nachbarin schüttelte leicht dümmlich grinsend den Kopf. Sie schielte nun arg. Die Worte fanden sichtlich schwer den Weg über ihre Lippen. »Bringen Sie mich bitte nach

Hause, Herr Raintaler. Ich fürchte, ich schlafe gleich hier am Tisch ein.«

»Mach ich, Frau Bauer«, erwiderte Max. »Sobald ich mein Schaschlik aufgegessen habe.«

»Dein Schaschlik?« Wenn man ganz genau hinsah, konnte man kleine Tränen über Franz' Wangen hinunterkullern sehen. Möglicherweise waren es aber auch Schweißperlen. Monika hatte es mit den Chilischoten wiedermal sehr gut gemeint.

26

Montag, 20.00 Uhr, Richter Steiners Haus, Grünwald.

Er hatte sich die Kapuze seines schwarzen Sweatshirts tief ins Gesicht gezogen und sich anschließend in einem Loch unter der Hecke schräg gegenüber von Herbert Steiners Haus auf die Lauer gelegt. Im Schatten zwischen zwei Straßenlampen. Genau so, dass er freien Blick auf den etwa 50 Meter entfernten, gut beleuchteten Eingang hatte.

Der kleine Richter musste jeden Moment nach Hause kommen. Das wusste er, weil er die Gewohnheiten seiner Zielperson seit genau zehn Tagen beobachtete.

Nicht mehr lange und der erste Akt seiner Rache wäre erledigt. Voller Vorfreude rieb er sich kurz die Hände. Massierte die Finger. Knackte mit den Knöcheln.

Wie oft hatte er damals in der Verhandlung wohl seine Unschuld beteuert? Aber niemand wollte ihm glauben. Nicht einmal sein eigener Anwalt. Ein ehemaliger Fremdenlegionär war für die Prozessbeteiligten anscheinend so etwas wie ein vorbestrafter Verbrecher gewesen.

Jetzt sollten sie alle der Reihe nach bereuen, was sie ihm angetan hatten. Zumindest die drei Hauptschuldigen sollten für ihre Ignoranz büßen. Wobei einige andere damals Anwesende sicher auch den Tod verdient hätten. Zum Beispiel sein Anwalt, der jämmerliche Versager.

Er bemerkte, dass sein Kopf etwas zu weit aus der Hecke hervorlugte. Rutschte noch ein Stückweit zurück. Auf keinen Fall durfte der Richter ihn entdecken, bevor er abdrücken konnte.

Kurze Zeit später tauchte der kleine Wichtigtuer auch schon auf. Pünktlich um 20.10 Uhr, wie jeden Montag. Das automatische Licht vor seinem Eingang schaltete sich ein.

Gut so. Noch bessere Sicht.

Steiner blickte sich immer wieder nach allen Seiten um, während er hektisch seinen Hausschlüssel aus der Hosentasche kramte.

Ahnte er, dass er gleich sterben würde? Hatte ihn jemand gewarnt? Möglicherweise Raintaler und die miesen Kerle von der Kripo.

Langsam legte er auf ihn an. Nahm ihn gründlich ins Visier.

Sein Finger berührte den Abzug.

Er wartete kurz.

Atmete entspannt aus.

Drückte ab.

Nur ein leises Plopp war dank des Schalldämpfers zu hören. Der Richter kippte lautlos vornüber auf die vierstufige Treppe, die zu seiner Haustür hinaufführte. Dort blieb er regungslos liegen.

Treffer! Zufrieden grinsend kroch er schnell unter der Hecke hervor, packte sein Gewehr wieder ein und verschwand wie ein Phantom im Dunkel der Nacht. Ob Steiner wirklich tot war, musste er nicht nachprüfen.

Es war so sicher, wie das Amen in der Kirche.

Einen Kopfschuss aus seiner russischen Präzisionswaffe überlebte niemand. Schon gar nicht mit einem Kaliber von neun mal 39 Millimeter, das einen guten halben Zentimeter gehärteten Stahl durchdringen konnte. Das Mädchen vor dem Supermarkt war der Beweis dafür. Wie so viele andere, die er im Moment gar nicht alle vor seinem inneren Auge aufzählen wollte. Es waren zu viele gewesen, die er auf diese Weise während seiner Zeit bei der Legion getötet hatte.

27

Montag, 20.15 Uhr, Monikas kleine Kneipe, München-Thalkirchen.

Es war längst dunkel. Im Biergarten brannten die bunten Glühbirnen, die Monika vor zwei Jahren aufgehängt hatte.

Max hatte Frau Bauer wie versprochen nach Hause gebracht. Anschließend hatte er sich selbst ein paar Stunden hingelegt, um wieder vollends zu Kräften zu kommen.

Jetzt kehrte er ausgeruht zu Monika zurück. Das hatte zwei Gründe. Erstens konnte er nicht mehr in seinem Bett liegen, weil er ausgeschlafen war. Zweitens wollte er mit ihr sprechen. Er hasste es, wenn sie ärgerlich auf ihn war und wollte die ungute Sache von heute Mittag mit ihr klären.

Die Japaner waren längst weg.

Er ging hinein.

Monika und Josef saßen an ihrem Tisch von heute Nachmittag im Schankraum. Auch bei Licht war er absolut uneinsehbar von der Straße her. Die beiden unterhielten sich. Am Tresen standen sieben weitere Personen. Stammgäste, die Max allesamt kannte.

»Hast du deine Japaner heimgeschickt?«, fragte Max Josef, während er sich zu ihnen an den Tisch setzte. »Servus, Moni.«

»Servus, Max. Einen Tee?« Sie erhob sich. Blickte ihn mit professioneller Freundlichkeit, wie einen fremden Gast an.

»Gerne.« Er nickte. »Bleibst du bitte kurz hier?« Er fasste sie sanft am Arm. »Ich würd gern mit dir reden.«

»Aber ich nicht mit dir.« Sie machte sich los.

»Frauen«, sagte Josef grinsend, als sie hinter dem Tresen in ihrer kleinen Küche verschwand. »Die verstehen wir Männer in hundert Jahren nicht, und umgekehrt ist es genauso.«

»Da magst du recht haben.« Max schaute bedrückt auf die weiße Tischdecke. Er hatte sich den Empfang etwas anders vorgestellt. Nicht unbedingt überschäumend, aber doch zumindest versöhnlich. »Wenn sie sauer ist, dann ist sie es gründlich. Typisch Oberbayerin. Stur wie die Berge.«

»Die Japaner wollten unbedingt ins Hofbräuhaus«, fuhr Josef fort. »Umtata-Musik hören, wie sie sich ausdrückten. Ich habe sie in den kleinen Reisebus gesetzt, den wir dabeihatten. Der Fahrer bringt sie später auch in ihr Hotel.«

»Die konnten doch allesamt schon nicht mehr stehen, als ich am Nachmittag mit Frau Bauer heimfuhr.« Max sah seinen Freund verblüfft an.

»Andere Länder andere Sitten. Die Engländer saufen doch beispielsweise auch bis zum Umfallen. Genau wie die anderen im Norden oben. Schweden, Finnen, Norweger, wie sie alle heißen. Oder nimm die Russen und ihren Wodka. Die wissen es alle nicht besser.« Josef hob oberlehrerhaft den Zeigefinger.

»Aber wir Bayern schon?«

»Der Bayer trinkt mit Vernunft und Verstand. Und er verträgt es.« Josef nahm zum Beweis seiner These einen dezenten Schluck aus seinem halbvollen Glas. Es mochte sein fünftes oder sechstes Bier heute sein. Wirklich ein Wunder, dass er nicht völlig betrunken war. Zumal er zwischenrein gerne mal einen Obstler bestellte. Rein gewohnheitsmäßig, aus Spaß an der Freude. Wie jeder wusste, der ihn näher kannte.

»Außer er fliegt besoffen in den Straßengraben, stimmt's Josef?« Max musste laut lachen, obwohl ihm der Zwist mit

Monika nach wie vor im Magen lag. »Ich erinnere mich da an einige sehr norwegische Abende mit dir.«

»Dunkle Vergangenheit. Das gehört nicht hierher. Aus dem Mund eines Teetrinkers schon gar nicht.« Josef versuchte das unbequeme Thema mit einer unwirschen Handbewegung zu verscheuchen. »Gibt es etwas Neues von deinem Todesschützen oder bei deinen Untergiesinger Todesfällen?«

»Nein.« Max schüttelte den Kopf. »Bei Heinz Bauretter wollte ich nachher nochmal vorbeischauen. Er tut mir leid. Es geht ihm sicher ganz schön dreckig nach seinem Schock.«

Sein Handy spielte das Lied vom Tod.

»Franzi«, sagte er zu Josef. »Vielleicht weiß er was.«

Er hob ab.

»Max? Franzi hier.«

»Ich weiß.«

»Ach so, klar. Nummer gespeichert. Displayanzeige. Ich kann mich an das neumodische Zeug einfach nicht gewöhnen.«

»Neumodisch?« Max runzelte erstaunt die Stirn.

»Na ja, für mich jedenfalls.« Franz klang gehetzt. Er schien dringend über etwas anderes als die technischen Wunder des 21. Jahrhunderts sprechen zu wollen. »Hör zu«, fuhr er eilig fort. »Der Richter Herbert Steiner wurde gerade erschossen.«

»Ist nicht wahr.« Max wurde blass. Die Sache war also längst noch nicht ausgestanden. »So ein verdammter Mist.«

»Was ist los?« Josef sah ihn neugierig an.

»Es gibt doch etwas Neues.« Max hielt die Sprechmuschel seines Handys zu. »Der Richter, der Ferdinand Gruber verurteilt hat, wurde vorhin erschossen.«

»Ein Nachbar hat es beobachtet«, fuhr Franz fort. »Er hat den Täter aber nicht erkannt. Kapuzenshirt. Trotzdem wissen wir jetzt definitiv, dass es dieser Weißbierferdl sein muss. Ausgebildeter Scharfschütze, mögliches Fehlurteil. Du und der Richter am Fall beteiligt. Alles andere macht keinen Sinn.«

»Sieht so aus.« Max blickte zum Tresen hinüber, wo Monika gerade Bier für ihre Stammgäste einschenkte. Er sah es zwar, nahm es aber nicht wirklich wahr. »Oder gab es noch andere Scharfschützen, die von mir verhaftet und von Steiner verurteilt wurden?«

»Im Moment haben wir da niemanden.«

»Wenn ich ihn wenigstens kommen sehen könnte. Ich würde ihm schon Respekt beibringen. Aber der Mistkerl schießt aus der größten Entfernung.«

»Den erwischen wir mit vereinten Kräften. Das schwör ich dir, Max. Jeder Polizist in ganz Bayern hat inzwischen sein Foto auf dem Handy. Wir hängen die Sache ganz groß auf.«

»Hoffentlich hilft es was.« Max zweifelte am Erfolg der Aktion. Sicher war dieser Weißbierferdl auch nicht ganz blöd und lief verkleidet herum. Möglicherweise hatte er eine Brille auf oder gefärbte Kontaktlinsen, eine neue Haarfarbe oder er trug eine Perücke und hielt sich außerdem wohlweislich im Hintergrund.

»Pass auf jeden Fall gut auf dich auf«, warnte Franz. »Wie du siehst, meint er es wirklich todernst. Präg dir sein Bild auf deinem Handy gut ein. Vielleicht will er mit dir spielen und nähert sich dir, wenn du es überhaupt nicht erwartest.«

»Ein Irrer, meinst du? Der sich einen Spaß daraus macht, mich zu tratzen? Nicht nur Rache?«

»Warum nicht?«

»Ich schleiche ab sofort nur noch unauffällig um die Häuser.« Max nickte unwillkürlich.

Wenn der Typ wirklich total durchgeknallt ist, macht ihn das noch gefährlicher und noch unberechenbarer.

»Meine Leute werden dich schützen, so gut es geht.«

»Warum beruhigt mich das nicht wirklich, Franzi?«

»Besser als nichts sind sie allemal.«

»Stimmt auch wieder.«

»Anderes Thema. Weißt du etwas Neues wegen der Familie Bauretter?«

»Ich hab mich daheim ausgeruht. Wollte nachher nochmal zu Heinz Bauretter schauen.«

»Tu das. Es geht ihm nicht gut. Aber tu es wirklich unauffällig, wie alles andere auch, okay?« Franz klang gerade besorgter als er Max gegenüber jemals geklungen hatte.

»Alles klar, Franzi. Ich muss jetzt aufhören. Mein Tee kommt.«

»Wo bist du?«

»Bei Moni.«

»Ziehst du immer noch dein albernes Alkoholverbot durch?«

»Was bitte ist daran albern?«

»Alles.«

»Würde dir aber auch mal guttun.«

»Geh, du spinnst doch.«

»Servus, Franzi.«

Max legte auf. Er wusste, dass es sinnlos war, Franz zu einem gesünderen Dasein zu überreden. Schließlich konnte nicht jeder so konsequent und bewusst mit seinem eigenen Körper umgehen, wie er. Das würde er diesmal auch allen beweisen. Kein Abbruch der Alkoholpause vor der Zeit. Niemals.

»Warum bist du eigentlich so sauer auf mich, Moni?«,

fragte er sie, als sie sich zu ihnen setzte. »Ich hab den Attentäter doch nicht vor den Supermarkt bestellt.«

»Weil ich eine höllische Angst um dich habe.« Tränen stiegen ihr in die Augen.

Er nahm sie in den Arm. Drückte sie fest an sich.

»Musst du nicht«, flüsterte er ihr ins Ohr. »Unkraut vergeht nicht.«

»Hab ich aber trotzdem.«

28

Montag, 20.15 Uhr, München, Untergiesing-Harlaching.

Robert Hemmschuh öffnete die Haustür seiner Schwiegereltern mit seinem eigenen Schlüssel für Notfälle.

»Irmi und Regina an einem Tag. Die Polizei hat es mir gesagt. Warum hast du mich denn nicht gleich am Vormittag angerufen?«, fragte er Heinz schnell. »Jetzt hat es so lange gedauert, weil ich ewig nicht aus der Firma wegkonnte.«

Dass er den halben Nachmittag mit Kaffeetrinken und damit, einen Ring für Giuliana auszusuchen in der Stadt verbracht hatte, verschwieg er.

»Ich habe es einfach vergessen.« Heinz blickte geradeaus vor sich hin. »Entschuldige, Robert.«

»Der Herr Bauretter steht unter einem schweren Schock«, sagte Rita, die neben Heinz saß und dessen Hand hielt.

»Wer sind Sie eigentlich?« Robert musterte sie misstrauisch.

»Oh, Entschuldigung. Ich habe mich gar nicht vorgestellt.« Sie lächelte hinreißend. »Mein Name ist Rita Maihofer. Ich bin Psychologin vom psychologischen Betreuungsdienst. Man hat mich gleich heute Mittag hergeschickt, um Herrn Bauretter in seinen schweren Stunden beizustehen.«

»Ich bin der Schwiegersohn. Robert Hemmschuh, Sanitär und Heizung.« Er reichte ihr seine kräftige Hand. »Wir sind der Marktführer hier in München.«

»Dachte ich mir, dass Sie ein Verwandter sind. Wegen dem Hausschlüssel.« Rita lächelte noch ein Stück hinreißender. »Eigentlich sollte ich längst wieder weg sein, aber ihr Schwiegervater war so schrecklich unglücklich.« Sie streichelte mitfühlend Heinz' Arm.

»Na, dann vielen Dank.« Er lächelte versöhnlich zurück. *Er war die ganze Zeit über bestens versorgt. Da hätte ich gar nicht so ein schlechtes Gewissen haben müssen.*

»Gerne. Wissen Sie eigentlich, dass sie eine wundervolle Gesichtsform haben?«, fuhr sie fort. »Klassisch, altrömisch. Wunderschön.«

»Das hat mir bisher noch niemand gesagt.« Robert schüttelte flüchtig grinsend den Kopf. »Freut mich, wenn Ihnen mein Kopf gefällt. Muss er ins Krankenhaus?« Er zeigte auf Heinz.

»Nein.« Rita schüttelte den Kopf. »Ich passe gerne weiter hier auf ihn auf. Morgen sollte er wieder einigermaßen auf dem Damm sein.«

»Wegen mir dürfen Sie aber gerne heimgehen. Ich werde ihn später höchstpersönlich ins Bett bringen.«

»Sind Sie sicher?«

»Ja.« Er nickte. »Sie waren lang genug hier. Heinz und ich werden uns ein paar Bierchen aufmachen und ganz privat im Kreise unserer kleinen verbliebenen Zweierfamilie trauern. Natürlich nur, wenn es Ihnen recht ist.« Robert sah sie lange auffordernd an.

Sie hielt seinem Blick stand. Dann erhob sie sich.

»Na gut, wie Sie meinen«, sagte sie und reichte ihm nun ihrerseits die Hand.

»Meine ich.«

»Hier, falls Sie doch noch Hilfe brauchen sollten.« Sie übergab ihm eine bunt bedruckte Visitenkarte. »Sie dürfen aber auch gerne jederzeit anrufen, falls Sie sich einmal einsam fühlen oder jemanden zum Reden brauchen. Ist sicher alles nicht so einfach für Sie im Moment.«

»Gut zu wissen.« Er steckte die Karte ein. »Im Moment habe ich allerdings genug mit dem Chaos in meiner Familie zu tun, wie Sie unschwer erkennen können.« Er zeigte auf Heinz und die leeren Flaschen um ihn herum.

Vielleicht rief er sie tatsächlich mal an. Giuliana war heute nicht besonders nett gewesen. Da musste er dann auch kein schlechtes Gewissen ihr gegenüber haben, wenn er mal mit einer anderen Frau beispielsweise zum Essen ging. War ja nichts dabei. Konnte man doch mal machen.

29

Montag, 21.30 Uhr, München, Untergiesing-Harlaching.

Damit er keine allzu leichte Zielscheibe für Ferdinand Gruber abgab, war Max sicherheitshalber ohne Licht auf dunklen Schleichwegen von Monikas kleiner Kneipe aus zu dem Haus, in dem Heinz Bauretter wohnte, gefahren.

Vorher hatte er sich wieder mit ihr versöhnt. Gott sei Dank hatte sie ihm das nicht weiter erschwert. Er hatte ihr beim Abschied geraten, sich heute Abend am besten nicht mehr draußen blicken zu lassen, gut abzusperren und in ihre Wohnung über dem Lokal zu gehen.

Josef war vor Max gegangen. Er hatte gemeint, dass er nur noch heim ins Bett wolle. Nach dem letzten Schnaps war er auf einmal schlagartig betrunken gewesen.

So viel zu der von ihm behaupteten angeblichen Vernunft und dem großartigen Trinkverstand der Bayern. Wie gut, dass es Taxifahrer gab, die einen diskret nach Hause brachten.

Max läutete bei Heinz Bauretter.

Hoffentlich wecke ich ihn nicht.

Der Türöffner ertönte. Als er oben an der Wohnung ankam, stand Robert Hemmschuh vor ihm.

»Was wollen Sie denn schon wieder?«, begrüßte er ihn polternd. »Hat man nicht mal nachts seine wohlverdiente Ruhe?«

»Ich wollte nur nach Ihrem Schwiegervater sehen«, erwiderte Max mit neutralem Tonfall. »Hab mir Sorgen um ihn gemacht.«

»Das soll ich Ihnen glauben?«

»Machen Sie, was Sie wollen.« Max winkte gelangweilt ab. Er hatte nicht die geringste Lust mit Hemmschuh herumzustreiten. Dazu hatte er im Moment genug eigene Probleme. »Wie ich sehe ist Herr Bauretter bestens versorgt. Alles wunderbar. Auf Wiederschauen.«

Er schickte sich an, die Treppe hinunterzusteigen.

»Herr Raintaler!«

»Was ist noch?« Max hielt an. Er drehte sich um.

»Entschuldigen Sie. Es ist sehr nett, dass Sie nach meinem Schwiegervater schauen wollten. Ich war wohl ziemlich unhöflich.« Robert klang überraschend freundlich.

»Alles klar.« Max setzte seinen Weg fort. »Machen Sie's gut. Grüßen Sie Ihren Schwiegervater von mir.«

»Haben Sie Lust auf ein Bier?«, rief ihm Robert nach.

»Bierpause.« Max schüttelte den Kopf.

»Auf einen Tee?«

»Na gut.« Max kehrte um.

Will er mir irgendwas sagen? Schaut ganz so aus.

»Bitte, kommen Sie herein.« Robert hielt ihm die Tür auf. »Er sitzt im Wohnzimmer.«

Max schlüpfte an ihm vorbei. Er machte sich auf den direkten Weg zu Heinz.

»Pfefferminztee?«, rief ihm Robert nach.

»Gerne.«

»Setzen Sie sich schon mal. Ich komme gleich nach.« Robert verschwand in der Küche.

Max begrüßte Heinz, der wie am Vormittag auf demselben Platz an seinem Wohnzimmertisch saß. Fast so als hätte er sich in der Zwischenzeit keinmal von dort fortbewegt. Nicht einmal, um auf die Toilette zu gehen.

Er setzte sich ihm gegenüber.

Den leeren Flaschen am Boden nach hat er bestimmt schon zehn Bier getrunken seit heute Vormittag. Vom Schnaps ganz zu schweigen.

»Grüß Gott.« Heinz schielte ihn verwirrt an. »Aber du bist nicht der Robert, oder?«

»Nein, der ist in der Küche und macht mir einen Tee. Ich bin es, der Max Raintaler von der Kripo.« Max sprach unbewusst übertrieben laut mit ihm, so als wäre Heinz taub.

Ein Phänomen, das landläufig auch immer wieder im Umgang mit Behinderten zutage trat. Das menschliche Gehirn schien aus unerfindlichen Gründen anzunehmen, dass jemand, der beispielsweise wegen einer Querschnittslähmung in einem Rollstuhl saß oder blind war, gleichzeitig einen Gehörschaden haben musste.

»Die Julia ist tot«, sagte Heinz. »Die Irmi und die Regina, glaube ich auch.« Er sah Max mit großen Augen an.

»Ja, leider.« Max legte so viel Trost in seine Stimme, wie er konnte. »Aber wir erwischen den Täter, das verspreche ich ihnen.«

Mann oh Mann, der ist gut weggetreten.

»Täter? Hat jemand etwas getan?« Heinz blickte mit leeren Augen durch Max hindurch.

»Regina wurde erschossen und Julia möglicherweise geschubst, genau wie Ihre Irmi.« Max versuchte erneut seine Stimme zu senken, die sich lautstärkemäßig schon wieder selbständig gemacht hatte. »Derjenige, der das getan hat, kommt auf jeden Fall ins Gefängnis.«

»Aber der Robert hat die Irmi nicht geschubst.« Heinz bekam einen roten Kopf. Er stampfte ärgerlich mit dem Fuß auf.

»Nein, hat er nicht«, beruhigte ihn Max. »Er war in seinem Büro als es geschah. Das haben wir überprüft.«

»Der Robert ist nämlich mein Schwiegersohn.«

»Weiß ich doch, Herr Bauretter.« Max lächelte sanft. Er ahnte, dass diese Zusammenkunft wohl keine neuen Erkenntnisse bezüglich der drei Todesfälle in Heinz Bauretters Familie bringen würde. Am besten trank er schnell seinen Tee und machte sich danach zügig vom Acker. Die beiden hier kamen gut ohne ihn zurecht.

»Ihr Pfefferminztee!« Robert war aus der Küche zurück.

Er stellte die Tasse vor Max ab. Danach setzte er sich neben seinen Schwiegervater.

»Danke.«

»Sehr heiß. Am besten warten Sie noch mit dem Trinken.« Robert nahm einen Schluck Bier aus der Flasche vor seiner Nase.

»Werde ich tun.« Max nickte.

Sie schwiegen sich alle drei eine Weile lang an.

»Ich habe Julia nichts getan und der Irmi und der Regina auch nichts«, sagte Robert auf einmal. Offenbar hatte er das Gefühl, sich erklären zu müssen. »Sie müssen mir das glauben, Herr Raintaler. Ich habe meine Julia geliebt, auch wenn wir eine sehr lockere Beziehung hatten.«

»Ich glaube es Ihnen, Herr Hemmschuh.« Max nahm seine Teetasse hoch. Er blies hinein. »Trotzdem muss ich weiter versuchen, den oder die wahren Täter zu erwischen. Je mehr Sie mir mit Informationen helfen, umso leichter gelingt mir das.«

»Verstehe schon.« Robert nickte. »Aber ich fürchte, ich habe Ihnen bereits alles gesagt. Heinz weiß auch nicht mehr, stimmt's, Heinz?« Er sah seinen Schwiegervater erwartungsvoll an.

»Ich weiß gar nichts.« Heinz schüttelte den Kopf. »Die Irmi soll kommen und mich ins Bett bringen.«

»Ich bring dich heute ins Bett.« Robert klopfte ihm kumpelhaft auf die Schultern. »Morgen früh sieht die Welt schon wieder ganz anders aus.«

»Wo ist die Irmi?« Heinz machte große Augen. »Sie müsste doch längst daheim sein.«

»Die Irmi ist gestorben.« Robert sprach mit ihm, wie mit einem Kleinkind. »Genau wie die Julia und die Regina.«

»Im Tsunami?«

»Nein.« Robert schien nicht genau zu wissen, ob er lachen oder weinen sollte. »Sie hatten alle einen dummen Unfall.«

»Mit dem Auto?«

»Ich erzähle es dir morgen.«

»Ich glaube, ich gehe jetzt besser«, meinte Max, während er sich von seinem Platz erhob.

»Wollen Sie nicht wenigstens Ihren Tee trinken?«, fragte Robert.

»Zu heiß.« Max lächelte entschuldigend. »Außerdem merke ich gerade, dass ich sehr müde bin. Bringen Sie Ihren Schwiegervater möglichst bald ins Bett, Herr Hemmschuh. Er sieht ziemlich kaputt aus.«

»Mach ich.« Robert lächelte zurück. »Nochmals danke, dass Sie vorbeigeschaut haben.«

»Kein Ding.« Max winkte ab. »Ich finde allein raus. Bleiben Sie ruhig sitzen. Auf Wiederschauen.«

»Auf Wiederschauen.« Robert trank erneut. »Moment mal. Da fällt mir gerade noch etwas ein.«

»Bitte.« Max hielt neugierig inne.

»Ich hatte Ihnen doch von Julias Seitensprung erzählt.«

»Ja, und?«

»Er heißt Luigi Mario.«

»Wer?«

»Der Italiener aus ihrer Spedition, mit dem sie ihr Techtelmechtel hatte.«

»Und warum erzählen Sie mir das jetzt?«

»Ich wollte ihn mir zuerst selbst vorknöpfen. Vielleicht war er sauer, weil sie mit ihm Schluss gemacht hat und hat sie im Streit geschubst, dachte ich. Sowas geht schnell mal im Eifer des Gefechtes.«

»Das müssen Sie mir wahrlich nicht erklären. Kommt oft genug vor.« Max nickte. »Sie wollten ihn also im Alleingang erledigen. Warum haben Sie sich gerade anders entschieden?«

»Sie scheinen Ihren Job zu können. Außerdem möchte ich mir nicht die Hände an so einem schmutzig machen.«

»Tatsächlich?«

Ein Lob von einem Verdächtigen. Das hatte es so auch noch nicht gegeben. Wollte Robert sich etwa Liebkind bei Max machen und hoffte damit aus der Schusslinie zu kommen?

»Ja, so ist es.« Robert nickte nachdrücklich. »Und ins Gefängnis will ich natürlich auch nicht.«

»Ich werde der Sache auf jeden Fall nachgehen.«

Max verließ die beiden in der Gewissheit, dass er von ihnen heute Abend nichts weiteres Relevantes über die Todesfälle der Bauretter Frauen erfahren würde. Vielleicht würde er morgen oder übermorgen noch einmal bei Heinz vorbeischauen, um zu sehen, wie es ihm ging.

Unten auf der Straße atmete er erst einmal tief durch. Schrecklich, wenn er sich vorstellte, dass beispielsweise Monika, Franz und Josef innerhalb weniger Tagen sterben würden. Er wüsste nicht, wie er reagieren würde.

30

Montag, 22.00 Uhr, München, Sendling.

Vibrationsalarm.

»Wer ruft denn um diese Zeit noch an, Herrgott nochmal.«

»Geh ran, dann weißt du es«, meinte Franz' Frau Sandra.

Er erhob sich ächzend aus seinem Fernsehsessel. Schlurfte gemächlich zu der Anrichte hinüber, wo er sein Smartphone vorhin abgelegt hatte. Immer schön einen Schritt vor den anderen. Nach Feierabend ließ er sich grundsätzlich nicht hetzen. Erst recht nicht vom Telefon.

»Könntest du bitte etwas schneller gehen?«, meckerte Sandra. »Mich interessieren die Nachrichten nämlich im Gegensatz zu dir.« Sie zeigte auf den übergroßen Flachbildfernseher, den sich Franzi extra für die nächste Fußball-WM angeschafft hatte, und vor dem er gerade im Zeitlupentempo entlangschlich.

Dass sie die Herrschaft über die Fernbedienung übernehmen würde, sobald er geliefert wurde, hätte er eigentlich wissen können. Um des lieben Ehefriedens willen protestierte er jedoch nicht dagegen, sondern schaute mit ihr zusammen Liebesschnulzen und schlecht gemachte Krimiserien an.

Schließlich blieben ihm immer noch der Dienstag- und der Donnerstagabend, wenn sie in ihrem Yogakurs war, und die Sportschau am Samstag, sowie besondere Sportereignisse. So hatten sie es ausgemacht und sie hielt sich bisher auch daran. Meistens zumindest.

»Bin schon weg«, brummte er und ging, minimal schneller als zuvor, mit seinem Telefon in der Hand in die Küche hinüber.

Sandra verdrehte nur genervt aufstöhnend die Augen hinter seinem Rücken.

»Was gibt's?« Franz sprach nicht besonders freundlich in den Hörer hinein. Nicht um diese Uhrzeit. Das war eindeutig zu viel verlangt.

»Bernd hier«, meldete sich der scharfe Bernd, der heute Spätdienst hatte. »Tut mir leid, dass ich dir den gemütlichen Feierabend versaue, Chef. Aber dieser Todesschütze, den wir suchen, der Weißbierferdl …«

»Was ist mit ihm?« Franz wurde hellhörig.

»Jemand will ihn in einer Kneipe hinter dem Ostbahnhof gesehen haben.«

»Hat die Kneipe auch einen Namen?«

»Es ist das Sonnenstüberl, nicht weit vom rückwärtigen Bahnhofsausgang.«

»Ist die Information zuverlässig?«

»Der Anrufer klang zumindest nicht, wie einer unserer üblichen Verrückten.«

»Wer kann hingehen?«

»Leider ist außer dir niemand zu erreichen.«

»Gut, ich schaue hin.« Franz ging in den Flur. Er schlüpfte in seine Slipper. Solchen Hinweisen mussten sie einfach nachgehen.

»Soll ich dir das SEK hinschicken?«

»Keine schlechte Idee. Wenn die bloß nicht immer so lange brauchen würden.« Franz streifte sein Sakko über.

»Ich mache ihnen Dampf. Und entschuldige nochmal wegen der Störung.«

»Kein Problem, Bernd. Ich muss hier sowieso andauernd irgendeinen hirnrissigen Mist im Fernseher mitanschauen. Bin ganz froh, wenn ich ein bisserl an die frische Luft komme.«

Franz legte auf. Er schnappte sich seine Dienstwaffe samt Holster, rief Sandra von der Wohnzimmertür aus zu, dass er nochmal wegmüsste, was sie mit einem mehr oder weniger gleichgültigen Grunzen quittierte, und eilte zur Wohnung hinaus.

Als er 20 Minuten später vor dem Sonnenstüberl parkte, war kein SEK zu sehen.

»Warum wundert mich das nicht?«, murmelte er.

Er entschloss sich schon mal alleine reinzugehen. Nicht dass ihm Gruber noch durch die Lappen ging.

Im Lokal dröhnte Schlagermusik aus den Boxen, die unter der Decke hingen. Ein Teil der Gäste grölte lauthals mit. Überall hingen Bilder von Fußballern und Schauspielerinnen an den Wänden. Manche der Damen waren halb oder ganz nackt abgelichtet.

Franz sah sich von der Tür aus gründlich um.

Kein Weißbierferdl zu sehen. Auch niemand, der annähernd so aussah. Es sei denn, der Kerl hatte sich äußerlich so sehr verändert, dass man ihn nicht mehr erkennen konnte, was natürlich gut möglich war.

Er trat an den Tresen heran.

»Wurmdobler, Kripo München«, begrüßte er den grauhaarigen Wirt dahinter, während er ihm seinen Dienstausweis unter die Nase hielt. »Haben Sie vorhin bei uns angerufen? Wegen eines gewissen Ferdinand Gruber.«

»Wie kommen Sie darauf?« Der schmale Mann schüttelte den Kopf. »Ich kenne keinen Ferdinand Dings äh ...«

Noch während der Wirt antwortete, bemerkte Franz aus den Augenwinkeln heraus einen Mann, der es anscheinend sehr eilig hatte und zur Tür hinausrannte.

Das muss er sein.

Er drehte sich um und lief so schnell er konnte hinterher.

»Halt stehenbleiben, Polizei!«, rief er vor der Tür in die Dunkelheit hinein.

Doch der Mann war verschwunden.

Wie vom Erdboden verschluckt.

Franz zog seine Pistole, lief ein Stückweit nach rechts die Straße hinunter. Dann nach links. Er konnte im spärlichen Licht der Laternen so gut wie nichts erkennen.

Kurz darauf spürte er einen stechenden Schmerz im Hinterkopf.

Ihm wurde schwarz vor Augen.

Wie lange er ohnmächtig gewesen war, konnte er nicht sagen, als er wieder aufwachte. Er wusste nur, dass ihm der Schädel gewaltig brummte.

Er fischte unter lautem Stöhnen sein Handy aus der Tasche und drückte die erstbeste Nummer.

»Was gibt's, Franzi?«, meldete sich Max.

»Gott sei Dank. Du bist es, Max.«

»Wen hast du denn angerufen?«

»Du musst mir helfen.« Franz sprach leise. Jedes Wort drohte ihm den Kopf zu zersprengen. Er musste ordentlich eins auf den Kopf bekommen haben, konnte sich aber an alles, was vor seinem Black Out geschehen war, erinnern. »Sieht so aus, als hätte mich jemand niedergeschlagen. Ich liege neben dem Sonnenstüberl hinter dem Ostbahnhof. Im Schatten von einem Baum. Die Lichter der Straßenlaternen reichen nicht bis hierher.«

»Halte durch, Franzi. Ich schick dir einen Krankenwagen, die Kollegen und komme selbst hin, so schnell ich kann.«

31

»Wo bleibt er denn bloß?« Sandra lief unruhig im Wohnzimmer auf und ab. Sie blickte bestimmt zum fünften Mal auf ihre Armbanduhr. 22.40 Uhr. »Sagte er nicht, er wäre nur kurz Zigaretten holen und gleich wieder zurück?« Sie schüttelte unwillig den Kopf. »Immer nur Ärger mit diesem Mann.«

Sie ging zum Telefon. Wählte seine Nummer.
Nichts.

»Er ist doch sonst immer gleich von der Kneipe zurück, wenn er nur Zigaretten holt«, führte sie ihr Selbstgespräch fort. »Oder ging er wegen etwas anderem aus dem Haus? Hätte ich ihm doch nur besser zugehört. Aber ich musste ja unbedingt in die Glotze schauen.« Leichte Panik machte sich in ihr breit. »Was mach ich nur, wenn ihm etwas passiert ist?«, murmelte sie. »Ach was, wird schon nichts sein«, beruhigte sie sich gleich darauf selbst. »Wahrscheinlich hat er jemanden zum Ratschen getroffen und trinkt noch ein Bier. Aber warum geht er nicht an sein Handy?«

Sie wählte die Nummer von Max. Wenn jemand wusste, wo Franz war, dann sein ältester und bester Freund. Bestimmt hatten sie sich verabredet. Hatte Franz nicht telefoniert, bevor er ging? Doch auf jeden Fall. Das war es. Er hatte mit Max telefoniert und sich mit ihm irgendwo verabredet. Anders konnte es um diese späte Tageszeit gar nicht gewesen sein.

»Servus, Sandra«, meldete er sich sogleich. »Du bist sicher auf der Suche nach Franzi, stimmt's?«

»Und du weißt wo er ist, stimmt's?« Sie atmete erleichtert auf.

»Nicht so ganz. Aber ich fahre gerade zu ihm. Sieht so aus, als hätte ihn jemand hinter dem Ostbahnhof niedergeschlagen.«

»Um Himmels willen!« Sandra plumpste erschrocken in Franz' Fernsehsessel, weil sie gerade genau davor stand. »Lebt er?« Sie traute sich die Frage fast nicht zu stellen.

»Ich habe gerade mit ihm gesprochen. Der Krankenwagen und die Kollegen sind bereits unterwegs zu ihm.«

»Rufst du mich bitte an, sobald du mehr weißt?« Sie biss sich ängstlich in die Knöchel ihrer Faust. Bemerkte es nicht.

»Logisch.«

»Danke.«

Sandra legte am ganzen Körper zitternd auf.

»Mein Franzi«, jammerte sie leise vor sich hin. »Er soll diesen gefährlichen Beruf endlich aufgeben. Zumindest soll er wenigstens im Büro an seinem Schreibtisch bleiben, bis er in Pension geht.«

So weit ging ihre Besorgnis dann doch wieder nicht. Den Beruf nicht ganz aufgeben, aber in möglichst großer Sicherheit zu Ende bringen. Das klang vernünftig. Was sollten sie später auch ohne seine vollständigen Pensionsansprüche machen? München war teuer. Urlaub ebenfalls. Zumindest, wenn man es dort etwas schöner als der Durchschnitt haben wollte.

Sie ging mit sorgenvoller Miene in die Küche, holte eine Flasche Weißwein aus dem Kühlschrank und öffnete sie.

Normalerweise trank sie außer bei besonderen Anlässen keinen Alkohol. Heute brauchte sie allerdings dringend einen Schluck zur Nervenberuhigung. Sie schenkte sich ein großes Glas ein.

Dabei dachte sie daran, wie sie und Franz sich vor vielen Jahren kennengelernt hatten. Ein echter Charmeur war er gewesen. Hatte sie stets auf Händen getragen und verwöhnt. Ihre Freunde hatten sie scherzhaft die Schöne und das Biest genannt. Eigentlich eine Gemeinheit ihm gegenüber. Aber auch ein bisschen wahr. Schließlich sah sie sehr gut aus.

Ihr selbst war es schon immer egal gewesen, dass Franz eher klein, mollig und nicht sonderlich attraktiv war. Im Gegenteil, sie liebte ihn, so wie er dastand. Außerdem drohte somit kaum die Gefahr, dass ihn ihr eine andere wegnahm. Das hatte natürlich auch etwas für sich.

Doch wirklich entscheidend waren für sie seine inneren Werte. Davon hatte er jede Menge. Früher vielleicht mehr als heutzutage, zugegeben. Aber es waren immer noch genug, um in guten und in schlechten Zeiten zu ihm zu stehen.

Sie trank ihren Wein und schenkte sich erneut ein.

Hoffentlich rief bald irgendwer mit guten Nachrichten an.

32

Montag, 22.50 Uhr, München, Ostbahnhof.
Max entdeckte Franz vor dem Sonnenstüberl hinter dem Ostbahnhof. Er saß auf dem hinteren Ende eines Notarztwagens, wo ihm gerade ein Kopfverband angelegt wurde.
Blinkendes Blaulicht ließ die gesamte Szenerie gespenstisch erscheinen. Immer mehr Polizeiautos trafen ein.
Insgesamt stieg gut eine halbe Hundertschaft aus, um das umliegende Gelände gründlich nach dem Weißbierferdl abzusuchen.
»Ich bin bloß froh, dass er mich nicht umgebracht hat«, meinte Franz zu Max, sobald der vor ihm stand.
»Wer?«
»Der Weißbierferdl.«
»Du warst hinter ihm her?«
»Ich glaube zumindest, dass er es war.« Franz nickte.
»Ganz alleine? Spinnst du?«
»Ich musste handeln, Max. Sonst wäre er weggewesen.«
»Ach, und das ist er jetzt nicht? Hättest mich doch bloß anrufen brauchen. Verdammt nochmal Franzi, das hätte richtig schiefgehen können.«
»Wundert mich sowieso, dass er mich leben ließ.«
»Bist ihm wohl letztlich egal im Gegensatz zu mir. Nochmal Glück gehabt, Herr Sturschädel.«
»Wir müssen den Kerl finden.« Franz schob den Arzt, der den Verband gerade fertig angelegt hatte, ungeduldig beiseite. »Er ist gefährlich. Niemand ist vor ihm sicher.«

»Jetzt? Im Dunkeln? Vergiss es.« Max schüttelte den Kopf. »Überlass das mal schön unseren uniformierten Kollegen mit ihren Hunden, Nachtsichtgeräten und Spezialwaffen. Zwei Hubschrauber sind ebenfalls im Einsatz.«

»Aber …«

»Nichts aber. Außerdem warst du gerade ohnmächtig. Hast bestimmt eine Gehirnerschütterung. Fahr du mal schön heim zu deiner Sandra, nimm ein paar Schmerztabletten und leg dich ins Bett. Morgen ist auch noch ein Tag.«

»Das sagt mir einer, dem heute Mittag fast das ganze Ohr weggeschossen wurde.« Franz lachte kurz. Verzog dabei aber sogleich schmerzgeplagt das Gesicht.

»Sag ich doch, hinlegen«, meinte Max lapidar. »Also bis morgen. Ich knöpf mir mal den Wirt von dem Laden vor.« Er klopfte Franz zum Abschied aufmunternd auf die Schulter. Dann ging er Richtung Eingang des Sonnenstüberls.

»Nimm ihn dir aber gründlich zur Brust«, rief ihm Franz hinterher. »Er hat behauptet, er hätte nicht in der Zentrale angerufen und den Weißbierferdl würde er auch nicht kennen, obwohl er definitiv dort angerufen hat.«

»Woher weißt du das?«

»Bernd hat es überprüft und mir, kurz bevor du gekommen bist, am Telefon gesagt. Der Anruf kam eindeutig vom Apparat des Wirtes.«

»Okay, alles klar.« Max winkte ihm ein letztes Mal zu.

Dann ging er hinein.

In dem wenig einladend wirkenden verschmutzten Schankraum strebte er sogleich dem abgeschrammten hellbraunen Tresen entgegen.

Ein grauhaariger schmaler Mann Ende Fünfzig stand dahinter. Bis auf ihn war niemand sonst anwesend. Die Gäste wurden draußen vor der Tür in Einzelgesprächen von den Uniformierten befragt. Hier drinnen wäre es viel zu eng dafür gewesen.

»Sind Sie der Wirt?«, fragte ihn Max, als er vor ihm stand.

»Wie man sieht.« Der Mann nickte. »Sind Sie von der Kripo?«

»Raintaler mein Name.« Max nickte ebenfalls.

»Rudolf Sonnleitner, genannt der dünne Rudi.«

»Sonnleitner? Daher Sonnenstüberl, stimmt's?«

»Stimmt, Herr Kommissar.« Rudi lächelte stolz.

»Ich bin kein … Ach egal.« Max winkte ab. »Warum haben Sie meinem Kollegen gegenüber ausgesagt, Sie hätten nicht die Polizei gerufen? Der Anruf kam eindeutig von Ihrem Telefon. Das haben wir überprüft.«

»Das ist so, Herr Kommissar.« Rudi senkte seine Stimme. »Wenn ich vor meinen Stammgästen jemanden verpfeife, der möglicherweise etwas auf dem Kerbholz hat, kann ich morgen zusperren.«

»Das heißt, Sie kennen den Weißbierferdl also doch.«

»Von früher. Und ich habe bei der Polizei angerufen.« Rudi nickte erneut. »Das muss aber unter uns bleiben.« Er blickte sich unsicher nach allen Seiten um. »Die Burschen hier lynchen mich sonst.«

»Vielleicht sollten Sie besser einen Würschtlstand am Viktualienmarkt aufmachen. Ist nur halb so gefährlich. Nichts als harmlose Touristen.« Max grinste. »Haben Sie hier denn nur Kriminelle zu Gast?«

»Sagen wir mal so.« Rudi holte kurz Luft. »Die meisten meiner Gäste legen einfach keinen gesteigerten Wert auf näheren Kontakt mit der Polizei. Das ist sozusagen mehr prinzipiell bei denen.«

»Sozusagen mehr prinzipiell, aha.« Max grinste erneut.

»So ist es.« Rudi nickte eifrig.

»Haben Sie gesehen, ob der Weißbierferdl meinem Kollegen nach draußen gefolgt ist?«

»Leider nein.« Rudi schüttelte den Kopf.

»Kommt dieser Weißbierferdl oft hierher?«

»Er war in den letzten zwei Wochen vielleicht fünfmal da.«

»Wissen Sie zufällig, wo er sich aufhält? Wo schläft er?«

»Keine Ahnung.« Rudi trank einen Schluck Bier aus dem kleinen Glas, das er bereits die ganze Zeit über in seiner rechten Hand hielt. »Auch eins, Herr Kommissar?« Er zeigte auf den Zapfhahn.

»Ich trinke vorübergehend keinen Alkohol«, erwiderte Max.

»Die Leberwerte?« Rudi setzte eine mitfühlende Miene auf. Die von ihm angesprochene Problematik war ihm mit all ihren Konsequenzen sicherlich alles andere als unbekannt.

»Einfach so.« Max schüttelte den Kopf.

»Einfach so? Aber das macht doch keinen Sinn.« Rudi sah ihn entgeistert an.

»Was macht schon Sinn im Leben?« Max zuckte die Achseln. »Kennt einer ihrer Stammgäste den Weißbierferdl näher?«

»Bestimmt nicht.« Rudi schüttelte den Kopf. »Der Ferdinand war schon früher immer ein Einzelgänger. Er redet mit den Leuten, aber er sagt dabei nichts. Wenn Sie wissen, was ich meine, Herr Kommissar.«

»So etwas ist mir allerdings bekannt.« Max nickte mit zusammengekniffenen Lippen. Er dachte an die vielen Verdächtigen, die er im Laufe seines Lebens verhört hatte, und die dabei oft ausschließlich Nichtssagendes von sich gegeben hatten.

33

Dienstag, 7.00 Uhr, München Bogenhausen.
Staatsanwalt Friedemann Bauer zog ein blaues Sweatshirt und seine hellgraue Jogginghose an. Anschließend schlich er sich auf Zehenspitzen aus dem ganz in weiß gehaltenen ehelichen Schlafzimmer.

Seine Frau Herta lag nach wie vor leise schnarchend auf ihrer Bettseite. Er wollte sie keinesfalls wecken. Sie hatte gestern noch bis spät in die Nacht hinein gearbeitet. Homeoffice, Software, Programmiererin, daher prinzipiell wenig Schlaf. Die dunklen Ringe unter ihren Augen sprachen diesbezüglich Bände.

Friedemann wäre gerne einmal mit ihr nach Griechenland in den Urlaub geflogen oder nach Portugal. Sommer, Sonne, Strand, gutes Essen und Wein im Freien. Aber ihre Arbeit war ihr offenbar wichtiger als er. Sie konnte und wollte sich einfach nicht davon losreißen.

Gelegentlich hatte er richtiggehend Angst davor, irgendwann einmal als einsamer alter Mensch neben ihr aufzuwachen.

Im Zuge dieser Befürchtungen begann er Herta in letzter Zeit in immer kritischerem Licht zu sehen. Von Hass waren seine Gefühle dabei zwar weit entfernt. Aber es zeigte sich gelegentlich eine gewisse Tendenz in diese Richtung bei ihm.

Wenn du mich nicht liebst, liebe ich dich eben auch nicht.
Ob seine Ehe deshalb in Gefahr war, vermochte er nicht zu sagen. Schlussendlich verdrängte er die schlechten Gedan-

ken auch immer wieder erfolgreich. Aktuell sah es jedenfalls so aus: Sie hatten sich ihr Leben genauso eingerichtet, wie es war, es funktionierte und es würde wohl auch weiterhin funktionieren.

Im Flur schlüpfte er flott in seine Laufschuhe, band sie zu, trabte quer durchs Wohnzimmer, öffnete die Terrassentür, trat ins Freie hinaus und lief durch seinen parkähnlichen Garten los in Richtung Isar.

Zwei Minuten später bog er wie jeden Morgen auf den schmalen Kiesweg ein, den sich Fußgänger, Jogger und Fahrradfahrer zum gegenseitigen Ärgernis entlang des Flusses teilten.

Die Sonne musste jeden Moment aufgehen. Ein weiterer herrlicher Spätsommertag kündigte sich an. Keine Wolke am immer heller werdenden Himmel.

»Servus, Herr Nachbar.« Die platinblonde Sara Kusnack lächelte ihn wie jeden Morgen fröhlich von der Seite aus an. Wie immer hatte sie ihn bei ihrem Gartentor abgepasst und blitzschnell eingeholt.

»Hallo, Sara.« Friedemann trabte weiter, ohne sein Tempo zu drosseln.

»Schläft die gute Herta noch?«

»Tief und fest. Sie hat gestern Nacht wieder bis in die Puppen gearbeitet.«

Man war sich hier im Viertel der Reichen und Schönen nicht fremd. Die mittelgroße Sara und der lange Friedemann kannten sich besonders gut. Erstens waren die Ehepaare Bauer und Kusnack seit Jahren miteinander befreundet. Zweitens konnte man durchaus sagen, dass die beiden Frühsportler das miteinander hatten, was man landläufig ein Verhältnis nannte.

Friedemann war froh darüber, dass ihm Sara mit ihrer unbeschwerten Art seine Einsamkeitsgefühle nahm. Sie wiederum bezeichnete ihn scherzhaft gerne als das beste Mittel gegen ihre Langeweile. Beides schweißte sie auf gewisse Weise zusammen. Zumindest wenn sie sich trafen, was jedes Mal heimlich geschah. Im großen München Gott sei Dank weiter nicht schwierig.

»Sehen wir uns in deiner Mittagspause?« Sie schaute neugierig zu ihm hoch.

»Gerne.« Er nickte, soweit es sein flotter Laufschritt erlaubte. »Pizza am Lenbachplatz?«

»Supi, freu mich.« Sie warf ihm eine Kusshand zu.

»Kleiner Spurt bis zum Stauwehr vor?« Er zeigte nach vorne.

»Na klar.« Sie nickte selbstbewusst. »Wer verliert, bezahlt die Pizza.«

Als Sara wenig später als Erste an der Mauer des Wehrs ankam, drehte sie sich stolz grinsend um.

»Sieger!«, rief sie und reckte die Arme in die Luft.

Keine Antwort.

Ihr Begleiter war nirgends zu sehen.

»Komm schon, Friedemann!«, rief sie lauter als zuvor. »Mach nicht schon wieder einen deiner Witze.«

Immer noch nichts.

Er schien vom Erdboden verschluckt worden zu sein.

Sara lauschte angestrengt nach seinen Schritten. Hörte aber nur das unangenehme Krächzen der Krähen, die hier in der Stadt über die letzten Jahre hinweg immer mehr wurden.

Sie hasste die verdammten Totenvögel, wie sie gerne zu sagen pflegte. Vor allem deswegen, weil sie langsam aber sicher alle Singvögel von hier vertrieben.

»Wo bleibt er denn nur? Das gibt es doch gar nicht.«

Sie wurde immer unruhiger.

Rannte ein Stückweit zurück.

Rief dabei immer wieder seinen Namen.

Lief noch weiter zurück.

Schließlich entdeckte sie ihn unten am Isarufer. Er lag halb im Wasser auf der Seite, so als wäre er den kleinen Abhang bis dort hinuntergerollt.

»Friedemann? Was machst du denn da? Komm sofort wieder hoch! Du erkältest dich noch bei deinem Unsinn.«

Er antwortete nicht.

»Blödmann. Hör endlich auf.«

Als sie zu ihm hinuntergestiegen war, um seinen denkbar schlechten Scherz aufzudecken und ihn dafür ausgiebig zu tadeln, blieb sie kurz vor ihm mit angehaltenem Atem stehen.

»Oh, mein Gott!«

Sie wollte nicht glauben, was sie sah.

Seine Augen starrten leblos in den weißblauen bayerischen Schönwetterhimmel hinauf. In seiner Schläfe klaffte ein großes Loch, aus dem Hirnmasse und Blut tropften.

Friedemann würde die Pizza heute Mittag nicht bezahlen. Genaugenommen würde er wohl nie wieder eine Pizza bezahlen.

Hätte er den Polizeischutz, den ihm das Revier in der Ettstraße angeboten hatte, besser mal angenommen, anstatt den Verantwortlichen zu sagen, dass er sehr gut auf sich selbst aufpassen konnte.

34

Dienstag, 9 Uhr, München Thalkirchen.
»Franzi, was gibt's?«
Max war seit einiger Zeit wach. Er hatte gestern hinter dem Ostbahnhof noch die Uniformierten draußen nach auffälligen Aussagen der Kneipengäste befragt. Leider ohne brauchbare Ergebnisse. Niemand wollte einen Weißbierferdl kennen, und niemand wollte beobachtet haben, wer Franz niedergeschlagen hatte.

Dann hatte er noch zwei der Stammkneipen von Julia Hemmschuh abgeklappert, die ihm Robert Hemmschuh zuvor auf seine telefonische Anfrage hin verraten hatte. Allerdings hatte er auch dort keinen Erfolg gehabt. Er hatte rein gar nichts herausgefunden, was ihm im Fall Bauretter und Hemmschuh weitergeholfen hätte. Also war er heimgefahren, da außerdem die Wunde an seinem Ohr stark zu pochen begonnen hatte.

Jetzt saß er in seinem weißen Bademantel auf seiner roten Lieblingscouch in seinem hellen Wohnzimmer, frühstückte und telefonierte.

Sein Ohr tat weh. Die Wunde pochte nach wie vor. Gott sei Dank nur schwach. Aber sie pochte. Unentwegt.

Ein mulmiges Gefühl machte sich in ihm breit. Auf jeden Fall würde er gleich nachher im Krankenhaus vorbeischauen und die Verletzung dort nähen lassen, wie es ihm der Notarzt vor Ort empfohlen hatte.

Was er gerade am allerwenigsten gebrauchen konnte, war

eine schlimme Entzündung oder womöglich eine Blutvergiftung. Noch dazu so nahe am Gehirn.

»Dein Killer macht weiter.« Franz klang sehr ernst.

»Wie meinst du das?«

»Staatsanwalt Friedemann Bauer wurde vorhin beim Joggen erschossen«, erwiderte Franz. »Es kann nur der Weißbierferdl dahinterstecken, dieser Ferdinand Gruber. Ihr alle drei hattet mit seiner Verurteilung damals zu tun.«

»Jetzt muss ich mich wohl endgültig warm anziehen.« Max zog nachdenklich die Brauen hoch.

Und ich schieb hier Panik wegen meinem Ohr. Vielleicht erwischt er mich schon heute Nachmittag ebenfalls. Dann waren alle meine Sorgen umsonst.

»Wir kriegen den Kerl. Auf jeden Fall folgen dir zwei meiner Leute ab sofort Tag und Nacht auf Schritt und Tritt.« Franz klang ganz so, als würde er ihm die perfekte Lösung für das Problem präsentieren. »Sie stehen bereits vor deiner Haustür unten auf der anderen Straßenseite.«

»Ist ja schon wieder gut.« Max verdrehte genervt die Augen. Seiner Meinung nach übertrieb Franz den Nutzen der Bewacher ganz gewaltig. Was sollten sie denn gegen jemanden ausrichten, der aus großer Entfernung schoss? Das konnten sie doch genauso wenig verhindern, wie er selbst.

Nichts als Gewissensberuhigung.

»Wie kommst du mit den Ermittlungen in der Sache Bauretter voran? Kriminalrat Maier löchert mich seit 6 Uhr in der Früh deswegen, obwohl ich krankgeschrieben bin und mich hier bei mir daheim ausruhen soll.« Franz stöhnte unwillig. »Herrgott nochmal, wenigstens heute könnte er mir ausnahmsweise mal meine Ruhe lassen.«

»Scheint eine echte Nervensäge zu sein. Sollte er nicht auf irgendeiner Tagung Vorträge halten?«

»Bernd meinte vorhin am Telefon, Maiers Vortrag auf seiner Tagung sei nicht sonderlich gut angekommen. Deshalb wäre er früher zurückgefahren und führe sich seitdem nur noch grantig und verschärft profilierungsgeil zugleich auf.«

»Wenn Bernd das sagt, wird es wohl stimmen. Seine Quellen betreffs Flurfunk waren bereits zu meinen Zeiten bei euch immer die besten.«

Max dachte an die vielen Male zurück, als sich die ganze Abteilung bei Kaffee und Kuchen in seinem Büro gegen die oft unsinnigen Anordnungen von ganz oben verschworen hatte. Sie waren eine Familie gewesen, die zusammenhielt und an einem Strang zog. Genützt hatte es ihnen im Endeffekt natürlich nichts. Die Chefetage gewann letztlich immer. Das war nun mal der Lauf der Welt.

Aber wenigstens hatten sie bei diesen Aktionen an ihre gemeinsame Sache geglaubt und eine gute Zeit gehabt. Das ging ihm heute als Einzelkämpfer manchmal ab.

»Er war schon immer ein wahres Ratsch- und Tratschgenie, unser scharfer Bernd«, meinte Franz.

»Bestimmt sitzen eurem Oberguru der Bürgermeister und die Presse im Genick. Vor allem wegen dem toten Staatsanwalt und dem erschossenen Richter. Maier gibt den Druck dann direkt an Euch weiter.«

»So ist es.« Franz hörte sich jetzt sehr genervt an. »Gibt es also nun etwas Neues oder nicht im Fall Bauretter, respektive Hemmschuh?«

»Wenn ich das wüsste.« Max trank nachdenklich einen Schluck Espresso. »Vielleicht ist sie doch von selbst gestolpert, die gute Julia Hemmschuh.«

»Und ihre Mutter fällt eine Woche später zufällig vom Balkon. Schon sehr merkwürdig, oder?«

»Selbstmord?«

Max amüsierte es, dass Franz auf einmal seinen eigenen anfänglichen Standpunkt einnahm und umgekehrt. Als wäre es nie anders gewesen. Aber so lief es nun mal. Man spielte sich die Bälle zu. Vertrat abwechselnd diese und jene Meinung. Bis sich irgendwo eine Lösung abzeichnete, die alle gleichermaßen überzeugte.

»Der Fall nervt mich, Max. Es ist zu vieles möglich.«

»Ich war gestern auf dem Heimweg noch in zwei von Julia Hemmschuhs Stammkneipen. Hab dort aber auch nichts herausgefunden, was uns weiterbringen könnte.«

»Da muss mehr kommen.« Franz' Stimme klang so, als müsste er dringend auf die Toilette. Er schien tatsächlich kaum noch inneren Spielraum zu haben.

»Mit Julia Hemmschuhs italienischem Geliebten, einem gewissen Luigi Mario, habe ich mich noch nicht unterhalten. Das wollte ich heute Vormittag als Erstes tun. Er war früher ein Arbeitskollege von ihr in der Spedition Hundhammer.«

»Ruf mich sofort an, wenn du von ihm etwas Neues erfährst.«

»Sicher. Dann gilt es nach wie vor herauszufinden, wer Robert Hemmschuhs italienische Geliebte Giuliana ist, und ob sie ein Alibi für Julia Hemmschuhs Todeszeit hat, falls bei deren Sturz tatsächlich nachgeholfen wurde, was wir, wie gesagt, allerdings noch nicht genau wissen.«

Ein bisserl weniger hektisch könnte er sich schon aufführen, der Franzi. Niemand kann zaubern. Auch ich nicht.

»Ach Mist«, fluchte Franz. »Das hab ich ganz vergessen, dir zu sagen. Du hast mich doch gebeten, nachzufragen, ob diese Giuliana zu Julia Hemmschuhs Todeszeit im Bayerischen Hof war.«

»Hatte ich ebenfalls fast vergessen in der ganzen Hektik mit den Anschlägen.« Max zuckte die Achseln. Selbst einem ermittlungstechnischen Halbgott wie ihm unterliefen gelegentlich Fehler.

»Sie war auf jeden Fall dort in der Tatnacht, sagen sie im Hotel. Ob sie allerdings genau zur Tatzeit und drumherum auf ihrem Zimmer war, konnte mir niemand bestätigen.«

»Warum das?«

»Weil sie ihren Schlüssel angeblich immer bei sich trug und das Personal nicht auf jeden achten kann, der zu den Aufzügen hinübergeht. Übrigens heißt sie Giuliana Ferragoni. Das ist gesichert, weil sie die einzige Giuliana an diesem Abend im Hotel war.«

»Ferragoni? Wie der berühmte Weinproduzent aus dem Piemont?«

Max hatte schon viel von dem exklusiven Weingut in Norditaliens Westen gehört und gelesen. Es lag in der ehemaligen Grafschaft Montferrat auf halbem Weg zwischen Turin und Mailand. Einige der erlesensten Tropfen der Welt kamen von dort. Er selbst hatte einmal einen Roten von Ferragoni probiert. Einen Barbera d' Asti. Hochklassig. Alles andere wäre untertrieben gewesen.

»Sie ist eine Nichte von ihm. Woher kennst du ihn?«

»Den kennt doch jeder.«

»Ich nicht.«

»Du bist auch Biertrinker, Franzi.«

»Du nicht?«

»Nicht nur.«

»Seit wann?«

»Schon immer. Hättest mal besser aufpassen müssen, wenn wir zusammen beim Essen waren.« Max musste schmunzeln. »Da schau her, der Hemmschuh hat was mit einer echten Ferragoni. Hätte ich ihm gar nicht zugetraut und ihr erst recht nicht. Was will die als Millionärstochter nur von so einem? Was macht übrigens dein Kopf?«

»Mit Tabletten geht's schon. Ich soll nachher nochmal zum Arzt.« Franz klang tapfer und sachlich. Im Gegensatz zu Max hing er nicht der Hypochondrie an. Obwohl er in letzter Zeit gelegentlich ebenfalls Züge in diese Richtung erkennen ließ. »Sicher ist sicher. Nicht dass ich für den Rest meines Lebens Schädelweh habe.«

»Ich geh auch gleich in die Notaufnahme. Muss mir mein Ohr nun wohl doch nähen lassen. Die Wunde pocht andauernd.« Max fasste vorsichtig mit der freien Hand an seinen Verband. Zuckte aber sogleich wieder zurück, weil er einen stechenden Schmerz dabei verspürte. »Hab echt Angst, dass sich da was entzündet.«

»Solltest du das Ohr nicht bereits gestern nähen lassen?«

»Du weißt ja selbst, wie das ist.«

»Nein. Wie?«

»Egal. Dann halt nicht.« Max winkte ab.

Er hatte keine Lust zu diskutieren. Sein Körper und seine Zeiteinteilung waren einzig und allein seine Sache, und damit Schluss.

»Hoffentlich ist es noch nicht zu spät.«

»Wie meinst du das, Franzi?« Max spürte leichte Panik in sich aufsteigen. Die seltsame Andeutung erschien ihm ganz und gar nicht geheuer. Was wusste Franz, was er nicht wusste?

»Du sagst, es pocht. Darauf entgegne ich dir nur Wundbrand, Blutvergiftung, Ostfriedhof, Grabgesang. Das soll manchmal ganz schnell gehen.«

»Weiß ich alles selber«, erwiderte Max hektisch. Er bekam es jetzt immer mehr mit der Angst zu tun, versuchte aber, sich nichts an seiner Stimme anmerken zu lassen. Schließlich wollte er sich nicht vor Franz blamieren. »Ich melde mich später wieder. Muss sofort ins Krankenhaus.«

»Max!«

»Ja?«

»War bloß ein Scherz. Wird schon nicht so wild sein.«

»Sehr witzig, der Scherz. Ein echter Superscherz! Ganz toll, Franzi.«

»Finde ich auch.« Franz lachte laut.

35

Dienstag, 9.15 Uhr, München Waldperlach.

Er verstaute sein Präzisionsgewehr hinter dem Küchenschrank. Danach ging er ins Bad, um zu duschen.

Die kleine Wohnung, die er vor zwei Wochen hier am Stadtrand bezogen hatte, war ihm von einem alten Bekannten vermittelt worden.

Keine Namen.

Keine Fragen.

Barzahlung an den Vermieter per Umschlag im Briefkasten.

Als er sich ausgezogen hatte, betrachtete er im Spiegel die Narben auf seiner Brust, die ihm die zahlreichen Gegner in seinen Jahren bei der Legion zugefügt hatten.

Einschusslöcher, Stichverletzungen, Platzwunden.

Lange her. Längst Vergangenheit.

Nicht so Raintaler. Der war nach wie vor aktuell.

Er drehte das Wasser auf. Schloss die Augen. Ließ es über Kopf und Gesicht laufen.

Warum hatten sie ihn nur so lange für seine Unschuld büßen lassen? Er hatte doch wirklich nichts getan.

Verkehrte Welt.

Die Nutte damals und ihr mieser Freund hatten ihn gründlich reingelegt. Sie hatten ihm sein ganzes Erspartes genommen und ihn dann auch noch als Frauenschläger hingestellt, was er niemals im Leben gewesen war und auch nie werden würde. Er hatte heiligen Respekt vor Frauen. War von seiner Großmutter und seiner Mutter aufgezogen worden. Hatte sie alle beide grenzenlos geliebt. Tat es heute noch, obwohl sie längst nicht mehr lebten.

Irgendwann war dieser Max Raintaler anmarschiert gekommen, verdächtigte und verhaftete ihn, und die anderen beiden Justizdeppen klagten ihn anschließend an und verurteilten ihn.

Ihn, einen frisch Geläuterten, der gerade dabei gewesen war, nach all seinen schrecklichen Erlebnissen als Söldner im Krieg ein neues Leben zu beginnen. Ein Mensch, der viel mitgemacht hatte und sich wirklich von Grund auf ändern wollte.

Selbst schuld, wenn sie nun alle drei dafür ihr Leben lassen mussten. Sie hatten eine Grenze überschritten, die sie besser respektiert hätten.

Er goss sich einen walnussgroßen Tropfen Shampoo in

die linke Handfläche. Massierte es gründlich in seine Kopfhaut ein. Stöhnte dabei wohlig.

36

Dienstag, 9.45 Uhr, Notaufnahme, Uniklinik, Sendlinger Tor.
»Vorsicht. Das tut weh!«
»Ich hab's gleich«, sagte die junge Chirurgin Maria Beinhuber, die Max' Schusswunde am Ohr zunähte.
»Ist es entzündet?«
»Nein.«
»Wundbrand? Blutvergiftung?«
»Ruhig Blut, Herr Raintaler. Die Wunde ist leicht gerötet. Das ist aber ganz normal. Wir tragen eine schöne Salbe auf, nachdem sie geschlossen ist. Bald ist alles verheilt.« Marie verdrehte mit zurückgelegtem Kopf die Augen hinter seinem Rücken.
Nur ihre Assistentin Sabine konnte es sehen. Sie wusste auch genau, was es heißen sollte. Irgendetwas in der Art von »schon wieder so ein jammernder männlicher Hypochonder«.

Sie hatten tatsächlich sehr oft sehr empfindliche Patienten. Vor allem Männer. Die schienen beim Arzt jedes Mal vollständig innerlich zusammenzubrechen.

So zitterten sie bereits beim Anblick einer Spritze.

Klammerten sich ängstlich an den freien Armen der Behandler fest, wenn diese ihre Bäuche abtasteten.

Heulten mit vor Pein verzerrten Gesichtern auf, wenn sie dabei leichte Schmerzen verspürten.

Säuselten wimmernd herum, wenn sie etwas gefragt wurden, anstatt, wie sonst in freier Wildbahn, den großartigen Macho-Macker zu mimen.

Erkundigten sich hundertmal, ob ein harmloser Schnupfen in letzter Konsequenz tödlich enden könne.

Nickten unaufhörlich und lächelten dabei voller Dankbarkeit, wenn sie den Behandlungsraum wieder verließen. So als wären sie gerade nochmal dem Tod von der Schippe gesprungen.

»Sind Sie sicher, dass es kein Wundbrand ist? Es fühlt sich ziemlich schlimm an. Tut bereits weh, wenn ich nur ganz leicht hintippe.« Die Unruhe in Gesicht und Stimme des sportlichen Kriminalers wollte sich einfach nicht legen.

»Ich bin ganz sicher.« Marie hörte sich an, wie eine Pferdeflüsterin, die einen nervösen Hengst beruhigen wollte. »Aber ich gebe Ihnen zur absoluten Sicherheit gerne eine Cortisonspritze, wenn Sie das möchten.«

»Ins Ohr?«

»Direkt ins Ohr und drumherum. Damit wir auch ganz sicher gehen.«

Sabine musste sich schwer zusammenreißen, um nicht laut vor Lachen loszuplatzen. Ihre Chefin war heute Früh echt wiedermal in Hochform.

»Auch in den Hals?« Max machte ein panisches Gesicht.

»Vor allem in den Hals, Herr Raintaler.«

»Wozu?«

»Damit das gesamte Gewebe rund um die Wunde geschützt ist.«

»Muss das denn sein, mit der Spritze?« Er sah sie fragend an.

»Nur wenn Sie es wollen.«

»Dann lassen wir es lieber.« Max winkte erleichtert ab. »Wird schon schiefgehen, auch ohne Cortison.«

»Auf jeden Fall, Herr Raintaler. Alles wird gut.« Marie sprach, wie zu einem kleinen Kind. »Kennen Sie das Lied ›Heile, heile Gänschen‹?«

»Wollen sie mich veräppeln?«

»Auf gar keinen Fall, Herr Raintaler.«

Marie und Sabine platzten gleichzeitig mit einem lauten Lachanfall heraus.

»Entschuldigen Sie«, sagte Marie zu Max, nachdem sie sich wieder einigermaßen beruhigt hatte. »Wir sind etwas albern, Sabine und ich. Zu viel Lachgas in den Behandlungspausen.«

»Etwas albern? Reichlich albern würde es wohl besser treffen.« Er sah leicht verärgert, aber gleichzeitig auch irgendwie amüsiert aus. Offensichtlich war ihm seine unnötige Überängstlichkeit gerade selbst bewusst geworden. »Dauert es noch lange? Sind Sie fertig?«, fragte er, dennoch nach wie vor reichlich angespannt.

»Ich sprühe Ihnen nur noch etwas zur Desinfektion drauf, dann können Sie gehen. Falls etwas sein sollte, kommen Sie einfach vorbei. Ansonsten lösen sich die Fäden von selbst auf.«

»Desinfektion? Also doch Wundbrand?«

»Nein, Herr Raintaler. Reine Routine.«

»Zur Sicherheit?«

»Zur Sicherheit, ja.« Marie nickte.

»Gott sei Dank.« Max atmete erlöst auf. »Danke, Frau Doktor. Vielen lieben, ganz herzlichen Dank!«

37

Max trat aus der Tür der Uniklinik auf die Straße hinaus. Er blieb kurz stehen und atmete einige Mal tief ein und aus.

Die Sonne schickte auch heute ihre wärmenden Strahlen vom tiefblauen glasklaren Föhnhimmel herunter. Der Spätsommer schien es dieses Jahr besonders gut mit den Münchnern zu meinen.

»Hurra, wir leben noch«, murmelte er mit zitternder Stimme. Sein T-Shirt war von Angstschweiß getränkt. Er zog seine Lederjacke erst gar nicht an, um es im warmen Südwind trocknen zu lassen. »Nie wieder ohne Vollnarkose. Nie wieder solche unbeschreiblichen Schmerzen beim Nähen. Das wird mir dieser Weißbierferdl büßen. So viel ist sicher.«

Warum ein erfolgreicher Ex-Kommissar wie er, der schon immer jedes Risiko in seinem Beruf eingegangen war, der keine Angst vor einem Kampf oder vor Anschlägen kannte, gleichzeitig ein derartiger Feigling im Angesicht der Weißkittel war, hatte er sich noch nie erklären können.

So war es auch jetzt wieder.

Also schwang er sich, über sich selbst ratlos den Kopf schüttelnd und mit wackeligen Knien, auf sein Fahrrad und fuhr nach Thalkirchen zurück. Zu Julia Hemmschuhs früherem Arbeitsplatz, der Spedition Frank Hundhammer.

Als er dort ankam, stellte er sich an der Information in der großen mit viel Holz eingerichteten Empfangshalle als Max Raintaler, Kripo München vor. Er fragte nach Luigi Mario, Julias Ex-Freund.

»Was wollen Sie von Herrn Mario?«, erwiderte die brünette Dame mit den dicken Schlauchbootlippen hinter dem Empfangstresen. Offenbar hatte es der Schönheitschirurg beim letzten Mal mit dem Aufspritzen etwas zu gut gemeint.

»Das würde ich ihm gerne selbst sagen.«

»Ich fürchte, das geht so nicht. Sie müssen mir schon sagen, was Sie von ihm wollen. Dann kann ich ihn ausrufen lassen.« Marlene Gebert, das stand zumindest auf dem kleinen Namensschild an ihrer üppigen linken Brust, schaute ihn mit einem gespielten Ausdruck des Bedauerns an. Offensichtlich wollte sie ihn ihre Macht am Einlass spüren lassen, wie die Türsteher in den begehrten Klubs der Stadt das normalerweise mit ihrer Klientel taten.

Einmal im Leben wichtig sein. Gerne auch öfter. Das war anscheinend für viele heutzutage der Lebensinhalt. Max konnte gut darauf verzichten. So oder so gesehen.

»Passen Sie auf, Frau Gebert. So heißen Sie doch?«

»Sie können lesen. Wie schön.« Sie nickte von oben herab, obwohl sie saß und von unten zu ihm hinaufschauen musste.

»Sie holen mir jetzt auf der Stelle Herrn Mario her«, fuhr Max fort. »Ansonsten sorge ich dafür, dass ein Einsatztrupp Bereitschaftspolizisten ihr Gebäude stürmt und ihn in sämtlichen Büros sucht.«

»Nur zu.« Sie blickte ihn mit vor dem Oberkörper verschränkten Armen an. Herausfordernd und über die Maßen selbstsicher.

»Wie Sie wollen. Ihr Chef wird sich freuen.«

Max zog sein Handy heraus.

Er drehte sich ein wenig von ihr ab und wählte.

»Grüß Gott, Herr Hauptkommissar«, sagte er für jeden in der Empfangshalle gut hörbar. »Ich habe hier eine Frau Gebert beim Empfang in der Spedition Hundhammer, die mir einen wichtigen Zeugen in einer wichtigen Ermittlung nicht herholen will. Könnten Sie mir bitte Verstärkung schicken? Die Frau zeigt sich absolut unkooperativ und müsste übrigens wegen Behinderung eines Ermittlungsbeamten mit aufs Revier. Am besten gleich ein paar Wochen in Untersuchungshaft.«

»Hören Sie auf.« Marlene winkte hektisch.

»Wie bitte?« Max drehte sich wieder zu ihr um. Er setzte seinen blasiertesten Gesichtsausdruck auf.

»Hören Sie auf, bitte.« Sie faltete die Hände. »Ich lasse Herrn Mario holen. Ist ja gut, ist ja gut.«

»Ich fürchte, dazu ist es jetzt zu spät.« Max hielt demonstrativ den Hörer zu, während er mit ihr sprach. Er schüttelte entschieden den Kopf. »Auf Behinderung der Justiz oder Strafvereitelung stehen übrigens sehr hohe Strafen. Bis zu fünf Jahren Haft. Wussten Sie das?«

»Ich sage doch, ich lasse Herrn Mario holen«, wimmerte Marlene kleinlaut. Sie lief rot an. Der Schweiß trat ihr auf die Stirn. Sie schnappte nach Luft, wie ein Fisch auf dem Trockenen.

»Sind Sie ganz sicher?« Max sah sie prüfend an.

»Ganz sicher.« Sie nickte mehrmals.

»Hat sich erledigt«, sprach Max in den Hörer. Er legte ohne Gruß auf. Die Zeitansage brauchte kein Grüß Gott und Auf Wiedersehen. Wozu auch. Sie war nur eine mechanische Stimme vom Band.

Kurz darauf kam ein gut aussehender, schwarzhaariger junger Mann auf ihn zu. Dunkle Augen, durchtrainierte schlanke Figur.

Etwas klein war er vielleicht, verglichen mit einem Bayern. Aber sicher lange nicht zu klein, um nicht ins Beuteschema so mancher feschen Münchnerin zu passen, die sich von südländischen Latin-Lover-Typen angezogen fühlte.

»Herr Raintaler?« Luigi sah ihn fragend an, sobald er vor ihm stand.

»Und Sie sind der Herr Mario?«

»Si.« Luigi nickte.

»Können wir uns irgendwo ungestört unterhalten?«

»Um was geht es denn?«

»Um Ihre Ex-Freundin Julia Hemmschuh. Es dauert nicht lange.« Max sprach mit gesenkter Stimme. Schließlich musste niemand mitkriegen, was er von Luigi wollte. Schon gar nicht Marlene Gebert, die er für eine potentielle Gerüchtequelle aller Art hielt.

»Va bene.« Luigi nickte erneut. »Gehen wir vor die Tür. Ein Stück die Straße hinunter gibt es eine Parkbank.«

Als sie sich nebeneinander auf die grüne Bank im Schatten einer Kastanie setzten, die Luigi gemeint hatte, fragte ihn Max, wo er am betreffenden Wochenende um 2 Uhr nachts zum Zeitpunkt von Julias Tod gewesen war.

»Ich war mit Freunden unterwegs, glaube ich.« Luigi hob bedauernd die Hände.

»Was heißt, Sie glauben es?« Max runzelte die Stirn.

»Ich weiß es nicht mehr genau.«

»Alkohol?«

»Nicht zu knapp.« Luigi nickte. »Ich hatte am Nachmittag Streit mit Julia. Dann trank ich abends viel zu viel. Ich weiß nicht mehr, wo ich war.«

»Sie wissen schon, dass Sie sich damit fast selbst beschuldigen. Jemand könnte Julia geschubst haben, vermuten wir. Daraufhin fiel sie hin und schlug mit dem Hinterkopf auf dem Boden auf.« Max betrachtete nachdenklich einen großen Sattelschlepper, der gerade mit laut brummendem Motor aus der Einfahrt der Spedition kam. Luigi war ihm sympathisch. Er hätte sich gewünscht, dass er unschuldig wäre. »Versuchen Sie genau nachzudenken. Irgendwer muss Sie doch gesehen haben.«

»Ich habe bereits einige meiner Freunde gefragt, die bis 22 Uhr zusammen mit mir unterwegs gewesen waren. Bis dahin gibt es kein Problem. Sie wussten allerdings auch nicht, wo ich danach war.«

»Fragen Sie weiter, Mann. Es kann verdammt wichtig für Sie sein.«

»Mache ich, versprochen.«

»Und geben Sie mir sofort Bescheid, wenn Sie etwas Neues wissen.« Max reichte ihm seine Visitenkarte.

»Werde ich jetzt eingesperrt, Comissário?« Luigi setzte den treuen Blick eines Dackels auf, der bei seinem Herrchen um ein Leckerli bettelte.

»Nein«, beruhigte ihn Max. »Aber Sie sollten in nächster Zeit nicht verreisen. Zumindest so lange, bis der Fall eindeutig aufgeklärt ist.«

»Geht in Ordnung, Herr Raintaler.« Luigi machte ein trauriges Gesicht. »Sie fehlt mir so. Bitte glauben Sie mir, dass ich ihr niemals etwas angetan hätte. Ich habe Julia geliebt. Mehr als mein eigenes Leben.«

»Das glaube ich Ihnen sogar.«

Hatte Robert Hemmschuh nicht etwas Ähnliches gesagt? Merkwürdig, dass bei so viel Liebe überhaupt jemand sterben musste.

Sie erhoben sich von ihrem lauschigen Plätzchen.

Luigi ging wieder an die Arbeit.

Max stieg auf sein Fahrrad.

Vorher winkte er seinen beiden Bewachern, die auf der gegenüberliegenden Straßenseite in ihrem dunklen Dienstwagen saßen, unauffällig zu.

Sie winkten zurück. Ebenfalls unauffällig verstand sich.

Seit der Uniklinik hatten sie sich wieder an seine Fersen geheftet. Er merkte, dass ihm ihre Anwesenheit im Moment etwas mehr innere Sicherheit gab. Die brauchte er auch dringend. Ein tödlicher Schütze, der jederzeit überall in der Stadt mit der Waffe im Anschlag auf dich lauern konnte, fühlte sich alles andere als beruhigend an.

38

Dienstag, 10.00, Polizeirevier, Ettstraße, München.

Franz war beim Arzt gewesen. Der Mediziner hatte ihn eingehend untersucht und ihm weitere Schonung verschrieben. Arbeit nein. Wenn es allerdings gar nicht anders ging, nur mit halber Kraft, hatte er gesagt.

Doch wie sollte das gehen? Kriminalfälle lösten sich nur in den seltensten Fällen mit geringem Arbeitsaufwand. Schon gar nicht mit einem durchgedrehten Kriminalrat Maier im Genick. Der machte langsam aber sicher das ganze Revier verrückt, mit seinen permanenten Forderungen nach Ergebnissen und mehr Einsatz aller Mitarbeiter. Egal ob auf den Dienstapparaten, per E-Mail im Intranet oder auf den Handys seiner Mitarbeiter.

»Ob der Maier jemals zur Vernunft kommt?«, fragte Franz den scharfen Bernd, der gerade zu ihm ins Büro kam. »Nicht mal zuhause ließ er mir heute in aller Herrgottsfrüh meine Ruhe. Obwohl mir der Arzt gestern strenge Schonung verordnet hat.«

»Weiß der Maier das?«

»Was?«

»Dass der Arzt dich krankgeschrieben hat.«

»Natürlich. Ich habe es ihm dreimal gesagt.«

»Ein seltsamer Vogel. Von Ehrgeiz zerfressen.« Bernd kratzte sich am Hinterkopf. »Der will bestimmt Bürgermeister werden, so wie er sich reinhängt.«

»Oder Ministerpräsident.« Franz grinste schief. Er trank

einen Schluck aus der Kaffeetasse, die er, bevor er hergekommen war, in ihrem kleinen Pausenraum bis zum Rand gefüllt hatte.

»Oder gleich Bundeskanzler«, legte Bernd noch einen drauf.

Beide lachten ausgelassen.

»Ausgerechnet der. Da weiß ich bessere. Mich zum Beispiel. Aber er spinnt wirklich.« Franz zeigte auf seinen Dienstapparat. »Dem muss sauber die Düse gehen. Presse und so weiter.«

»Dabei weiß kein Mensch, ob Julia oder Irmi Bauretter tatsächlich umgebracht wurden.«

»Das ist nicht sein größtes Problem.«

»Der Richter und der Staatsanwalt?«

»Richtig.« Franz nickte. »Andauernd fragt er, was es Neues in der Sache gibt. Macht Druck, von wegen Interesse der Öffentlichkeit und so weiter. Aber wir zerreißen uns eh schon diesbezüglich.«

»Vielleicht hab ich die Lösung für deine Probleme.« Bernd setzte sich auf den Besucherstuhl vor Franz' Schreibtisch.

»Die da wäre?« Franz sah ihn gespannt an.

»Eine Zeugin will den Weißbierferdl gesehen haben.«

»Tatsächlich? Ja, super.«

»Sie meinte, er hätte andere Haare als auf dem Bild in der Zeitung, nämlich längere blonde, und er hätte eine Sonnenbrille auf. Aber vom Gesicht her hätte sie ihn eindeutig erkannt.«

»Wo will sie ihn denn gesehen haben?«

»In ihrer Tankstelle in Trudering. Er kaufte sich bereits des Öfteren bei ihr Zigaretten.«

»Fährst du bitte mit Werner hin?«

»Klar, sofort.« Bernd erhob sich. »Was gibt es Schöneres, als einen Kerl zu erwischen, der unsere eigenen Leute im Visier hat.«

Er ging hinaus.

Franz blieb eine Weile lang nachdenklich sitzen.

Er überlegte fieberhaft, wie er Max am wirkungsvollsten schützen konnte. Dass sein ältester Freund und Exkollege von einem Heckenschützen ausgelöscht wurde, durfte einfach nicht passieren.

Wenn alles nichts half, würde er ihn am besten in Schutzhaft nehmen. Das müsste er ihm allerdings erst einmal beibringen. Sicher keine leichte Aufgabe. Wenn nicht sogar eine unlösbare. Max war schon als Kind ein schrecklicher Sturkopf gewesen. Bis heute hatte sich daran nicht viel geändert.

39

Dienstag, 10.30 Uhr, München Giesing-Harlaching.

Max radelte auf möglichst uneinsehbaren Schleichwegen zu Heinz Bauretter. Dem unsichtbaren Attentäter so wenig Angriffsfläche wie möglich zu bieten war dabei seine Devise.

Er hatte das Gefühl, dass er von Heinz bisher längst nicht alles erfahren hatte, was der wusste.

Seinen beiden Beschützern hatte er gesagt, dass sie über die normalen Straßen hinfahren sollten, um ihn vor dem Haus wiederzutreffen. Sie hatten ihm versprochen, sich zu beeilen und das Terrain vorab zu sondieren.

Als er bei Heinz ankam und unten am Klingelboard läutete, parkten sie bereits auf der gegenüberliegenden Straßenseite. Der Fahrer gab ihm mit gehobenem Daumen zu verstehen, dass so weit keine unmittelbare Gefahr drohe.

Max hob ebenfalls den Daumen. Innerlich immer dankbarer für die Verstärkung.

Heinz Bauretter öffnete nicht.

Max klingelte erneut.

Wieder nichts.

Ein Mann kam mit zwei Mülltüten in der Hand heraus. Um die siebzig, Hornbrille auf der breiten Knollnase, Halbglatze, blaue Windjacke, helle Flanellhosen, braune Halbschuhe. Er fragte Max, ob er ihm helfen könne.

»Ich möchte zu Herrn Bauretter«, erwiderte der. »Sind Sie ein Nachbar von ihm?«

»Ich wohne direkt über der Wohnung der Bauretters. Herbert Brandt mein Name. Sie wissen es also noch nicht?« Herbert sah Max mit hochgezogenen Brauen an.

»Was weiß ich noch nicht?« Max zog ebenfalls die Brauen hoch.

»Den Heinz haben sie heute Morgen im Sarg herausgetragen. Er hat offenbar einen schweren Herzinfarkt erlitten.«

»Was? Ja, so ein Mist! Das gibt es doch gar nicht.« Max machte sich sogleich schwere Vorwürfe, dass er gestern nicht hiergeblieben war.

Andererseits hätte er bei einem Herzinfarkt auch nicht

mehr machen können, als den ärztlichen Notdienst zu alarmieren. Erste Hilfe geben möglicherweise. Aber hätte es wirklich geholfen. Er würde es nie erfahren.

Endlos schade und sehr traurig. Heinz Bauretter hatte ihn in seiner ganzen Art an seinen eigenen vor Jahren verstorbenen Vater erinnert. Grantig aber gutmütig. Dabei sehr herzlich und immer an den anderen und deren Wohl interessiert.

»Woher wissen Sie das mit dem Herzinfarkt?«, fragte Max mit rauer Stimme.

»Ich habe von der Tür der Bauretters aus gesehen, wie der Arzt den Sanitätern in der Wohnung eine Kopie vom Totenschein mitgab und dabei sagte, dass es ein Herzinfarkt gewesen sei.«

»Tatsächlich?«

»Schreckliche Sache das Ganze.« Herbert schüttelte den Kopf. »Eine ganze Familie in kürzester Zeit wie vom Erdboden verschluckt. Schlimmer kann es in Nordafrika auch nicht sein oder bei den Türken unten.«

»Wohl wahr.« Max hatte die neuerliche schlechte Nachricht immer noch nicht verdaut. Eine Familientragödie, wie die der Bauretters, hatte er bisher noch nicht erlebt. Auch in seiner Zeit bei der Kripo nicht.

Er bedankte sich bei Herbert für die Information. Anschließend überquerte er die Straße und läutete bei Robert Hemmschuh. Möglicherweise wusste der mehr oder er war am Ende aus irgendeinem unbekannten Grund sogar schuld an Heinz' Tod. Wenn es so war, würde Max es herausfinden.

Doch Robert machte nicht auf.

Klar, er war in seinem Büro. Max beschloss, auf der Stelle hinzufahren. Er wollte ihm gegenüberstehen, wenn er mit ihm über Heinz sprach. Gesichter verrieten oft mehr als Worte.

Doch zuerst rief er auf dem Revier an.

»Wo haben sie Heinz Bauretter hingebracht?«, wollte Franz wissen, nachdem er das Nötigste erfahren hatte.

»Keine Ahnung.« Max zuckte die Achseln. »Ins Krankenhaus, Begräbnisinstitut, in die städtische Leichenhalle, Pathologie. Wo man die Toten halt hinbringt.«

»Ich finde es raus«, versprach Franz. »Merkwürdig, dass uns niemand verständigt hat.«

»Wenn's ein normaler Infarkt war, bestand wohl auch kein Anlass dazu.«

»Trotzdem, der Leichnam muss unbedingt in die Gerichtsmedizin. Vielleicht hat jemand seinen Herzinfarkt erzwungen oder es war gar keiner.«

»Du meinst, ein deutscher Arzt lügt? Das glaube ich nicht.« Max räusperte sich umständlich. Die Ironie in seiner Stimme war nicht zu überhören.

»Keiner muss lügen, um etwas versehentlich zu übersehen.«

»Auch wieder wahr.«

40

Dienstag, 10.40 Uhr, Robert Hemmschuhs Büro.

»Robert?«

»Ja?«

»Entschuldige, dass ich mich so aufgeregt habe.« Giuliana war schwer zu verstehen.

Manchmal hatte sie sehr schlechten Empfang auf dem Weingut ihres Onkels. Vor allem, wenn sie hinter dem Haus im großen Garten saß. Sie hatte Robert mehrmals davon erzählt. Er wusste also Bescheid und gab sich alle Mühe genau hinzuhören.

»Mal sehen«, erwiderte er jetzt. »Na gut. Ich habe dir verziehen«, fügte er sogleich lachend hinzu. »Das wäre ja noch schöner, wenn wir uns wegen Unwichtigkeiten zerstreiten.«

»Unwichtig ist das Thema nicht«, widersprach sie. »Aber ich habe mit dem Tod deiner Frau wirklich nichts zu tun. Das musst du mir glauben, bitte.«

»Ich wollte doch nur sichergehen, wo du zur Tatzeit warst. Wegen der Polizei, damit die uns nicht weiter nerven. Ist ja auch in deinem Sinne.«

Robert stand von seinem Chefsessel auf und goss die Yucca-Palme auf seinem Fensterbrett. Ihm war gerade aufgefallen, dass sie wiedermal traurig ihre Blätter hängen ließ. Er überlegte, ob er für den gesamten Bürokomplex Plastikpflanzen anschaffen sollte. Abgesehen davon, dass er viel Geld sparte, weil sie keine Pflege brauchten, wäre auch die andauernde nervige Aufsteherei und Gießerei aus der Welt.

Er bewegte sich nun mal nicht gerne. Zu seiner aktiven Zeit als Monteur hatte er sich mehr als genug bewegt. Wie ein Sklave hatte er geschuftet. Damals als die Firma noch seinem Vater gehört hatte, und auch noch Jahre später. Irgendwann musste es damit auch wieder gut sein.

»Aber du kannst dir doch sicher sein. Du hast mich an diesem Abend angerufen.«

»Auf deinem Handy, Giuliana. Sorry, aber da hättest du überall sein können.«

»Ich war im Hotel. Das musst du mir glauben.«

»Ich glaube dir ja. Du könntest niemandem etwas zuleide tun. Das weiß ich.« Er stellte die kleine Gießkanne zurück unter das kleine Waschbecken links von seinem Schreibtisch.

»Ich könnte den Nachmittagsflug von Mailand aus nehmen und heute Abend in München sein. Was meinst du?« Ihre Stimme hörte sich verführerisch und sehr vielversprechend an.

»Ich meine, das wäre super.« Er grinste über das ganze Gesicht.

Wusste ich's doch, dass sie mir nicht lange böse sein kann.

»Dann komme ich also.« Sie klang fröhlich.

»Ich hol dich am Flughafen ab.«

»Musst du nicht. Ich fahre mit dem Taxi direkt in den Bayerischen Hof. Dort warte ich dann auf dich, caro mio.«

»Auch gut.« Robert lächelte gutmütig. Er setzte sich wieder. »Bis dann. Ich habe übrigens eine Überraschung für dich.«

Noch während er sprach, holte er die kleine Box mit dem Diamantring aus seiner Jackentasche, den er, seit er ihn gekauft hatte, immer bei sich trug. Er stellte sie vor sich auf den Schreibtisch und öffnete sie,

»Hoffentlich keine böse.«

»Ganz im Gegenteil. Du wirst schon sehen.« Er holte das Kleinod heraus, hielt es vor seinen Mund und hauchte darüber. Dann hielt er den lupenreinen in Weißgold gefassten Stein gegen das Licht, das hinter seinem Bürostuhl durch das Fenster hereinfiel.

»Freu mich schon. Bis dann.«

Sie legten auf. Er packte den Diamantring wieder weg und rief seine Sekretärin an.

»Eva?«

»Ja, Robert?«

»Bitte lass umgehend alle Grünpflanzen in den Büroräumen entsorgen.«

»Warum denn das?« Sie klang verwundert.

»Mach es einfach.«

»Geht klar, Chef. Und dann?«

Dass sie nicht einfach so mit einem eindeutigen Befehl abzuspeisen war, verwunderte ihn nicht weiter. Sie musste immerzu nachfragen oder widersprechen.

»Dann lässt du sie durch Plastikpflanzen ersetzen.«

Er sah vor seinem inneren Auge, wie sie entsetzt den Kopf schüttelte. Jeder wusste, dass sie die Grünen wählte und ihr die Natur und der Umweltschutz über alles gingen.

»Schön ist was anderes«, erwiderte sie prompt.

»Aber du wirst sehen, wie viel Stress und Aufwand wir uns so sparen.« Robert lächelte siegesgewiss. Er wusste, dass seine Idee unschlagbar war.

»Glaube ich nicht.«

»Wie meinst du das?« Er setzte sich hellhörig auf.

»Glaube ich nicht«, wiederholte sie. »Wir sparen uns so ganz sicher keinen Stress und keinen Aufwand.«

»Warum nicht?«

Sie widerspricht mir tatsächlich unentwegt. Es wird nicht besser. Das geht so nicht. Ich werde das bald mal in einem ausführlichen Mitarbeitergespräch zur Sprache bringen müssen.

»Diese Plastikdinger sind die absoluten Staubfänger. Die darfst du alle drei Tage säubern oder irgendwo hinbringen und mit Wasser abspritzen.«

»Geh, übertreib doch nicht so maßlos.« Er merkte, wie eine gewisse Ungeduld in ihm aufstieg.

»Ich überreibe nicht. Das ist richtig großer Aufwand, wenn du mich fragst. Vielmehr als ab und zu ein paar Tropfen Wasser in einen Blumentopf zu gießen.«

»Ich will trotzdem, dass es so gemacht wird, wie ich sage«, beharrte er mit noch mehr Ungeduld und einer Spur von autoritärer Strenge in der Stimme. Das wäre ja noch schöner, wenn er nicht einmal seine Vorstellungen von der Büroeinrichtung durchsetzte.

»Ich soll also eine sinnlose Anordnung ausführen? Wie die Helden in diesen amerikanischen Antikriegsfilmen? Wobei sich am Ende jedes Mal herausstellt, dass sie im Recht waren.«

»Deinen rebellischen Unterton kannst du dir sparen. Rate mal, wer hier in der Firma der Chef ist.« Robert wurde laut. Es reichte ihm schon wieder mit Diskussionen.

Was glaubt sie eigentlich, wer sie ist, bloß weil sie letztes Jahr ein paar Mal mit mir in die Kiste gestiegen ist?

»Du?« Eva kicherte albern.

»So ist es.« Er wurde noch lauter. »Muss ich erst zu dir ins Vorzimmer kommen, damit du mir glaubst?«

»Nein, alles gut. Wer zahlt schafft an.«

Sie schien sich ihrer wahren Position gerade doch noch bewusst zu werden. Merkte offenbar, dass man gegen den

Chef nichts ausrichten konnte, wenn er das nicht wollte. Ein altes Naturgesetz. Sollte sie eigentlich vorher gewusst haben.

»So ist es, meine Liebe.«

»Alle Grünpflanzen raus und durch Staubfänger ersetzen. Wird gemacht, Herr von und zu Chef.« Evas Ton war frech und anmaßend.

Na warte, Mädel. Du wirst deine Lektion schon noch lernen. Und wenn ich dich dazu rausschmeißen muss.

Jedermann in der Firma betrachtete ihn als harten Verhandlungspartner. Allein Eva schien zu denken, dass sie mit ihm machen konnte, was sie wollte. Zugegebenermaßen hatte er sich ihr gegenüber bisher auch viel zu oft viel zu nachgiebig gezeigt.

Dass er auch ganz anders konnte, hatte unter anderem Julia zu ihren Lebzeiten des Öfteren mit- und abbekommen.

41

Dienstag, 10.45, München, Trudering.

Bernd und Werner fuhren bei der Tankstelle in Trudering vor, in der Ferdinand Gruber angeblich gesehen wurde.

Bernd, der am Steuer saß, stellte ihren Dienstwagen zunächst direkt vor der Tür ab.

»Park doch lieber ein Stück weiter vorne«, meinte Werner. »Wir sind zwar die Kripo. Aber es ist nicht gerade die feine englische Art, wenn keiner mehr durchkommt.«

»Hast recht.«

Bernd ließ erneut den Motor an. Er fuhr drei Meter weiter, wo er niemanden mehr behinderte.

»Gut so?« Er sah Werner fragend an.

»Sehr gut.« Werner nickte zufrieden.

Sie stiegen aus und gingen hinein.

»Hauptkommissar Bernd Müller, Kripo München. Mein Kollege, Kommissar Tammbach«, stellte Bernd sich und Werner der attraktiven dunkelhaarigen Frau am Verkaufstresen vor. »Wir kommen wegen dem Verdächtigen, der hier gesehen worden sein soll.«

»Dieser Weißbierferdl aus der Zeitung, richtig?«

»Ferdinand Gruber, ja.« Bernd nickte.

»Grüß Gott erstmal, die Herren.« Sie reichte ihnen über die Auslage mit diversen Schokoriegeln, Zeitungen und Bonbons hinweg die Hand. »Er kaufte zum wiederholten Mal hier bei mir Bier und Zigaretten«, berichtete sie dann. »Zuletzt heute früh. Da dachte ich, dass ich die Polizei verständigen sollte.«

»Das haben Sie sehr gut gemacht.« Bernd schenkte ihr ein anerkennendes Lächeln.

»Danke.« Maria errötete leicht. »Wollen Sie und Ihr Kollege einen Kaffee?

»Da sagen wir nicht nein, Fräulein … äh.«

Sie kamen mit ihr.

»Karlbader, Frau Maria Karlbader. Kein Fräulein mehr, sondern Witwe.« Maria lächelte flüchtig, während sie ihnen zwei Tassen heißen Filterkaffee aus einer großen Thermoskanne einschenkte. »Milch? Zucker?«

»Für mich nichts.« Bernd winkte ab. »Schwarz wie die Nacht. Vor allem wenn es kein Automatenkaffee ist, sondern ein guter alter selbstgebrühter.«

»Ist es tatsächlich.« Sie lächelte geschmeichelt.

»So eine hübsche junge Frau und schon Witwe«, meinte Bernd leichthin.

»Ach, hören Sie schon auf, Herr Kommissar.« Sie winkte leicht beschämt ab. »Sie machen mich verlegen.« Sie lächelte scheu. »Sollten wir nicht lieber über den Verdächtigen sprechen?«

»Hätten Sie Lust einmal mit mir Essen zu gehen? Oder auf ein schönes Glas Wein? Schmeckt übrigens großartig, der Kaffee.«

Faszinierendes Gesicht und sicher nicht der Typ für ein schnelles Abenteuer. Genau was du suchst.

»Herr im Himmel. Sie gehen aber ran.« Maria machte große Augen. Sie glitzerten lebhaft in dunklen Braun- und Grüntönen.

»Sie gefallen mir eben ganz besonders gut.« Bernd himmelte sie weiterhin unverhohlen an. Er wusste natürlich, dass er ebenfalls nicht gerade der Hässlichste war, mit seinem dichten blonden Haar, den strahlend graublauen Augen und der durchtrainierten Figur. Die Leute verwechselten ihn tatsächlich immer wieder mit dem jungen Terence Hill.

Sie lachte.

»Italienisch?«, fuhr er fort. »In Neuhausen hat eine neue Osteria aufgemacht. Nicht weit vom Rotkreuzplatz. Die Pasta mit Meeresfrüchten dort soll sensationell sein.« »Kommen Sie. Geben Sie sich einen Ruck. Bitte, bitte.« Bernd setzte sein bezauberndstes Lächeln auf.

»Ich weiß nicht. Normalerweise mache ich sowas nicht.«

»Aber ich.« Er grinste frech.

»Italienisch sagen Sie?« Sie betrachtete ausführlich ihre Fingernägel. »Das esse ich eigentlich am liebsten.«

»Genau wie ich. Pizza und Pasta und Fisch. Einfach nur genial.«

Sie hat angebissen, Bernd. Unfassbar super.

»In Ordnung.« Sie strich langsam ihre langen brünetten Haare nach hinten. »Um wieviel Uhr?«

»Passt 20 Uhr?«

»Passt.«

»Wunderbar, ich freue mich.« Bernd grinste von einem Ohr zum anderen. Er notierte ihr seine Handynummer und die Adresse des Restaurants auf einer seiner Dienstvisitenkarten.

»Ich mich auch.« Maria nahm die Karte an sich.

Dann entfernte sie sich und kassierte schnell einen Kunden an der Kasse für die Zapfsäulen ab. Anschließend kehrte sie zu Werner und Bernd zurück.

»Wissen Sie zufällig, wo der Mann wohnt, den Sie uns gemeldet haben, Maria? Kennen Sie ihn näher?« Bernd sah sie neugierig an.

»Nein, um Himmels willen.« Sie schüttelte den Kopf. »Aber irgendwo in Waldperlach am Stadtrand muss es wohl sein.«

»Wie kommen Sie darauf?«

»Er war, wie gesagt, bereits zwei- oder dreimal hier und hat dabei etwas in der Richtung erwähnt. Dass es zu Fuß ein ganz schönes Stück wäre bis zu ihm nach Hause nach Waldperlach. Bis zum Stadtrand könne der Weg ziemlich lang werden. Wie man halt so redet.«

»So große Geschwätzigkeit hätte ich ihm gar nicht zugetraut«, raunte Bernd Werner zu.

Sollte Gruber wirklich so dumm sein. Er ging doch sonst mit jeder Menge Umsicht vor. Möglicherweise hatte sie ihn einfach nur mit jemand anderem verwechselt oder er war davon ausgegangen, dass ihm von ihrer Seite keine Gefahr drohte.

»Sie sind sich ganz sicher, dass es der Mann aus der Zeitung war?«, fragte Bernd weiter.

»Absolut.« Sie nickte. »Er hatte zwar eine Sonnenbrille auf und andere Haare, aber er war es. Dafür lege ich meine Hand ins Feuer. Ich kann mir Gesichter so gut merken, wie nichts anderes. Jahrelanges Training hinter dem Verkaufstresen.«

»Wie lange haben Sie die Tankstelle denn schon?«

»20 Jahre. Erst zusammen mit meinem verstorbenen Mann, seit fünf Jahren alleine.«

»Respekt.« Bernd schob anerkennend die Unterlippe vor.

»Danke.« Maria quittierte das Lob mit einem zauberhaften Lächeln.

»Wie trug der Mann seine Haare?«

»Blond und viel länger als auf dem Foto in der Zeitung. Da hat er fast eine Glatze.«

»Danke, das hilft uns weiter.« Bernd lächelte zum wiederholten Male weit mehr als freundlich.

»Trotzdem wissen wir immer noch nicht, wo genau er wohnt. Waldperlach ist riesig.« Werner machte eine unbestimmte Geste mit den Händen, die wohl so etwas wie allgemeine Größe demonstrieren sollte. Ebenso gut hätte sie den Umfang eines Elefantenhinterteils beschreiben können.

»Das kriegen wir schon noch raus«, beruhigte ihn Bernd. »Wozu haben wir unsere Datenbanken. Erstmal checken wir alle leerstehenden Gebäude und Wohnungen da draußen.«

»Da haben aber eine Menge Leute lange damit zu tun«, wandte Werner ein.

»Das muss uns nicht kümmern, Werner.« Bernd blies ausgiebig in seine Tasse. Dann trank er einen Schluck Kaffee. »Wozu gibt es unser hilfreiches Fußvolk in Uniform.«

»Weißt du noch, wie der Chef uns damals alle beide halb Haidhausen ablaufen ließ. Wegen der Vergewaltigung der Tochter des Stadtrates?«

»Weiß ich noch. Ist mir aber egal.« Bernd winkte ab. »Von mir aus klappern wir diesmal eben Waldperlach ab. Hauptsache, wir erwischen den Kerl.«

»Da haben Sie ganz recht, Herr Kommissar.« Maria lächelte zustimmend.

»Mein Vorname ist Bernd, liebe Maria.«

»Freut mich, Bernd.« Sie errötete erneut.

»Für besonders gute Freunde und für Sie speziell heißt es Berndi.«

»Na gut, Berndi.«

42

Dienstag, 11.00 Uhr, Untergiesing-Harlaching.

Max war unterwegs zu Robert Hemmschuh, um ihn mit Heinz Bauretters Tod zu konfrontieren, was bisher anscheinend keiner der Nachbarn der Bauretters getan hatte. Zumindest hatte Robert vorhin nicht diesen Eindruck erweckt, als sich Max telefonisch bei ihm angekündigt hatte.

Sein Handy spielte »Das Lied vom Tod«.

Er hielt an und stieg ab, bevor er das Gespräch annahm.

»Franzi hier«, meldete sich sein Exkollege und jetziger Auftraggeber.

»Ich weiß, Franzi. Dein Name steht auf meinem Display. Franzi W. ›W‹ für Wurmdobler. Hab ich dir schon hundertmal gesagt.«

Der lernt es echt nie.

Franz lachte kurz. »Pass auf. Es gibt was Neues.«

»Und was?«

»Ein Bekannter von Luigi Mario hat sich bei uns gemeldet. Er sagt, dass er mit Luigi unterwegs war, als Julia Hemmschuh ums Leben kam.«

»Dann hätte Luigi also ein Alibi?«

»Gut möglich.«

»Das freut mich. Der kleine Kerl ist mir irgendwie sympathisch.«

»Wir haben den Zeugen zu uns reinbestellt. Wenn er seine Aussage gemacht hat, wissen wir mehr. Ob er zuverlässig ist und so weiter.«

»Sehr gut Franzi. Ich bin gerade unterwegs zu Robert Hemmschuh. Er schien vorhin am Telefon nicht zu wissen, dass sein Schwiegervater verstorben ist. Ich bin gespannt, wie er reagiert, wenn er es erfährt.«

»Hau rein, Max. Bis dann.«

»Bis dann.«

Sie legten auf.

Max wischte sich mit dem Handrücken den Schweiß von der Stirn. Die Operation von heute Morgen, die, wenn er ehrlich war, eher eine harmlose kleine Behandlung gewesen war, steckte ihm immer noch schwer in den Knochen.

Er schnaufte ein paarmal tief durch.

Dann stieg er auf und fuhr weiter.

Wenig später sperrte er sein Fahrrad neben der Eingangstür von Robert Hemmschuhs Bürohaus ab.

Auf der gesamten Fahrt war ihm niemand besonders aufgefallen. Schon gar keiner mit einem Präzisionsgewehr im Anschlag. Sein Verfolger schien noch zu schlafen oder er trieb sich woanders herum. Nur Franz' Leute waren wie immer in der Nähe. Sie beobachteten ihn und die Umgebung nach wie vor aufmerksam.

Er begab sich in die Eingangshalle und danach über die Treppe in den zweiten Stock und direkt in Roberts Büro.

Nachdem er ohne Aufforderung auf dem Besucherstuhl Platz genommen hatte, legte er sofort mit seiner Befragung los.

»Herr Hemmschuh, wissen Sie, dass Ihr Schwiegervater heute Morgen gestorben ist?«

»Was reden Sie da? Heinz geht es gut. Ich habe heute Nacht um drei nochmal nach ihm geschaut. Er hat selig geschnarcht, wie ein kanadischer Holzfäller.« Robert sah in verständnislos an.

»Er muss in aller Früh einen Herzinfarkt erlitten haben. Zumindest wissen wir im Moment noch nicht mehr.«

»Ist das Ihr Ernst?« Robert wurde aschfahl im Gesicht.

»Leider.« Max nickte langsam.

Der hat ihn nicht umgebracht. So gut kann keiner schauspielern.

»Aber das gibt es doch gar nicht.« Robert schüttelte ungläubig den Kopf. Er stand von seinem Schreibtischstuhl auf und begann unruhig im Raum hin und herzulaufen. »Was ist denn da nur los? Julias gesamte Familie in kürzester Zeit ausgelöscht. Bin ich etwa der Nächste auf der Liste?«

»Oder es ist eine Verkettung unglücklicher Umstände, stimmt's?« Max hoffte darauf, mehr zu erfahren, indem er sich zum Schein auf Roberts Seite stellte.

»Das muss es sein, Herr Raintaler. Ich kann mir beim besten Willen keinen anderen plausiblen Grund für dieses wilde Chaos erklären.« Robert setzte sich wieder. Er brütete eine Weile lang dumpf vor sich hin. Schien das Ausmaß des Ganzen nur langsam zu begreifen.

»Wollten Sie nicht die ganze Nacht bei ihm bleiben?«, fuhr Max währenddessen fort.

»Das habe ich nie gesagt.« Robert schüttelte vehement den Kopf. »Ich schaute, wie gesagt, um 3 Uhr nochmal nach ihm. Danach ging ich zu mir rüber in mein eigenes Bett. Ich kann nur auf meiner Spezialmatratze anständig schlafen.«

»Das kenne ich. Rücken?«

»Rücken und Übergewicht, wie man unschwer erkennen kann.« Robert nickte. »Für den Fall der Fälle legte ich Heinz sein Telefon neben das Bett auf sein Nachtkästchen. Er versprach mir, sofort anzurufen, wenn etwas wäre. Herrgott nochmal. Einen Herzinfarkt konnte wirklich niemand voraussehen. Er war immer kerngesund.«

»Meinen Sie damit, dass jemand nachgeholfen haben könnte?«

»Ich meine gar nichts weiter damit. Nur was ich gesagt habe.« Robert schüttelte den Kopf. »Eine ganze vierköpfige Familie ausgelöscht«, hauchte er mit rauer Stimme. »Lieber Gott im Himmel. Sowas gibt es normalerweise nur in Mafiafilmen.

43

Dienstag, 11.15 Uhr, Monikas kleine Kneipe, Thalkirchen.

Als Monika vom Einkaufen aus dem Großmarkt zurückkam, entdeckte sie einen Mann auf der Straßenseite gegenüber ihrer Kneipe, der ohne weiteres ein Attentäter hätte sein können.

Jeans, Sportjacke, Turnschuhe und eine große längliche Tennistasche, in der er jederzeit ein Gewehr hätte verstecken können.

Sie eilte hinein und rief Max an.

»Moni, was gibt's?«, meldete er sich nach dem zweiten Klingelton.

»Hier treibt sich einer herum, der wie ein Attentäter aussieht«, flüsterte sie. Möglicherweise stand der Kerl bereits vor ihrer Tür und belauschte sie.

»Ich komme sofort. Schließ ab und rühr dich nicht vom Fleck, bis ich bei dir bin, hörst du?«

»Mach ich.« Sie legte auf. Dann schlich sie auf Zehenspitzen zum Eingang. Drehte zweimal den Schlüssel im Schloss herum. Anschließend zog sie die Vorhänge zu. Der Killer müsste schon ein Röntgengerät dabeigehabt haben, um sie jetzt noch sehen zu können.

Während sie ihre Einkäufe in die Küche brachte, fiel ihr auf einmal ein, wie sehr sie Max liebte. Völlig unvermittelt. Ohne besonderen Grund.

Sie kannten sich seit dem Studium und waren auch seit ungefähr dieser Zeit zusammen. Damals hatte er noch Musik gemacht. Gesang und Gitarre. Trat regelmäßig in den Klubs der Stadt auf und darüber hinaus. Führte ein spannendes, teilweise ausuferndes Leben mit vielen Freunden und Bekannten. Sie hatte es faszinierend gefunden.

Was die Freunde und Bekannten betraf, trennte sich die Spreu vom Weizen in dem Moment, als er beschloss, nicht mehr öffentlich aufzutreten. Die zahlreichen Schnorrer und Wichtigtuer, die sich immer nur in seinem Licht sonnen wollten, blieben schnell weg. Zu den wenigen anderen, die es ehrlich mit ihm meinten, hatte er Kontakt bis heute. Zu Josef zum Beispiel oder Franzi, und natürlich zu ihr.

Monika liebte ihn, egal ob er Musik machte oder nicht. Er gab ihr die Sicherheit einer Beziehung, in der sie nicht völlig allein durchs Leben ging, gleichzeitig aber die Vorzüge eines selbstbestimmten Lebens genießen konnte.

Für sie die ideale Lösung.

Er dagegen hätte sie gerne enger an sich gebunden, zum

Beispiel durch eine Heirat. Sie wusste aber genau, dass ihnen das allen beiden zu eng werden würde. Auch ihm. Da kannte sie ihn besser als er sich selbst. Entsprechend groß war die Liste ihrer überzeugenden Ausreden, wenn er sie wieder mal mit einem seiner Anträge beglückte.

Sie eilte in den Schankraum, um dort alles für den Tagesbetrieb vorzubereiten.

Max hatte ihr damals geholfen ihre kleine Kneipe hier zu bekommen. Hatte sie mit einer größeren Summe unterstützt. Einfach so. Ohne das Geld jemals von ihr zurückzufordern.

Natürlich hatte sie es längst auf einem Sparkonto für ihn angelegt, damit er im Falle eines finanziellen Einbruchs einigermaßen abgesichert wäre. Obwohl die Pension, die er von Vater Staat erhielt, diesen Fall äußerst unwahrscheinlich machte.

Nachdem im Schankraum alles erledigt war, kehrte sie in die Küche zurück und begann mit den Vorbereitungen fürs Kochen. Fleischpflanzerl oder Kotelett mit Kartoffelpüree und Kraut standen heute wie jeden Dienstag auf der Karte.

Als sie das Hackfleisch aus dem Kühlschrank nahm, klopfte jemand laut gegen die Eingangstür.

Sie hielt erschrocken inne.

44

Dienstag, 11.15 Uhr, München, Trudering.

Er hatte sich mit einer brünetten Langhaarperücke über den blond gefärbten Haaren, einem dunkelblauen Anzug, wie er ihn zuvor noch nie im Leben getragen hatte, und blauen Farbkontaktlinsen nahezu bis zur Unkenntlichkeit verkleidet. Rasiert hatte er sich außerdem, was er sonst nur selten tat.

Garantiert niemand konnte ihn so erkennen. Zumal das Bild von ihm, das die Kripo in die Medien gebracht hatte, uralt war und ohnehin nicht mehr seinem heutigen Aussehen entsprach.

Wie ein Zauberer mit Tarnkappe würde er ab sofort durch München geistern.

Die Frau in der Tankstelle hatte offenbar die Polizei verständigt. Er hatte gerade beobachtet, wie zwei Männer zu ihr hineingingen und mit ihr sprachen, ohne etwas zu kaufen. Man roch 100 Kilometer gegen den Wind, dass sie von der Kripo waren. Ihre Kleidung, ihr Auftreten, ihr schicker Dienstwagen sprachen diesbezüglich Bände.

Es wunderte ihn nicht weiter, dass sie mit ihnen redete. Sie hatte ihn heute Morgen, als er wegen seiner Zigaretten bei ihr gewesen war, andauernd so merkwürdig angesehen. Die Zeitung mit seinem Bild war direkt vor ihr gelegen.

Sie hatte ihn erkannt.

Wie schade und wie dumm von ihr, ihn den Bullen zu melden.

Die Gesichter der beiden Kriminaler, die nach ihm suchten, kannte er jetzt also. Genau wie die der zwei unfähigen Verlierer im Dienstwagen der Kripo, die Max Raintaler offenbar vor ihm beschützen sollten. Bereits zehnmal war er, von ihnen völlig unbemerkt, an ihnen vorbeigegangen.

Mal sehen, was er mit ihnen allen noch anstellen würde, wenn er Raintaler erstmal über den Jordan geschickt hätte.

45

Dienstag, 11.30 Uhr, München, Thalkirchen.

Max näherte sich Monikas kleiner Kneipe. Er suchte mit der Hand an der Waffe die gegenüberliegende Straßenseite mit Blicken ab. Sah dort dann auch noch hinter jedem Strauch und hinter jeder hervorstehenden Ecke nach. Durchsuchte die Abstellplätze für die Mülltonnen der Häuser.

Er fand allerdings niemanden.

Falscher Alarm also. Falls der Weißbierferdl wirklich vorhin hierher zurückgekehrt war, hatte er sich inzwischen wieder aus dem Staub gemacht. Schade. Max hätte den Kerl zu gerne in die Finger bekommen.

Er ging zu Monikas Kneipe hinüber und klopfte laut an die Tür.

»Max hier. Mach auf, Moni.«

Sie öffnete ihm nur wenig später.

»Gott sei Dank.« Sie atmete auf. »Ist er noch hier?«

»Die Luft ist rein.« Er schüttelte den Kopf. »Es ist wohl so, wie ich die ganze Zeit über vermutete. Selbst wenn er es wirklich war, will er nichts von dir. Er sucht nach mir.«

Sie gingen hinein.

»Dann könnte ich das Lokal also aufsperren?«

»Ich wüsste nicht, was dagegenspricht.« Er zuckte die Schultern, während sie ihm einen Kaffee einschenkte.

»Und wenn er zurückkommt?«

»Das Leben ist lebensgefährlich, Moni. Wir können immer und überall sterben oder verletzt werden.« Er setzte sich an den Tresen.

»Aber man muss es nicht unbedingt herausfordern.«

»Ich würde mich jedenfalls nicht von so einem windigen Deppen von meinem Leben abbringen lassen. Vielleicht will er nur, dass wir beide Angst bekommen. Das ist dasselbe wie mit den Terroristen.«

Max trank einen Schluck Kaffee. Er schmeckte wie immer vorzüglich. Monika kaufte eine ganz bestimmte Sorte aus Brasilien. Per Post, direkt vom Importeur in Hamburg. Wenn man die hohe Qualität in Betracht zog, war er gar nicht mal besonders teuer.

»Bei mir hat es jedenfalls funktioniert. Ich habe Angst. Weiß gerade echt nicht, ob ich öffnen soll oder nicht.« Monika runzelte mit zweifelndem Blick die Stirn. »Ich meine, da draußen war ein Kerl, der wirklich sehr gut der Schütze vom letzten Mal hätte sein können.«

»Hast du ihn erkannt? Ich hab dir doch sein Bild auf meinem Handy gezeigt.«

»Wohl eher nicht.« Sie schüttelte den Kopf.

»Vergiss ihn einfach. Stell dir mal vor, der echte Killer hätte es auf dich und deine Gäste abgesehen. Da könnte er genauso gut jeden anderen in dieser Stadt erschießen. Das wird aber nicht passieren, weil er nur hinter mir her ist.«

»Hallo, ihr zwei Hübschen.«

Franz stand aus heiterem Himmel im Raum. Sie hatten ihn nicht reinkommen gehört.

»Hey, Franzi«, sagte Max. »Was schleichst du dich an, wie ein Indianer auf dem Kriegspfad?«

»Hab ich gar nicht getan. Ihr wart nur so in euer Gespräch vertieft, dass ihr mich nicht gehört und gesehen habt.«

»Es geht gerade um den Kerl, der mich umbringen will.« Max zeigte auf sich selbst.

»Das habe ich mitgekriegt. Ich würde auch aufsperren an Monis Stelle, aber du solltest dich nicht im Biergarten blicken lassen.« Franz zeigte ebenfalls auf Max.

»Stimmt. Das lockt ihn nur an und dann kann es theoretisch doch noch ein Chaos geben.« Max trank nachdenklich einen weiteren Schluck Kaffee.

»Wir machen es so«, wandte sich Franz an Monika. »Ich lasse dir zwei meiner Leute hier. Sie sitzen im Biergarten, beobachten und sichern das Lokal. Nüchtern natürlich, keinen Alkohol an die beiden, gut?«

»Klingt gut.« Sie lächelte erleichtert. »Okay, dann sperre ich offiziell auf. Sind sie schon draußen?«

»Wer?«

»Deine Leute.«

»Ja.« Franz nickte. »Könnte ich dafür im Gegenzug etwas Anständiges zum Frühstück haben?«

»Hält dich deine Sandra wieder mal kurz?« Sie grinste.

»Das kannst du laut sagen.« Franz nickte erneut. »Stellt euch vor, sie hat mir heute Morgen ein Müsli mit Früchten vor die Nase gestellt. Und das, obwohl ich eigentlich krankgeschrieben bin.«

»Nicht zu fassen.« Max schüttelte mit gespielter Empörung den Kopf. »Frauen gibt's, die gibt's gar nicht.«

»Schweinswürstel mit Kraut und Leberkas wären genial, Moni.«

»Kraut dauert noch. Würschtl und Leberkas kann ich dir schnell warmmachen.«

»Dann das Fleisch und Wurstzeug, viel süßen Senf und drei Brezn dazu, bitte.«

»Kommt sofort.« Monika schenkte ihm ebenfalls einen Kaffee ein. Dann verschwand sie in der Küche.

»Mein Chef nervt unglaublich«, sagte Franz, als er mit Max allein war. »Seine Freunde im Landtag machen ihm angeblich unentwegt Druck, und er gibt ihn an seine Untergebenen, wie zum Beispiel mich, weiter. Politiker und Vorgesetzte. Das ist die wahre Plage unserer Zeit. Sie alle zusammen machen breitflächig die Stimmung im Land kaputt.«

»Liegen die Ergebnisse von Heinz Bauretters Untersuchung in der Gerichtsmedizin bereits vor?« Max ignorierte das übliche Gejammer seines alten Freundes. Es gab im Moment wahrlich Wichtigeres.

»Erst heute Abend. Es herrscht Hochbetrieb im Labor. Ja mei, im Herbst sterben die Leut. Weiß man doch.« Franz zuckte die Achseln.

»Bitte gib mir Bescheid, sobald du etwas hörst.«

»Natürlich.« Franz trank einen Schluck Kaffee. »Weißt du übrigens, wovon ich die Nase gestrichen voll habe?«

»Nein.« Max schüttelte den Kopf. »Aber wie ich dich kenne, wirst du es mir sicher gleich sagen.«

»Von unseren ganzen unfähigen Politikern, die nur auf ihre Lobbyisten hören. Wie die sogenannten Freunde meines Chefs im Landtag.«

»Besonders neu ist diese Erkenntnis nicht.« Max sah ihn neugierig an.

»Ich habe nachgedacht, Max.« Franz senkte die Stimme. Er schien eine vertrauliche Information weitergeben zu wollen. »Ich werde wohl eine Partei aufmachen, wenn ich in Pension gehe. Weil die da oben sowieso nur Schmarrn bauen.«

»Du willst eine Partei aufmachen?« Max sprach laut. Er grinste unwillkürlich. Nicht dass er es Franz prinzipiell nicht zugetraut hätte, dass er seinem Leben nochmal eine andere Richtung gab. Aber was sollte das mit der Politik? Die Idee hörte sich verdächtig nach Torschlusspanik an.

»Es ist einfach unerträglich, wie die inzwischen die Leute verarschen mit ihren falschen Versprechungen und ihrer absoluten Unfähigkeit.« Franz schüttelte sich angeekelt. »Lauter unfähige Deppen, das kannst du mir glauben.« Er hob mahnend den Zeigefinger.

»Wenn du es sagst.« Max schüttelte in sich hineingrinsend den Kopf.

Hat die Welt schon mal so einen Schmarrn gehört?

Monika kam zurück.

»Dein Essen ist gleich fertig, Franzi. Ich tu dir extra ein bisserl mehr drauf.« Sie blickte von einem zum anderen. »Ist irgendwas?«

»Alles gut.« Franz lächelte verbindlich.
Max trank schweigend noch einen Schluck Kaffee.

46

Dienstag, 19.30 Uhr, Münchner Innenstadt.
Giuliana hatte angerufen. Sie wäre jetzt im Hotel und hätte große Lust ihn zu sehen. Robert hatte sich daraufhin gleich auf den Weg in den Bayerischen Hof gemacht. Dort angekommen hatte er sie vom Portier in die Bar rufen lassen.
»Ciao, Bella«, rief er, als sie sich wenig später mit wiegenden Hüften seinem Platz am Tresen näherte.
Sie wird der jungen Sophia Loren von Tag zu Tag ähnlicher. Oder doch eher der Claudia Cardinale? Egal. Beide toll.
Er dachte kurz an »Spiel mir das Lied vom Tod«, einen seiner absoluten Lieblingsfilme. Claudia Cardinale hatte dort ihre eigene Auftrittsmusik, komponiert vom großen Ennio Morricone. Sie sah unfassbar gut aus an der Seite von Henry Fonda und Charles Bronson. Hervorragend gespielt hatte sie ihre Rolle überdies.
»Ciao, Roberto.« Giuliana lachte ihn freimütig an, kam

näher, küsste ihn links und rechts auf die Wangen. »Wie geht es dir? Warum treffen wir uns nicht auf meinem Zimmer?«

»Ich wollte erst mal ein Glas mit dir trinken. In neutraler Atmosphäre sozusagen.« Er machte ein trauriges Gesicht. »Mein Schwiegervater ist heute Morgen gestorben und kurz zuvor seine Frau Irmi und Julias Schwester Regina«, fuhr er mit rauer Stimme fort.

»Was?« Die Fröhlichkeit wich schlagartig aus ihrem Gesicht. Sie sah ihn schockiert an. Setzte sich langsam neben ihn. »Aber warum hast du mir denn nichts davon erzählt?«

»Es ging alles so schnell. Einer nach dem anderen. Zack weg. Ich kann es immer noch nicht fassen.« Er schüttelte hilflos die Arme hebend den Kopf.

»Armer Roberto. Wie kann ich dir helfen?« Sie strich ihm mit einer zärtlichen Geste die Haare hinters Ohr. Gab ihm erneut einen kleinen Kuss auf die rechte Wange.

»Passt schon.« Er presste tapfer die Lippen aufeinander.

Trauer benebelte seine Gedanken. Gleichzeitig brachte ihre unmittelbare Nähe seine Gefühle in Wallung. Dem Duft des Parfüms, das sie aufgelegt hatte, konnte er noch nie widerstehen. Es machte ihn auch jetzt wieder rattenscharf. Obwohl er seine vier Verluste zu beklagen hatte.

Das befremdete ihn einerseits etwas, andererseits war es ihm komplett egal.

»Es tut mir so leid, dass wir uns wegen Julia gestritten haben. Sollen wir bei einem schönen Essen Versöhnung feiern?« Sie sah ihn neugierig an. Küsste ihn erneut zärtlich.

»Ich hätte da eine andere Idee«, meinte er.

»Und wie sieht die aus?« Sie lächelte abwartend.

»Wir sind doch hier in einem Hotel.«

»Ja?«

»Und du hast oben ein wunderschönes Zimmer.«

»Wie wir beide wissen.«

»Mit einem schönen großen Bett.«

»Ja?« Sie machte ein verlockendes Schmollmündchen.

»Sollen wir mal sehen, ob die Kissen dort ordentlich aufgeschüttelt sind?«

»Aber bist du denn nicht zu traurig?«

»Bin ich absolut.« Er nickte. »Aber die Gefahr scheint mich heiß zu machen. Vielleicht bin ich der Nächste, und es ist mein letztes Mal. Verdammt nochmal, so muss es im Krieg gewesen sein.«

»Was hat der Krieg damit zu tun?«

»Nichts. Nur so.« Er schüttelte mit einem leicht irren Blick den Kopf. »Lass uns endlich hochgehen, Signora. Trauern kann ich auch danach wieder.«

Robert bezahlte seinen Whiskey.

Sie liefen zügig Richtung Fahrstuhl.

Nachdem sie sich schnell, wild und hemmungslos geliebt hatten, lagen sie nebeneinander in dem großen Doppelbett in Giulianas kleiner Suite.

»Es war so schön wie noch nie, Roberto.« Sie hauchte ihm ein zärtliches Küsschen auf die nackte und wenig behaarte Brust. »Du warst so … kräftig. Oh mein Gott.«

»Es war der Hammer.« Er nickte mit sich und der Welt zufrieden. »Sag mal …«

»Ja?«

»Ich muss dich das einfach nochmal fragen.«

»Was denn? Nur zu.«

»Warst du wirklich hier im Hotel, als ich dich in Julias Todesnacht zur vermeintlichen Tatzeit anrief?« Er drehte sich zu ihr, stützte sich auf seinen rechten Arm und blickte erwartungsvoll auf sie hinunter.

»Fängst du schon wieder damit an?«

»Ich muss es wissen, damit unsere Liebe so rein bleiben kann, wie sie es bis jetzt ist.« Jetzt war er an der Reihe, sie zärtlich auf ihre Brust zu küssen.

»Okay.« Sie zuckte die Achseln. »Ja, ich war auf meinem Zimmer.«

»Bitte sag es mir ganz ehrlich. Es ist sehr wichtig für mich.« Er sah sie lange an. Die böse Ahnung in seinem Inneren wuchs mit jeder Sekunde, die sie mit ihrer Antwort zögerte.

»Na gut …« Sie zögerte erneut.

»Was na gut?«

»Ich war nicht hier in meinem Zimmer.« Sie senkte den Blick. Offenbar konnte sie ihm die Wahrheit nicht ins Gesicht sagen.

»Wo dann?«

»Das willst du nicht wissen.«

Sie stand auf und zog den weißen Hotelbademantel über, der direkt neben ihrer Bettseite auf einem dunkelbraunen Holzstuhl bereit lag.

»Du willst es mir nicht sagen?« Er sah sie mit gerunzelter Stirn an. »Du hast Julia also …?«

»Nein.« Sie schüttelte ihren hübschen dunkelhaarigen Lockenkopf. »Ich habe deine Frau nicht umgebracht. Das musst du mir glauben. So etwas könnte ich niemals.«

»Aber wo warst du dann?«

»Das möchte ich nicht sagen«, druckste sie weiter herum.

»Warum nicht?«

»Weil du dann bestimmt sauer wirst.«

»Wie kommst du darauf?«

Sie schwieg beharrlich.

»Jetzt sag schon, Giuliana«, fuhr er ärgerlich fort. »Wo warst du in der Nacht, in der Julia starb? Ich muss es wissen. Versteh das doch!« Er bedachte sie mit einem inständig flehenden Blick, nahm ihre beiden Hände in seine und hielt sie fest.

»Du willst es wirklich wissen?«

»Ja.« Er nickte. Sah ihr dabei jetzt fest in die schönen grünen Augen. »Egal was es ist. Raus mit der Sprache.«

»Na gut.« Sie atmete tief ein und aus. »Ich war bei einem alten Freund.«

»Bei einem alten Freund?« Robert meinte seinen Ohren nicht zu trauen. »Wie jetzt, äh? Ein alter Freund oder ein alter Freund?« Er sah sie verwirrt und ungläubig an.

Die Stimmung zwischen ihnen drohte zu kippen.

»Nur ein Freund. Nicht was du denkst.«

»Was denke ich denn?« Er setzte sich ruckartig auf.

»Nichts Gutes, vermute ich.« Sie lief aufgeregt im Zimmer hin und her.

»Du hast also … noch einen außer mir?«

»Wie gesagt, es ist nicht so, wie du denkst.«

»Wie ist es denn dann, bitteschön?« Er stand ebenfalls auf. Zog sich an.

»Fabio und ich kennen uns seit der Kindheit«, erklärte sie. »Wir sind im gleichen Ort aufgewachsen. Er hat seit Jahren ein Restaurant hier in München. Ab und zu sehen wir uns dort, essen zusammen und reden über die alten Zeiten. Er ist ein hervorragender Koch.«

»Warum habe ich noch nie etwas von diesem Fabio gehört?« Robert streifte sein Sakko über.

Die Stimmung zwischen ihnen kippte jetzt tatsächlich.

»Ich fand es nicht wichtig.« Sie zuckte die Achseln.

»Nicht wichtig?« Er brüllte unbeherrscht los. »Du treibst es mit deinem Jugendfreund und findest das nicht wichtig?«

»Ich treibe es nicht mit ihm.« Sie stampfte ärgerlich mit dem Fuß auf.

»Ach wirklich nicht? Warum verheimlichst du ihn dann vor mir? Da stimmt doch etwas nicht. Das sieht sogar ein Blinder mit einem Krückstock.« Robert bekam einen roten Kopf vor Wut. Er trat so fest er konnte gegen das Bett. Hielt sich daraufhin mit schmerzverzerrtem Gesicht den Fuß. Dann nahm er ein Kissen und warf es quer durchs Zimmer. Das Ergebnis befriedigte ihn nur wenig.

»Warum glaubst du mir nie?« Sie wurde nun ebenfalls laut.

»Vielleicht weil du mich immer wieder anlügst oder mir etwas verheimlichst? Schon mal darüber nachgedacht?« Er packte die gläserne Nachttischlampe auf seiner Bettseite, warf sie mit voller Wucht gegen die Wand. Sie zerbarst in tausend Stücke. So fühlte sich Rache an, jawohl.

»Hör auf damit, Robert. Ich lüge nicht«, rief Giuliana. Sie raufte sich die Haare. »Ich war nur einmal mit ihm im Bett. Wegen früher. Es hat mir nichts bedeutet.«

»Wusste ich's doch.« Er setzte ein grimmiges Gesicht auf. War auf einmal Charles Bronson in »Ein Mann sieht rot«. Eigentlich ein weiterer Lieblingsfilm von ihm.

»Aber das ist ein Jahr her.«

»Vor einem Jahr waren wir bereits zusammen. Wie soll ich dir jemals wieder vertrauen?« Er nahm jetzt die Nachttischlampe auf ihrer Bettseite zur Hand und warf sie ebenfalls gegen die Wand. Fast an derselben Stelle, wie zuvor seine eigene.

»Madonna mia, Robert. Wer von uns kommt eigentlich aus Italien? Du führst dich auf, wie ein verrückter Sizilianer aus dem vorletzten Jahrhundert.«

»Und du benimmst dich wie eine verdammte Hure«, brüllte er. Die Schlagadern an seinen Schläfen traten gefährlich pulsierend hervor. Nicht mehr viel und sie würden platzen.

»Du wagst es, mich eine Hure zu nennen?« Giuliana schnappte nach Luft. Sie griff sich die Wasserflasche auf dem Schreibtisch und warf sie in seine Richtung.

»Miststück«, rief er, während er sich duckte.

Die Flasche verfehlte ihn nur knapp. Sie zerschellte wie zuvor die Lampen an der Wand. Ein Splitter landete auf seinem Arm. Er verursachte einen kleinen Schnitt, der auf der Stelle zu bluten anfing.

Bevor sie auch noch das Trinkglas auf dem Tisch nach ihm werfen konnte, stürmte er wie ein wilder Stier auf sie zu. Sobald er vor ihr stand, holte er aus und verpasste ihr eine schallende Ohrfeige.

»Du Schwein.« Sie hielt inne, sah ihn einen Moment lang nur noch entsetzt an. Dann sprach sie mit eisiger Ruhe in der Stimme weiter. »Das wirst du mir tausendfach büßen. Meine Brüder machen Hackfleisch aus dir.«

»Ist mir scheißegal, miese Hure.« Robert packte sie unvermittelt an der Gurgel. Er drückte kräftig zu. Merkte in seiner blinden Raserei nicht mehr, was er tat. »Mich siehst du jedenfalls nie wieder. Heirate von mir aus einen deiner bescheuerten Brüder. Mit ihnen treibst du es doch sicher bereits von klein auf.«

Er bemerkte, dass sie keine Luft mehr bekam.

Drückte weiter zu.

»Wir zwei sind ab sofort geschiedene Leute«, fuhr er währenddessen mit keuchender Stimme fort.

Dann ließ er ihren Hals unvermittelt los, schubste sie grob aufs Bett und stürmte, ohne noch einmal zurückzuschauen, mit weit ausgreifenden Schritten zur Tür hinaus.

Das war's. Ihr Geschenk kann sie sich an den Hut stecken.

47

Dienstag, 20.00 Uhr, Osteria in Neuhausen.

»Hallo, Maria. Hierher!« Bernd erhob sich von seinem Platz, als sie zur Tür hereinkam. Er winkte ihr auffällig zu, wie ein Einweiser am Flughafen, der einem Flugzeugpiloten die Parkposition anzeigte.

Sie sah ihn, lächelte erkennend, winkte zurück und eilte mit langen Schritten auf seinen Tisch zu.

Er freute sich, dass sie tatsächlich kam. Fabio Pavone, der Chef der Osteria, den er seit längerem von dessen anderem Lokal in der Innenstadt her kannte, hatte ihm extra zwei sehr schöne Fensterplätze in einer kleinen Nische reserviert. Dort waren sie so gut wie ungestört. Einem romantischen Abend stand also nichts im Wege.

»Hallo, Berndi«, begrüßte sie ihn. »Tut mir leid, dass ich etwas spät bin. Aber es gab ein kleines Problem bei der Abrechnung in der Tankstelle.«

Sie setzten sich.

»Kein Problem. Es ist Punkt acht, wie verabredet.« Er zeigte auf seine Armbanduhr. »Schön, dass du hergefunden hast. Freut mich wirklich sehr, dich wiederzusehen.« Er glaubte achtgeben zu müssen, dass er nicht zu sentimental auf sie wirkte. Sicher würde das eine gestandene Frau wie sie nicht von einem Kripobeamten erwarten. Also hielt er die Tränen der Rührung, die gerade in seine Augen steigen wollten, lieber zurück.

»War ganz einfach von der U-Bahnstation am Rotkreuzplatz aus.« Sie lockerte den blauen Seidenschal um ihren Hals.

»Möchtest du erstmal einen Aperitif? Sie mixen hier einen ganz besonderen Hugo.« Er machte ein vielsagendes Gesicht.

»Das ist doch dieses Getränk aus Südtirol mit Minzblättern und Holundersirup.« Sie sah ihn fragend an. »Prosecco ist, glaube ich, auch noch drinnen.«

»Die Dame von Welt kennt sich aus.« Er lachte fröhlich. »Genau das ist er. Sollen wir uns zwei schöne Gläser davon gönnen?«

»Gerne. Ich habe das einmal auf einer Grillparty bei Bekannten getrunken. War herrlich erfrischend.«

Bernd winkte den Kellner herbei. Er bestellte für sie beide.

»Wie war dein Tag?«, fragte er Maria anschließend.

»Nichts Besonderes.« Sie zuckte die Achseln. »Eigentlich wie immer. Und bei dir? Habt ihr ihn?«

»Unseren Attentäter?«

»Den aus Waldperlach, ja.« Sie nickte.

»Leider nicht. Der Kerl scheint vom Erdboden verschluckt worden zu sein. Wir nehmen an, dass er sich so gekonnt verkleidet hat, dass ihn niemand erkennen kann.«

»Das ist wie in einem amerikanischen Thriller.«

»Absolut.« Er nickte.

»Hast du Angst vor ihm?«

»Keineswegs.« Er schüttelte den Kopf. »Von mir will er offenbar nichts. Bis jetzt zumindest.«

Ihre Getränke kamen.

Dann bestellten sie. Pizza Calzone für Bernd. Fisch mit leichten mediterranen Beilagen für Maria.

»Schönes Lokal«, sagte sie, nachdem sie sich in dem mit modernen hellen Möbeln eingerichteten Raum umgesehen hatte. »Du darfst gerne von meinem Fisch probieren, wenn er kommt.«

»Du von meiner Pizza auch«, erwiderte er, ohne seinen Blick auch nur für den Bruchteil einer Sekunde von ihr zu lassen.

»Wieso schaust du mich so an?«, wollte sie wissen.

»Da fragst du noch?« Er sah ihr besonders tief in die Augen.

»Ich mag es, wenn Männer kräftige Muskeln haben, wie du.« Ihre Stimme klang warm und weich. »Trainierst du oft?«

»Täglich. Schließlich haben wir es oft genug mit ziemlich schweren Jungs zu tun.«

»Das glaube ich.« Sie bedachte ihn mit einem bewundernden Blick.

»Man tut eben seine Pflicht.« Er errötete.

Der scharfe Bernd wurde rot vor Verlegenheit. Wenn das die Jungs auf dem Revier gesehen hätten, sie hätten es nicht geglaubt.

Ihr Essen kam. Bereits die ersten Bissen schmeckten ihnen vorzüglich.

»Der Wein passt hervorragend zum Fisch«, meinte Maria.

»Das Bier auch sehr gut zur Pizza.« Er lachte.

Moment mal. Der Kerl, der da gerade vor dem Fenster vorbeigeht, das könnte doch dieser Ferdinand Gruber sein. Aber was will der hier? Er ist doch hinter Max her, nicht hinter mir. Oder?

Bernd prang auf. Er rannte zur Tür hinaus.

Als er auf der Straße ankam, war weit und breit niemand zu sehen. Schon gar kein Attentäter. Offenbar hatte er sich getäuscht.

»So ein Mist.«

Kopfschüttelnd kehrte er an seinen Platz zurück. Der Spruch »blinder Eifer schadet nur« kam ihm dabei in den Sinn. Andererseits gab es da auch noch eine alte Weisheit seines Großvaters, die besagte, dass man besser lieber einmal zu oft vorsichtig war, als einmal zu wenig.

»Was war denn los?«, fragte Maria neugierig, nachdem er wieder bei ihr saß. Sie hatte nicht weitergegessen, seitdem er verschwunden war.

»Nichts.« Er winkte ab. »Ich meinte, jemanden erkannt zu haben. Hab mich aber getäuscht.«

»Ich dachte schon, es wäre etwas Schlimmes.« Sie atmete erleichtert auf.

»Auf keinen Fall.« Er schüttelte entschieden den Kopf.

»Okay.« Sie blickte unschlüssig drein.

»Alles gut. Lass uns weiteressen.« Er nahm Messer und Gabel zur Hand.

»Was machen wir eigentlich, wenn wir mit der Nachspeise fertig sind, Berndi?« Ihren intensiven Blick hätte man durchaus als eindeutig zweideutig interpretieren können.

»Weiß nicht.« Er zuckte grinsend die Achseln. »Hast du vielleicht irgendeine Idee?«

48

Dienstag, 20.30 Uhr, München Thalkirchen.

Max bereitete bei sich zu Hause sein Abendessen zu. Ölsardinen mit Toastbrot. Nicht gerade das, was man in einem Gourmettempel serviert bekam. Aber für ihn waren die kleinen fettigen Fische in Ordnung. Etwas schwarzen Pfeffer aus der Mühle darüber und Zitronensaft, fertig. Gesund waren sie obendrein, und klug machten sie auch. Was wollte er mehr.

Als er sich mit seinen Fischen und dem Brot in der Hand auf seine rote Couch im Wohnzimmer setzte, meldete sich sein Handy.

Er stellte sein Essen ab, holte das Smartphone aus seiner Hosentasche und ging dran.

»Was gibt's, Franzi?«

»Wollte mich nur nochmal kurz wegen Heinz Bauretter melden.«

»Schieß los.«

»Ich habe immer noch keine Untersuchungsergebnisse.«

»Wie das?«

»Die haben irgendwelche Papiere verschlampt in der Pathologie.«

»Spinnen die?«

»Scheint so.«

»Gib mir Bescheid, sobald du mehr weißt.«

Max fischte mit seiner Gabel eine besonders dicke Ölsardine aus der kleinen Blechdose. Zumindest meinte er, dass sie besonders dick sei, obwohl sie normalerweise alle nahezu gleich groß waren. Vielleicht klebten auch zwei von ihnen aneinander. Wie auch immer. Er führte den Leckerbissen zum Mund und schlang ihn ohne zu kauen hinunter.

»Logisch, mach ich«, erwiderte Franz. »Vielleicht hätte ich ihm kein Bier bringen sollen, als ich bei ihm war.« Sein schlechtes Gewissen war ihm sogar durchs Telefon anzuhören.

»Schmarrn. Der hat doch schon morgens Schnaps getrunken. Und als wir beide weg waren, ging es bestimmt weiter. Vielleicht wollte er sich absichtlich totsaufen. Wir sind jedenfalls nicht schuld. Mach dir da bloß keinen Kopf.«

»Meinst du?«

»Meine ich.« Max nickte, obwohl Franz es natürlich nicht sehen konnte. »Der Fall mit dieser Familie ist auch so schon stressig genug.«

Er aß den nächsten Bissen.

»Ich arbeite übrigens nebenbei an einem kleinen Programm für meine Partei«, verkündete Franz währenddessen mit stolzer Stimme. »Das Wichtigste ist, dass die Leute mir vertrauen.«

»Da bist du auf jeden Fall der Richtige.«

Es klingelte an Max' Wohnungstür.

»Eben.« Franz schien sich seiner Sache sicher zu sein. So sicher, dass er offensichtlich gar nicht bemerkte, dass ihn Max auf den Arm nahm.

»Mach's gut, Franzi. Es hat geläutet. Ich muss aufhören.«

Sie legten auf.

Max erhob sich von seiner Couch.

Er ging zur Tür und öffnete.

»Frau Bauer. Einen schönen guten Abend.« Er lächelte seine alte Nachbarin, die mit einem großen Topf in den Händen vor ihm stand, freundlich an. »Lassen Sie mich raten. Gulasch?«

Mindestens einmal in der Woche kochte sie für ihn mit. Auch alleinstehende Männer müssten essen, fügte sie dann gerne hinzu. Monika, die nur selten zu ihm zu Besuch kam, ließ sie bei ihrer Einschätzung geflissentlich außen vor. Ein Mann, der nicht mit seiner Freundin verheiratet war und noch dazu alleine wohnte, war in ihren Augen nun mal ein Junggeselle.

»Richtig geraten, Herr Raintaler.« Sie lächelte begeistert zurück. »Selbstgemachte Spätzle habe ich Ihnen auch noch dazu getan. Mein Bertram darf keine essen, wegen seinem Zucker.«

»Das ist absolut super.« Max nahm den Topf voller Vorfreude an sich. »Ich hatte gerade Ölsardinen als Vorspeise. Jetzt noch ein köstliches Gulasch aus dem Hause Bauer. Das reinste Feinschmeckermenü. Sie sollen sich doch nicht immer so eine Arbeit wegen mir machen.«

»Ist keine Arbeit. Ich muss sowieso für den Bertram und mich kochen. Da kaufe ich einfach ein bisserl mehr Fleisch in der Metzgerei. Soll ich es Ihnen in Ihrer Küche warmmachen?« Sie legte abwartend den Kopf schief.

Offensichtlich war es ihr wiedermal zu langweilig mit ihrem Göttergatten drüben. Max wusste, dass Bertram eigentlich nur noch von morgens bis nachts auf seiner Couch hockte und in den Fernseher stierte.

»Gerne, kommen Sie rein.« Er hielt ihr mit dem Rücken die Tür auf. »Ich trage den Topf schon mal rüber in die Küche.«

»Ich mache solange die Tür zu. Wie läuft es mit ihrem neuen Fall, Herr Raintaler.«

»Das erzähle ich Ihnen beim Essen. Wollen Sie ein Bier?«

»Liebend gerne.« Frau Bauer nickte begeistert. »Ich hatte letztes Mal bei Ihrem Fräulein Monika zwar einen kleinen sitzen, aber das Bier ist mir an sich sehr gut bekommen. Am nächsten Tag lief ich die Stiegen gleich doppelt so schnell hinunter und wieder hinauf.«

49

Dienstag, 20.45 Uhr, München Innenstadt.
»Noch einen Whiskey.« Robert winkte dem Barkeeper mit seinem leeren Glas zu. Nachdem er vor 20 Minuten aus dem Bayerischen Hof geflüchtet war, hatte er sich hier in einer kleinen Szenebar im Gärtnerplatzviertel an den Tresen gesetzt und in großem Tempo zu trinken begonnen.

Er machte sich Vorwürfe. Giuliana war zwar genauso ein verlogenes Miststück wie Julia eins gewesen war. Aber er hätte sie niemals würgen dürfen. Hoffentlich lebte sie noch.

»Kommt sofort.« Der schlanke Mann mit der breiten Nase, den dunkelbraunen Augen und den mit viel Gel stramm nach hinten gekämmten dunkelbraunen Haaren nickte freundlich.

»Sorgen?« Eine hünenhafte Blondine mit stark geschminktem Gesicht stand wie aus dem Nichts neben Roberts Barhocker.

»Kann man so sagen.« Er blickte neugierig zu ihr hinauf. »Wer will das wissen?«

»Ich bin die Mercedes«, sagte sie, während sie sich neben ihn setzte. Jetzt waren sie annähernd gleichgroß. Obwohl sie ihn immer noch um einen halben Kopf überragte.

Sie gab dem Barkeeper ein Zeichen. Er nickte nur knapp und schenkte ihr einen Prosecco ein. Offensichtlich kam sie öfter hierher.

»Ich bin der Robert.«

»Ein schöner Name.«

»Findest du?« Er betrachtete sie mit mäßigem Interesse. Sie sah zwar umwerfend aus, aber er hatte im Moment die Nase gestrichen voll von den Frauen. Alles in allem machten sie nur Ärger, sonst nichts.

»Ja, finde ich.« Sie lachte fröhlich. »Robert Kennedy, Robert Schumann, Robert Koch, Robert Bosch, Robert Redford. Alles total tolle Männer.«

»Aha.« Robert trank einen Schluck von dem frischen Whiskey, den der Barmann gerade vor ihm platziert hatte. »Ich heiße Hemmschuh«, sagte er anschließend. »Robert Hemmschuh. Der von Hemmschuh, Gas und Bad.«

»Freut mich. Hemmschuh, lustig. Also würde man nicht ohne Schuhlöffel in den Schuh kommen oder damit am Boden festkleben. Trinkst du immer allein? Stößchen.« Sie hielt ihm mit einem strahlenden Lächeln ihr Glas hin.

»Aber ich hab doch gerade getrunken. Egal. Prost.«

Sie stießen miteinander an, tranken und stellten ihre Gläser auf den Tresen zurück. Es folgte ein Moment der Stille, den Robert nur wenig später unterbrach.

»Woher kennst du die alle?«, fragte er.

»Wen?«

»Diese ganzen Roberts.«

»Ach so.« Sie winkte lachend ab. »Ich kenne sie gar nicht. Ich hatte mal einen Freund, der hieß auch Robert. Ein hübscher Kerl. Strammer Hintern. Zu seinem Namenstag schrieb ich ihm einmal ein paar berühmte Persönlichkeiten mit seinem Namen auf eine Glückwunschkarte. Hat ihn riesig gefreut.«

»Aha.« Roberts Gesicht zeigte keinerlei Regung.

»Kommst du öfter her?«

»Nein.« Er schüttelte den Kopf.

»Ich bin fast jeden zweiten Tag hier. Der Julian ist so ein toller Barkeeper.« Sie zeigte auf den jungen Mann hinter dem Tresen. »Er macht den besten Moscow Mule, den man sich vorstellen kann. Im Kupferbecher. Meine Freundin Jane sagt, er schmeckt am besten aus dem Kupferbecher. Sie hätte ihn einmal in New York aus einem einfachen Glas getrunken. Wahrscheinlich hatten die gerade keine Kupferbecher dagehabt, meinte sie. Na ja, New York halt. Alles anders dort. Jedenfalls wäre Julians Moscow Mule aus dem Kupferbecher im Vergleich dazu voll der Wahnsinn.«

»Aha.« Robert trank erneut.

»Du bist nicht gerade sehr gesprächig«, beschwerte sich Mercedes.

»Stimmt.« Robert nickte. »Ich habe auch niemanden gebeten, sich neben mich zu setzen und mich voll zu labern.«

»Du siehst aus, als hätte dir jemand sehr weh getan. Ich spüre sowas.« Sie ignorierte seine derbe Unfreundlichkeit und legte mitfühlend ihre Hand auf seinen Oberschenkel.

»Aha.« Er betrachtete kurz wie nebenbei die Hand auf

seinem Bein. Dann schaute er wieder geradeaus in den Spiegel hinter dem Tresen.

»Was sagst du eigentlich zu den letzten Wahlen?«, führte Mercedes das Gespräch munter fort. Sie streichelte und knetete dabei sanft seinen Schenkel.

»Wie jetzt? Bundestag?«

»Ja.«

»Was soll ich dazu sagen?« Er drehte seinen Kopf zu ihr hinüber. Schielte sie mit großen Augen an.

»Keine Ahnung.« Sie zuckte die Achseln.

»Ich weiß nur eins zu dem Thema.« Robert hob umständlich den Zeigefinger. Er fuchtelte ungelenk damit herum. »Die Politiker gehören alle auf den Mond geschossen. Soweit meine ganz persönliche Meinung. Mehr habe ich dazu nicht zu sagen.«

»Das ist nicht gerade viel.«

»Richtig.« Er trank sein Glas leer und bestellte bei Julian den nächsten Whiskey per Handzeichen. »Die von ganz oben machen doch sowieso, was sie wollen. Die verarschen uns alle, wie sie lustig sind. Weltweit.«

»Stimmt schon, irgendwie.« Mercedes nickte nachdenklich. »Stößchen.« Sie ergriff ihr Glas und hielt es ihm erneut vor die Nase.

»Klingt für mich mehr nach Sex als nach Saufen.«

»Wie bitte?« Sie blinzelte verwirrt.

»Dein komisches Stößchen die ganze Zeit.« Er stieß leicht dümmlich grinsend mit ihr an.

»Sex ist immer gut.« Sie kicherte ausgelassen.

50

Mittwoch, 7.00 Uhr, München Mitte.

Maria schlug die Augen auf. Sie sah sich in Bernds modern eingerichtetem Schlafzimmer um. Großteils in Weiß gehalten, praktisch und geschmackvoll zugleich, registrierte sie mit einem sanften Lächeln.

Bernd schlief noch. Sie war gestern mit zu ihm gekommen, weil er ihr wirklich gut gefiel. Vorher im Lokal hatten sie sich intensiv über Gott und die Welt unterhalten. Waren bei vielen Themen einer Meinung gewesen. Mehr als man gemeinhin erwarten durfte. Er hatte sich männlich, humorvoll und gutmütig zugleich gezeigt. Eigentlich die ideale Mischung für etwas Festes.

Wäre da nicht ihre Vergangenheit gewesen.

Sie sah auf ihre Armbanduhr, die sie zum Schlafen nicht abgenommen hatte.

Kurz nach sieben.

Nichts wie los. Die Arbeit rief.

Sie stand leise auf, um Bernd nicht zu wecken, nahm ihre Kleider und ihre Handtasche unter den Arm und schlich damit ins Badezimmer.

Es war eine wunderschöne Nacht mit ihm gewesen. Sie hatte sich lange nicht so wohl in den Armen eines Mannes gefühlt. Er konnte unglaublich zärtlich sein. So wie sie es einem Kriminalbeamten, der bei der Verbrecherjagd bestimmt nicht zimperlich sein durfte, gar nicht zugetraut hätte.

Sie duschte ausgiebig. Dann kleidete sie sich leise vor sich hin summend an, föhnte ihre Haare und setzte sich auf den Badewannenrand, um ihm eine kurze Nachricht zu schreiben. Stift und Zettel dafür holte sie zuvor aus ihrer Handtasche.

Sie hatte beides immer einstecken.

Die Erfahrung zeigte, dass sie meistens irgendetwas zu notieren hatte, wenn sie unterwegs war. Seien es nur die ein oder andere Telefonnummer oder irgendwelche Sonderangebote in einem von Münchens zahlreichen Geschäften.

Natürlich hätte sie alles Mögliche davon auch in ihr Smartphone eintippen können. Aber eine ganz private Nachricht, wie zum Beispiel die an Bernd gerade, schrieb sie lieber auf einen richtigen Zettel, den sie anschließend irgendwo hinlegen konnte.

Das mochte altmodisch sein, aber ihr erschien es einfach persönlicher und respektvoller so.

Nachdem sie den Spiegel über dem Waschbecken mit einem Handtuch trockengewischt hatte, kehrte sie ins Schlafzimmer zurück.

Bernd schnarchte nach wie vor leise vor sich hin. Sie bedachte ihn mit einem zärtlichen Blick.

Anschließend legte sie den Zettel mit ihrer Notiz auf sein Nachtkästchen, hauchte ihm ein lautloses Küsschen zu und ging auf Zehenspitzen hinaus.

51

Mittwoch, 8.00 Uhr, München, Gärtnerplatz.

»Wo bin ich?«, fragte Robert die große blonde Frau, die ihm gerade Kaffee brachte.

Er lag in einem Doppelbett in einem kleinen Zimmer mit Kochnische. Es war bis unter die Decke mit alten dunklen Holzmöbeln vollgestopft. Ein Kristallleuchter und schwere Brokatvorhänge fielen ihm ebenfalls ins Auge.

»Bei mir«, erwiderte sie.

»Warum?« Er blickte verwirrt drein.

»Du wolltest unbedingt mit. Noch ein schönes Fass aufmachen, meintest du.« Sie zog vielsagend die Brauen hoch.

»Und dann?«

»Nichts.« Sie zuckte die Achseln.

»Wie nichts?«

»Viel war nicht mehr mit dir anzufangen. Wollen wir das jetzt vielleicht nachholen?« Sie bedachte ihn mit einem langen eindeutigen Blick.

»Aber wer sind Sie?« Er sah sie fragend an.

»Du erinnerst dich nicht? Das beleidigt mich.« Sie machte ein Schmollmündchen. Dann lachte sie amüsiert. »Ist aber auch kein Wunder, bei der ganzen Flasche Whiskey, die du dir reingezogen hast.«

»Wo haben Sie mich denn aufgegabelt?« Robert blickte verwirrt um sich. Er wühlte sich aus den Laken und kam stöhnend vor Kopfschmerzen auf der Bettkante zum Sitzen.

»Ich habe dich in einer Bar am Gärtnerplatz kennengelernt und mitgenommen. Du wusstest nicht mal mehr, wo du wohnst.« Sie lachte erneut.

Robert heftete seinen Blick geradeaus an die Wand. Er versuchte seine Gedanken zu ordnen, während er die in seinem Magen aufkeimende Übelkeit bekämpfte.

Verflixt. Giuliana. Der Streit. Hatte er sie nun umgebracht oder lebte sie noch? Wie fand er es heraus? Zeitung.

Immer mehr seiner Erinnerungen kamen zurück. Auch an die Bar mit Julian, dem dunkelhaarigen Barkeeper. Er blickte an sich hinunter. »Wieso bin ich nackt?«

»Stell dir vor. Die böse Mama hat den braven Buben ausgezogen, bevor sie ihn ins Bett brachte.« Sie kicherte.

»Und wer sind Sie?« Er trank einen Schluck Kaffee, stellte die Tasse wieder ab, stand auf und zog sich an. Sein Kopf schmerzte unerträglich. »Hast du … äh, haben Sie eine Kopfschmerztablette?«

»Ich bin die Mercedes und ja, ich habe eine Kopfschmerztablette. Sie liegt neben deinem Kaffee auf dem Nachtkästchen. Das kleine kreisrunde weiße Ding. Dachte mir schon, dass du eine brauchst.«

»Mercedes? Wie die Automarke?«

»Richtig.« Sie nickte und lachte wieder.

»Was ist eigentlich andauernd so lustig?« Er schüttelte verständnislos den Kopf.

»Du hast mir gestern ewige Liebe geschworen. Hast mir sogar einen Ring geschenkt.« Sie streckte ihm die Hand mit dem für Giuliana gedachten teuren Kleinod daran hin.

»Ich war offenbar hackedicht.«

»Stimmt.« Sie grinste breit.

»Dann gilt der Schwur nicht. Geben Sie mir den Ring zurück.«

»Nur wenn du hältst, was du mir gestern versprochen hast. Richtig heiß gemacht hast du mich.« Sie fasste sich in den Schritt und leckte sich lasziv mit der Zunge über die Oberlippe. »Nimm mich! Sofort! Hörst du?«

»Keine Zeit.« Er schüttelte den Kopf. »Ich muss in meine Firma. Ohne mich läuft dort gar nichts. Und jetzt her mit dem Teil.«

»Und wenn ich ihn behalten will?« Sie versteckte die Hand mit dem Ring hinter ihrem Rücken.

»Gib schon her.« Er trat einen Schritt näher an sie heran.

»Kriegst ihn aber nicht.« Sie wich zurück.

»Wetten, dass?« Er sprang auf sie zu, packte sie am Arm, zog ihre Hand nach vorne und riss den Ring brutal von ihrem kleinen Finger herunter. Trotz ihrer Größe schien sie nicht sonderlich kräftig zu sein.

»Aua, grober Kerl!«, rief sie.

Dabei stolperte sie und riss ihn mit sich zu Boden. Ihr Bademantel klaffte weit auf.

Sie war nackt darunter.

Sein Blick blieb zwischen ihren Beinen hängen.

Er starrte sie ungläubig an.

»Du ... du ... bist gar keine Frau?«, stammelte er mit hochrotem Kopf.

»Hat das denn jemand behauptet?« Mercedes, der keine Frau, sondern ein höchst stattlicher Mann war, wie deutlich zu sehen war, lachte zum wiederholten Mal. »Na komm schon, Robert. Lass es uns endlich treiben. Du willst es doch auch.« Er griff ihm in die Haare und wühlte darin herum.

»Lass die Scheiße, Mann.« Robert riss sich los. Er sprang panisch auf, schnappte sich seine Jacke und lief wie von Furien gejagt zur Eingangstür des kleinen Appartements hinüber. Der Schlüssel steckte von innen.

Er sperrte auf.

Dann stürmte er hinaus.

»Gestern warst du zwar rotzevoll, aber irgendwie viel netter!«, rief ihm Mercedes nach. Anschließend war nur noch sein lautes Lachen zu hören.

Als Robert auf der Straße stand, holte er sein Handy aus der Hosentasche. Er wählte umgehend Giulianas Nummer. Auch wenn sie nichts mehr mit ihm zu tun haben wollte, musste er wissen, ob sie noch am Leben war oder ob er sie umgebracht hatte. Sonst würde er ab sofort keine ruhige Minute mehr haben.

52

Mittwoch, 12 Uhr Mittag, München Sendling.

Luigi stand aufgeregt mit den Händen herumfuchtelnd am Tresen seiner Stammkneipe hinter den Großmarkthallen. Zahlreiche Geschäftsleute aus der nächsten Umgebung trafen sich hier zum Mittagessen. In seiner üblichen Arbeitskleidung, einem lässigen grauen Straßenanzug, fiel er deshalb gar nicht weiter auf.

»Stell dir vor. Sie meinen, ich könnte Julia umgebracht haben«, sagte er zum Barkeeper und gleichzeitig einem seiner besten Freunde, Rudolfo.

Er sprach italienisch, damit ihn keiner der zumeist deutschen Gäste belauschen konnte. Was er zu sagen hatte, war nun wirklich nicht für fremde Ohren bestimmt.

»Wer meint das?«, erwiderte Rudolfo, ebenfalls auf Italienisch.

»Die Kripo. Ich glaube zumindest, dass sie es meint.«

»Du könntest nicht einmal einer Fliege etwas zuleide tut«, meinte Rudolfo. »Das müssen die doch sofort gemerkt haben, wenn sie ihren Beruf beherrschen.«

»Der Comissário hat mich auch nicht verhaftet. Aber stell dir vor, ich stehe trotzdem unter Mordverdacht. Peinlich genug. Ist das zu fassen? Wenn das Frank erfährt, schmeißt er mich raus.«

»So schnell kann er niemanden rausschmeißen. Erst recht nicht, wenn derjenige unschuldig ist, wie du.« Rudolfo begann damit, die benützten Gläser der Gäste zu waschen. Schön langsam, eins nach dem anderen. Er genoss es sichtlich, dass sein Chef beim Einkaufen war und ihn nicht wie gewöhnlich antreiben konnte. Die Sklaverei wurde schließlich längst abgeschafft.

»Das weiß ich aber nicht.« Luigi raufte sich die Haare.

»Was?«

»Ob ich unschuldig bin.«

»Wieso?«

»Weil ich so betrunken war, dass ich mich an nichts mehr erinnern kann.« Luigi schüttelte den Kopf.

»Wieso trinkst du denn so viel?«

»Saublöde Frage.« Luigi schlug ärgerlich mit der flachen Hand auf den Tresen. »Man trinkt und ist betrunken, wenn man zu viel erwischt hat. Dafür brauchst du keinen Grund, Maledetto. Du als Barkeeper solltest das am besten wissen.« Er sah Rudolfo vorwurfsvoll an. Wollte der ihn jetzt auch noch wegen seines Alkoholkonsums anklagen? Er bekam auf einmal das unbestimmte Gefühl, dass heute einfach nicht sein Tag war. Ganz im Gegenteil. Ein richtiger Scheißtag war es. Jawohl.

»Komm wieder runter, Luigi. Das wird sich schon alles aufklären«, versuchte Rudolfo ihn zu beruhigen. »In ein paar Tagen lachst du darüber.«

»Weißt du, was das Schlimmste ist?« Luigi machte ein tragisches Gesicht.

»Sag schon.«

»Ich habe Angst, dass ich es tatsächlich getan haben könnte in meinem Delirium. Vielleicht habe ich Julia wirklich geschubst, wie der Comissário sagte. Sie fiel hin, schlug unglücklich mit ihrem Hinterkopf auf und war auf der Stelle tot.«

»Sowas machst du nicht.« Rudolfo schüttelte den Kopf.

»Woher willst du das wissen?«

»Du bist schmächtig. Julia war kräftig. Eher hätte sie dich umgeschubst als umgekehrt.« Rudolfo grinste, obwohl das Thema ernst war.

»Schwachsinn.« Luigi winkte ab. »Ich bin kräftig genug, das weißt du.« Er leerte seinen Grappa in einem Sitz. »Noch einen«, orderte er mit rauer Stimme, während er das kleine Glas auf den Tresen knallte.

So ein alberner Trottel. Wer braucht Freunde, die einen in der Not auch noch verarschen, anstatt zu helfen?

»Hattest du denn Streit mit ihr an diesem Tag?« Rudolfo sah ihn eindringlich an.

»Das ist es ja.« Luigi nickte langsam. »Wir haben am Nachmittag böse gestritten, weil sie mich verlassen wollte, um ganz zu ihrem reichen Mann zurückzukehren. Dabei hat der Kerl sie sowieso nur mit anderen Frauen betrogen.«

»Dann sieht die Sache natürlich anders aus.« Rudolfo blickte sehr ernst drein. »Weiß der Comissário davon?«

»Ich hab es ihm gesagt, ja.« Luigi kippte seinen Grappa hinunter. Er bestellte sogleich den nächsten.

53

Mittwoch, 13.00 Uhr, Ettstraße, München.

»Was gibt's, Chef?« Bernd war auf Franz' Anruf hin in dessen Büro gekommen.

»Es geht um unseren Attentäter.« Franz hieß ihn mit einer Geste auf dem Besucherstuhl vor seinem Schreibtisch Platz zu nehmen. »Die von der Fahndung haben einen weiteren Verdächtigen gefunden.«

»Ist der Weißbierferdl doch nicht unser Mann?« Bernd staunte ihn verwundert an. Es hatte bisher immer so geklungen, als wäre Ferdinand Gruber auf jeden Fall der Täter.

»Sagen wir mal, es wäre möglich. Auf jeden Fall sind wir verpflichtet in alle Richtungen zu ermitteln. Das weißt du genauso gut wie ich.« Franz holte tief Luft. Sein Herz klopfte schnell. Offenbar machten das warme Wetter und der allgemeine Stress zurzeit seinem Kreislauf zu schaffen. Vielleicht sollte er doch irgendwann weniger rauchen.

»Stimmt schon«, brummte Bernd.

»Es ist also noch ein Scharfschütze aufgetaucht, der unseren Staatsanwalt Bauer und den kleinen Richter Steiner umgebracht haben könnte. Ähnliche Konstellation wie bei den anderen beiden. Sie hatten ihn für drei Jahre hinter Gitter gebracht. Max hatte ihn zuvor verhaftet. Der Mann befindet sich seit einem Monat auf freiem Fuß.«

»Klingt so, als sollten wir ihn uns genauer ansehen.«

»Eben.« Franz nickte bedeutungsvoll. »Wenn es Ferdinand Gruber, bekannt als Weißbierferdl, dieses Mal wieder nicht gewesen sein sollte und wir ihn trotzdem vor den Kadi zerren ...« Franz sprach den Satz nicht zu Ende.

»... würde es einen gewaltigen Justizskandal geben«, vervollständigte Bernd kopfnickend. »Ist klar, Chef. Ich mach mich auf den Weg. Haben wir Name und Adresse von dem Kerl?«

»Horst Brecher. Er wohnt in der Nymphenburger Straße gleich hinter dem großen Biergarten am Stiglmaierplatz.« Franz reichte ihm ein Blatt mit Brechers Bild und genauer Adresse darauf. »Nimm Werner mit.«

»Geht klar.«

»Sag mal«, fuhr Franz fort. »Wo ich dich gerade bei mir habe. Was würdest du eigentlich von einer politischen Partei halten, die sich um die Nöte von Kriminalbeamten kümmert?«

»Super.« Bernd zuckte die Achseln. »Würde ich sofort wählen. Bessere Bezahlung, weniger Überstunden und so weiter. Warum fragst du?«

»Na ja.« Franz zögerte einen Augenblick, bevor er weitersprach. »Ich trage mich mit dem Gedanken nach meiner Pensionierung in die Politik zu gehen.«

»Du willst in die Politik? Echt jetzt?« Bernd konnte sich ein ausgiebiges Grinsen nicht verbeißen.

»Ja.« Franz nickte mit ernster Miene. »Da brauchst du gar nicht so blöd zu grinsen. Ich habe auch schon einen Plan.« Er hob den Zeigefinger.

»Ich wähle dich, aber halte mich bitte aus dem Ganzen raus.« Bernd winkte ab. »Ich rufe an, sobald wir mehr über Horst Brecher haben. Alibi und so weiter.«

Nachdem er die Tür hinter sich geschlossen hatte, ging er kopfschüttelnd in sein Büro zurück.

Franz schien langsam aber sicher den Verstand zu verlieren. Möglicherweise war der neue Chef des Ganzen, Kriminalrat Maier schuld daran. Mit seinen ständigen Anrufen in der Abteilung übte er wirklich ungewöhnlich starken und vor allem überflüssigen Druck aus. Franz schien mehr als alle anderen darunter zu leiden. Seine andauernden Beschwerden darüber ließen jedenfalls darauf schließen. Und nun auch noch diese g'spinnerte Idee mit der Politik.

Wie auch immer.

Er würde jetzt jedenfalls Werner abholen und sich mit ihm auf den Weg zu Horst Brecher machen.

Marias Abschiedsgruß, den er am Morgen auf seinem Bett gefunden hatte, nachdem sie gegangen war, kam ihm wieder in den Sinn. Bestimmt zum zwanzigsten Mal an diesem Vormittag.

»Schön war's«, hatte sie darin geschrieben. »Du bist ein toller Mann. Aber mehr wird leider nicht daraus. Mein Herz ist besetzt. Ich muss immer noch zu sehr an meinen verstorbenen Mann denken.«

Die Nachricht hatte ihn endlos traurig gemacht. Aber vielleicht überlegte sie es sich noch. Auf jeden Fall würde er heute Abend bei ihr anrufen. Als Kommissar bei der Kripo wusste er, dass man die Hoffnung nie zu schnell aufgeben durfte. Weit mehr ungelöste Fälle, als ohnehin schon, würden sonst in den Archiven vor sich hin schimmeln.

54

Mittwoch, 14.00 Uhr, Münchner Innenstadt.

»Kann ich Ihnen helfen?« Josef reichte der ungefähr vierzig Jahre alten Frau im schwarzen Designermantel neben ihm seine Hand, um ihr über das kleine Rinnsal zu helfen, das vor ihnen über den Gehsteig floss. Es kam aus der Ladentür rechts von ihnen, wo die Besitzerin oder eine Angestellte gerade den Boden im Eingangsbereich wischte.

»Danke sehr.« Giuliana nahm sein Angebot mit einem dankbaren Lächeln im Gesicht an. Sie ließ sich von ihm stützen und sprang behände darüber.

»Josef, mein Name«, stellte er sich ihr vor, nachdem sie beide stehengeblieben waren. »Josef Stirner.« Sie war ihm bereits aus der Entfernung aufgefallen. Ausnehmend hübsch sah sie aus mit ihrem dunklen Lockenkopf. Hätte gut Monikas Zwillingsschwester sein können. Sehr selbstbewusst wirkte sie obendrein. Offenbar kam sie aus gutem Hause.

»Giuliana Ferragoni.«

Ihr Lächeln hätte jeden Eisberg zum Schmelzen gebracht und somit möglicherweise sogar den Untergang der Titanic verhindert. Natürlich nur, wenn sie damals an Bord gewesen wäre.

»Freut mich sehr. Was treibt eine so wunderschöne Italienerin zu uns nach München?« Er sah sie neugierig an.

»Dies und das«, erwiderte sie geheimnisvoll lächelnd.

»Genau wie bei mir.« Er lachte. »Dürfte ich Sie zum Essen einladen, nachdem wir uns jetzt so gut kennen?«

»Möglich.« Sie lachte ebenfalls. Neigte ihren Kopf zur Seite und sah ihn aus den Augenwinkeln an. »Madonna, Ihrem Tempo nach könnten Sie ein Landsmann von mir sein.«

»Essen?« Er blickte ihr tief in die grün schimmernden Augen.

»Kommt ganz darauf an, wo.«

»Gleich hier in der Nähe am Platzl«, meinte er. »Ein ganz hervorragendes Lokal. Es gibt dort bayerisch anspruchsvolle Hausmannskost auf Sterneniveau.«

»Klingt gut.« Sie hakte sich bei ihm unter. »Gehen wir.«

»Gerne.«

Als Josef sie im Restaurant noch einmal fragte, was sie in München machte, erklärte sie ihm, dass sie einen alten Freund besucht hätte. Der sei aber am Morgen nach Hamburg abgereist.

Sie bestellten, tranken, aßen und unterhielten sich hervorragend über Gott und die Welt.

Während Josef sie anschließend zu ihrem Hotel begleitete, tauchte auf einmal ein großer Mann vor ihnen auf. Er sah seltsam verwirrt und irgendwie reichlich verkatert aus.

»Gott sei Dank. Du lebst«, sagte er atemlos zu Giuliana. »Warum bist du denn den ganzen Tag nicht an dein Telefon gegangen? Ich hatte eine Heidenangst um dich.«

»Was willst du hier, Robert?«, herrschte sie ihn von oben herab an. Sie schien auch ganz anders zu können, als Josef bis jetzt den Eindruck gehabt hatte. Möglicherweise fühlte sie sich aber auch einfach nur von dem Kerl bedrängt und meinte, sich deshalb so vehement benehmen zu müssen.

»Ich bin hier zuhause und gehe zum Zahnarzt.«

»Ich will dich nicht mehr sehen.« Mit wild wedelnden Händen schien sie den großen übergewichtigen Mann, der also Robert hieß, wie eine lästige Fliege verscheuchen zu wollen.

»Dann geh einfach weiter. Wer ist eigentlich der Kaschperlkopf neben dir?« Robert zeigte auf Josef. »Hast nicht lange gewartet mit einem Neuen.«

»Das geht dich gar nichts an.« Sie presste ihre Lippen zu einem schmalen Strich aufeinander.

»Und ob mich das etwas angeht, du Schlampe.« Robert wurde schlagartig laut. Die vorbeigehenden Passanten drehten sich nach ihnen um. »Andauernd machst du mit irgendeinem anderen herum.«

»Verschwinde, Robert, oder ich rufe die Polizei.«

»Du rufst die Polizei? Da lache ich nur. Dann kannst du dich gleich selbst wegen Mordes anzeigen. Bestimmt hast du Julia eben doch auf dem Gewissen, du verlogenes Miststück.« Robert spuckte Gift und Galle.

»Jetzt ist es aber gut«, mischte sich Josef ein. »Bitte gehen Sie weiter und lassen Sie uns in Ruhe. Sie sehen doch, dass die Dame nicht mit Ihnen reden will.«

»Halt du dein Maul, Bürscherl. Sonst schenk ich dir eine ein, die sich gewaschen hat.« Robert starrte Josef hasserfüllt an.

»Bitte gehen Sie einfach«, wiederholte der in ruhigem Tonfall.

»Halt's Maul, sage ich.« Robert holte zum Schlag aus.

Bevor er ihn jedoch ausführen konnte, hatte Josef ihn an Arm und Genick gepackt und blitzschnell mit einem gekonnten Judowurf auf den Boden befördert. Womit auf eindrucksvolle Weise bewiesen war, dass sich das wöchentliche Nahkampftraining mit Max in dessen altem Polizeisportverein durchaus bezahlt machte.

»Willst du noch mehr?«, fragte Josef seinen Kontrahenten, während er sich über ihn beugte und nun seinerseits zum Schlag ausholte.

»Nein«, wehrte Robert ängstlich ab. »Bitte lassen Sie mich. Ich habe es nicht so gemeint. Bin zurzeit sehr nervös. Ihre neue Freundin und ich haben uns nämlich gestern Abend getrennt.«

»Ist das wahr?« Josef sah Giuliana fragend an.

»Ja, stimmt.« Sie nickte langsam.

»Dann kommen Sie.« Er half Robert auf. »Seltsamer Zufall, dass wir uns hier über den Weg laufen.«

Also war ihr sogenannter alter Freund heute Morgen gar nicht nach Hamburg abgereist. Was mochte sie wohl sonst noch für Schwindeleien im Gepäck haben.

»Alles gut«, fauchte Robert mit zur Abwehr gehobenen Händen im Rückwärtsgang, als Josef ihm den verschmutzten Mantel mit einem Papiertaschentuch abputzen wollte. »Auf Wiedersehen.«

»Einen temperamentvollen Freund haben Sie da bis gestern Abend gehabt«, sagte Josef zu Giuliana, nachdem Robert verschwunden war. »Verfolgt er Sie etwa?«

»Keine Ahnung.« Sie zuckte die Achseln. »Er scheint völlig mit den Nerven runter zu sein. Seine Frau Julia kam vor kurzem in den Isarauen ums Leben.«

»Ach, dann war das Robert Hemmschuh?«

»Woher kennen Sie den Namen?« Sie blickte ihn erstaunt an.

»Ein Freund hat mir kürzlich zufällig von ihm erzählt.«

Schon witzig. Da lief ihm hier doch glatt einer von Max' Verdächtigen über den Weg. Hatte Giuliana am Ende auch etwas mit dem Tod von Julia Hemmschuh zu tun? Hatte Hemmschuh gerade nicht sogar etwas in der Art angedeutet?

»Ein Freund«, wiederholte sie. »Das ist alles gerade etwas viel Zufall. Finden Sie nicht auch?«

»Es kommt, wie es kommt.« Er zuckte leichthin die Achseln. *Wenn du schwindeln kannst, kann ich das schon lange, Mädchen.*

»Jedenfalls hat er sich erst in der letzten Zeit als Idiot rausgestellt. Vorher war er wirklich immer sehr nett.« Tränen stiegen ihr in die Augen. Das Ganze schien sie mehr mitzunehmen, als es zunächst den Anschein gehabt hatte. »Es tat irgendwie gut, ihn am Boden liegen zu sehen«, fuhr sie fort. »Vielleicht war es eine hilfreiche Lektion für ihn.«

»Gut möglich, aber aus der allgemeinen Erfahrung heraus eher unwahrscheinlich.« Josef schüttelte den Kopf. »Was meinte er damit, als er sagte, Sie hätten Julia Hemmschuh auf dem Gewissen?«

»Nichts.« Sie winkte ab. »Er ist lediglich wütend auf mich. Ich habe seiner Julia nichts getan. Das kann ich sogar beweisen.«

»Dann ist ja alles gut.«

»Manchmal merkt man gar nicht, wie kaputt die Menschen um einen herum sind«, meinte Giuliana, jetzt ebenfalls den Kopf schüttelnd. »Dabei will jeder von uns nur ein wenig Fröhlichkeit und Liebe und ein langes Leben.«

»Wahre Worte.«

Frag mal die tote Julia Hemmschuh, was sie dazu meint.

»Manchmal kann einem das alles hier ganz schön sauer aufstoßen, stimmt`s?« Sie sah ihn erwartungsvoll an. So als hätte er eine Antwort auf dieses Problem.

»Sollen wir shoppen gehen?«, wechselte Josef unvermittelt das Thema. Er wollte nicht noch mehr Zeit mit Gesprächen über allgemeinen Weltschmerz und den aggressiven Kasper von gerade verschwenden. Für ihn war Robert Hemmschuh einfach nur ein rauflustiger Depp, die Welt sowieso schon immer verrückt, und damit war die Sache auch schon wieder erledigt. »Ich kenne eine kleine aber feine Boutique gleich ums Eck, die lässt keine Wünsche offen.«

»Oh ja, sehr gerne.« Sie hakte sich schnell bei ihm unter. »Das ist genau das, was ich jetzt brauche.«

»Wusste ich es doch.«

Während sie sich auf den Weg machten, kam Josef doch noch ins Grübeln. Es erschien ihm seltsam, dass Männer, die sich Frauen gegenüber brutal aufführten, oftmals so feige waren, wenn es gegen andere Männer ging.

Er musste Max auf jeden Fall baldmöglichst anrufen und ihm berichten, wie schräg und impulsiv sein Verdächtiger drauf war.

Vielleicht hatte er seine Frau, wie gerade Giuliana und ihn, in einem ähnlichen Tobsuchtsanfall angegriffen und dabei umgebracht. Es musste nicht einmal vorsätzlich gewesen sein.

55

Luigi war gegen 14 Uhr von seiner verlängerten Mittagspause zurück in der Arbeit. Franz hatte dort in der Zwischenzeit Luigis Chef, Frank Hundhammer angerufen und ihm mitgeteilt, dass Luigi morgen Vormittag um zehn aufs Revier in der Ettstraße kommen solle, wegen einer Aussage.

»Was will die Polizei von dir?« fragte Frank seinen normalerweise zuverlässigsten Angestellten, nachdem er ihn in ihrem gemeinsamen Büro begrüßt hatte. »War da nicht erst einer hier von denen?«

»Keine Ahnung, was die wollen.« Luigi zuckte die Achseln.

»Gar keine?« Frank beäugte ihn misstrauisch. »Wenn du was ausgefressen hast, sag's lieber gleich.«

»Also, gut. Es geht um eine Verkehrssache. Ich hab letzte Woche einen Unfall beobachtet und mich als Zeuge zur Verfügung gestellt. Muss ja nicht gleich jeder wissen.«

»Und da kommen die extra her und rufen auch noch hier an?« Frank schien ihm nicht zu glauben. »Normalerweise bekommt man doch eine Vorladung per Post nach Hause.«

»Was weiß denn ich.« Luigi blickte unschuldig drein. »Sie haben wohl noch Fragen und werden es halt besonders eilig haben.«

»Sag mal, rieche ich da etwa Grappa?« Frank hielt seine Nase in die Luft. Er schnüffelte laut vernehmbar.

»Neue Zahnpasta.« Luigi setzte sich an seinen Schreibtisch und drehte ihm den Rücken zu.

»Mit Grappa-Geschmack. Bestimmt aus Italien, was?«
Frank schüttelte den Kopf. »Die Extrastunde Mittagspause ziehe ich dir vom Lohn ab. Das ist dir schon klar, oder?«

»Habe nichts anderes erwartet.« Luigi schaltete seinen Computer ein. Er starrte reglos auf den Bildschirm.

»Hab ich mich da gerade verhört?«

»Nein. Es hätte mich gewundert, wenn du ausnahmsweise einmal großzügig gewesen wärst.« Luigi würdigte seinen Chef keines Blickes. »Aber keine Angst. Ich mache die andauernden Überstunden ohne Bezahlung sehr gerne für dich.« Er wusste, dass er mit seinem offenkundigen Spott gerade möglicherweise zu weit ging. Aber irgendwann platzte auch dem geduldigsten Esel der Kragen. Besonders wenn er selbst gerade die größten Sorgen hatte.

»Willst du damit etwa sagen, dass du unterbezahlt bist?«

»Man könnte es durchaus so ausdrücken.«

Frank war ein gnadenloser Despot und Leuteschinder. Jeder in der Firma wusste das. Luigi allen voran. Er saß schließlich mit ihm im selben Zimmer. Allerdings wurde Frank nicht gern auf seine persönlichen Defizite aufmerksam gemacht. Er wollte die unangenehme Wahrheit über sich selbst einfach nicht sehen. Seine diesbezügliche Verdrängungsfähigkeit ging sogar so weit, dass er sich selbst für einen großartigen Weltverbesserer und Menschenfreund hielt.

»Zumindest bin ich großzügiger als du, stimmt's?«, erwiderte Luigi.

»Niemals.«

»Eben schon.«

Nicht zu fassen, wie sehr sich manche Leute selbst in die Tasche lügen können. Vor allem mein eingebildeter Chef.

»Nein.« Frank schüttelte selbstsicher den Kopf.

»Doch.«

Luigi gab nicht nach. Normalerweise war das nicht seine Art. Aber der Grappa schien ihm heute besonderen Mut verliehen zu haben.

»Was wird das hier? Ein Zwergenaufstand?« Frank lachte humorlos. Ein drohender Unterton schlich sich in seine Stimme. »Pass auf, Luigi. Du hast den Job hier nur bekommen, weil ich das so wollte. Ich hab dich von der Straße geholt. Vergiss das nie. Wenn du jetzt frech wirst, kannst du gerne deine Sachen packen und wieder dahin verschwinden, wo du hergekommen bist.«

»Alles gut, Chef«, lenkte Luigi ein. »War nur Spaß. Ich bin gerade etwas fertig. Meine Mama ist schwer krank. Da musste ich bei meinem Kumpel an der Bar ein bisschen Dampf ablassen.«

Blödes Arschloch. Andauernd muss er einem unter die Nase reiben, dass man das Glück, bei ihm zu arbeiten, gar nicht verdient hat. Lang bleibe ich nicht mehr hier. Ich finde schon was anderes. Bestimmt. Hoffentlich. Mist.

»Das kannst du nach deiner Arbeit tun, solange du willst. Und jetzt mach dich an die neuen Aufträge. Aber ein bisschen plötzlich.«

»Geht klar, Chef.« Luigi begann eine neue Adresse in sein Mailprogramm einzutippen.

»Was hat deine Mama?«

»Lungenentzündung«, log Luigi.

Seine Mutter lag längst in Neapel unter der Erde. Sie war vor zwanzig Jahren beim Baden im Meer ertrunken. Sein Vater war in der Sonne eingeschlafen und hatte sie nicht im Wasser rufen gehört. Tragisch und traurig zugleich.

Luigi hatte es Frank noch nie erzählt. Sie kannten sich, duzten sich. Aber näheren privaten Kontakt hatten sie nicht.

Das war auch gut so, wie sich gerade wieder mal deutlich zeigte.

»Das heilt wieder«, wusste Frank.

»In dem Alter schwierig, meint der Arzt.«

»Na gut. Sag Bescheid, wenn du Geld für Medikamente brauchst.«

»Sie ist krankenversichert.« Luigi verdrehte die Augen, was Frank, der hinter ihm saß, natürlich nicht sehen konnte. *Jetzt hält er sich wieder für die Heilige Mutter Teresa von der Isar. Dabei würde er mir keinen einzigen Cent geben, wenn's wirklich drauf ankommt. Ich könnte ihm glatt eine reinhauen.*

»Umso besser.«

»Genau. Ich will dich schließlich nicht arm machen.« Luigi tippte flink die Adresse eines neuen Kunden ein.

56

Mittwoch, 15.00 Uhr, Kripo, Büro Franz, Ettstraße.

»Wenn ich nicht bald überzeugende Ergebnisse auf dem Tisch habe, lässt mich Kriminalrat Maier vierteilen.«

»Ist der wirklich so krass drauf?«, fragte Max am anderen Ende der Leitung. Franz hatte ihn gerade erneut angerufen, um mit ihm den Stand der Dinge auszutauschen.

»Das ist er.« Franz nickte. Er lehnte sich bequem zurück, platzierte seine Füße auf dem Schreibtisch.

Für ihn selbst und jeden anderen auch nur ansatzweise Medizininteressierten ein absolut logischer und sinnvoller Vorgang im Büroalltag. Die Durchblutung des Gehirns funktionierte einfach besser, wenn man die Beine hochlegte. Erhöhte Konzentration und eine somit verbesserte Denkleistung waren direkte Folgen davon.

Nur der ignorante Kriminalrat Maier würde das bestimmt falsch beurteilen und ihm deshalb gleich wieder Faulheit unterstellen. Typisch ahnungsloser Vorgesetzter eben.

»Ich hab aber leider immer noch keinen eindeutigen Schuldigen im Fall Julia Hemmschuh und Irmi Bauretter für dich«, beteuerte Max.

»Nicht mal ein paar winzige Indizien?«

»Schaut eher schlecht aus. Du weißt doch selbst, dass wir an den Tatorten nichts wirklich Verwertbares fanden.«

»Verdammter Mist. Gib Gummi, Max. Hier brennt echt die Luft.«

»Ich tue mein Möglichstes, glaube mir. Der Fall ist verzwickt. Alle möglichen Leute kämen als Täter infrage, und dann doch wieder nicht.«

»Aber wir müssen liefern. Maier macht mich fertig.« Franz nahm die Füße vom Tisch. Er lief jetzt mit seinem Smartphone in der Hand in seinem kleinen Zimmer auf und ab.

»Ich geb mir Mühe.« Max lachte hilflos. »Selten bescheuerter Fall«, fügte er hinzu. »Was ist mit dem Weißbierferdl?«

»Auch nichts Neues.« Franz setzte sich wieder. Es war warm im Büro, obwohl er vorhin extra das Fenster geöffnet hatte. Vielleicht aber auch genau deswegen, denn draußen war es ebenfalls warm. Er wischte sich mit dem Handrücken den Schweiß von der Stirn. »Er ist wie vom Erdboden verschluckt. Aber wir bleiben dran, Max.«

»Das freut mich. Macht keinen großen Spaß als lebendige Zielscheibe für einen schießwütigen Geistesgestörten durch die Gegend zu laufen.«

»Wir kriegen ihn. Ehrensache, Max. Mach dir keine Sorgen.« Franz überlegte, ob er nach dem Telefonat auf die Straße hinuntergehen sollte, um eine Zigarette zu rauchen. Verdient hätte er sich ein paar kräftige Züge allemal bei dem ganzen Stress zurzeit.

»Wenn du das sagst.« Max klang wenig überzeugt. »Da fällt mir gerade übrigens doch noch was zum Ehepaar Hemmschuh ein.« Er räusperte sich. »Josef hat nämlich mit mir telefoniert. Er hat in der Innenstadt zufällig Giuliana Ferragoni kennengelernt. Dann lief ihnen auch noch Robert Hemmschuh über den Weg und rastete total aus.«

»Das hat er mir auch erzählt. Stimmt, hätte ich fast vergessen. Da kannst du mal sehen, wie sehr ich unter Druck stehe.«

»Oder das Alter schlägt bereits zu«, fuhr Max spöttelnd fort. »Hemmschuh scheint jedenfalls lange nicht so friedliebend zu sein, wie er immer tut. Ich knöpfe ihn mir am besten nochmal vor. Die Ferragoni auch. Hemmschuh hat sie vor allen Leuten als Mörderin seiner Frau Julia beschimpft.«

»Na also, geht doch. Möglicherweise war er seiner Frau gegenüber in der Nacht, in der sie zu Tode kam, ebenfalls nicht Herr seiner Sinne.«

»Genau das dachte ich mir auch. Steht zwar auf wackeligen Füßen, weil reine Vermutungen. Aber wann vermuten wir nicht. Einen Versuch ist es allemal wert.«

»Bevor wir nur noch im Trüben fischen.« Franz zuckte die Achseln.

»Eben.«

»Viel Glück. Beeil dich.«

Franz legte auf. Er nahm sein Jackett vom Garderobeständer und verließ sein Büro. Durch das Fenster im Flur konnte er bereits drei Kollegen von der Sitte sehen, die unten vor der Eingangstür standen und rauchten.

Da sollte nochmal einer behaupten, Raucher seien ungesellige Zeitgenossen, weil sie ihre nichtrauchenden Begleiter oft alleine im Lokal sitzen ließen. Das genaue Gegenteil war der Fall. Raucher lernten sogar oft genug neue Leute kennen. Meist nur andere Raucher zwar. Aber wen interessierte das. Es waren auf jeden Fall neue Leute, mit denen man sich über dieses und jenes unterhalten konnte.

Natürlich hätte man als Ministerpräsident das Rauchen wieder überall erlauben können. Aber was sollte es. Auch schon egal.

57

Mittwoch 16.00 Uhr, München Trudering.

»Horst Brecher ist nicht zuhause. Sein Nachbar meinte, er wäre vor drei Wochen nach Argentinien geflogen. Ein längerer Urlaub, sagte er. Ich habe Werner zurück ins Revier geschickt. Komme sobald wie möglich nach.«

»Okay, Bernd. Wir überprüfen das mit dem Flug nach Argentinien von hier aus.« Franz klang ärgerlich.

»Was haben unsere Uniformierten in Waldperlach herausgefunden?«, fragte Bernd.

»Bisher nichts. Sie sind noch dabei.«

»Mist.«

Wenn ihnen nur endlich dieser Weißbierferdl ins Netz gehen würde. Dann sähe die Welt anders aus.

»Das kannst du laut sagen. Was machst du jetzt noch?«

»Wie meinst du das?«

»Du hast gesagt, du kommst später nach.«

»Ich frage nochmal in dieser Tankstelle in Trudering wegen dem Weißbierferdl nach. Vielleicht gibt es dort etwas Neues.«

Bernd stand bereits vor dem Fenster des Verkaufsraumes. Er konnte Maria an der Kasse arbeiten sehen. Für ihn war sie nach wie vor die schönste Frau, die ihm jemals begegnet war. Ihr wunderbares Lächeln, ihre leichten perfekten Gesten. Alles passte auf wunderbare Art zusammen bei ihr.

»Werner meinte, die Besitzerin dort wäre sehr attraktiv.« Franz klang leicht amüsiert.

Was lacht er so blöd? Hat Werner ihm etwa von mir und ihr erzählt?

»Geht so.«

Nur nichts anmerken lassen. Maria ist meine Privatsache und geht sonst niemanden etwas an.

»Du kommst aber schon wieder im Büro vorbei vor morgen Früh?« Franz lachte erneut.

»Wieso nicht?« Bernd wurde rot. Gott sei Dank sah es niemand. Die anscheinend witzig gemeinten Andeutungen gingen ihm gerade eindeutig zu weit. »Ich muss Schluss machen, Franzi«, stammelte er hastig.

Sie legten auf.

Bernd steckte sein Handy ein und rückte seine Jacke zurecht. Dann ging er mit entschlossener Miene zu Maria hinein.

»Hallo«, begrüßte er sie mit einem leichten Kopfnicken.

»Servus, Bernd. Ich wollte dich schon anrufen.«

Sie fertigte ihren letzten Kunden ab. Dann ging sie mit Bernd in die Brotzeitecke, wo sie ungestört waren.

»Ein Anruf hätte mich gefreut. Dein Brief war irgendwie seltsam.« Er räusperte sich. »Du hättest dich nicht rausschleichen müssen. Mit mir kann man reden.«

»Tut mir leid, Bernd, du bist ein toller Kerl.« Sie legte den Kopf schief, strich mit einer anmutigen Bewegung eine vorwitzige Strähne aus ihrem Gesicht. »Aber in meinem Herz ist wirklich kein Platz frei für etwas Neues.«

»Vielleicht können wir mal wieder was essen gehen.«

Sie redet gestelzt daher, wie in einem Schnulzenroman. Ist wohl ihre Art auf Abstand zu gehen.

»Bestimmt. Irgendwann.« Sie lächelte bedauernd.

Er registrierte, dass er ihr offenbar sympathisch war. Trotzdem schien sie ihn loswerden zu wollen. Sie hielt zweifellos immer noch an ihrem verstorbenen Mann fest.

Bernd wusste, dass er das akzeptieren musste. Obwohl es ihm weh tat und unendlich schwer fiel. So etwas wie bei ihr musste von selbst heilen, sagte er sich. Dann, wenn der richtige Zeitpunkt dafür gekommen war.

»Dabei würden wir so gut zusammenpassen«, unternahm er einen letzten halbherzigen Versuch, sie vielleicht doch noch hier und jetzt auf seine Seite zu ziehen. Er lächelte schwach.

»Tut mir leid, schöner Mann.« Sie schüttelte langsam den Kopf. Tränen in den Augen. »Es geht einfach nicht.«

»Dann soll es wohl so sein.« Er straffte seinen Oberkörper. »Eine Frage habe ich trotzdem noch.«

»Ja?« Sie sah ihn neugierig an. »Aber bitte schnell. Da kommt schon wieder neue Kundschaft.« Sie zeigte auf das junge Paar, das gerade auf dem Weg zur Kasse war.

»Hast du unseren Verdächtigen wieder mal hier gesehen?«

»Nein.« Sie schüttelte den Kopf. »Sonst hätte ich dich doch sofort angerufen.«

»Tatsächlich?«

»Natürlich.«

»Dann vielen Dank, Maria. Mach's gut.« Er reichte ihr die Hand zum Abschied.

Sie ergriff sie, zog ihn schnell zu sich heran und hauchte ihm einen kurzen Kuss auf die Wange. Anschließend drehte sie sich um und machte sich wieder an ihre Arbeit.

Bernd blieb noch eine Weile lang stehen, wo er stand. Dann verließ er Marias Tankstelle. Er schwor sich, so schnell nicht wieder hierher zurückzukehren.

58

Mittwoch, 17.00 Uhr, Robert Hemmschuhs Firma, Untergiesing.

Max klopfte an Robert Hemmschuhs Bürotür.

»Herein!«, ertönte es von innen.

Max drückte die Klinke herunter.

»Servus, Herr Hemmschuh«, sagte er zur Begrüßung. »Ich muss Sie leider nochmal stören.«

»Was gibt es denn noch, Herr Raintaler?« Robert sah ihn sichtlich genervt an. »Sie kommen mir langsam vor, wie dieser Amerikaner im Fernsehen früher. Dieser Columbo. Der kam auch andauernd wieder zurück.«

»Darf ich mich trotzdem setzen?«

»Von mir aus.« Robert zeigte gönnerhaft auf den Besucherstuhl vor seinem Schreibtisch.

»Es geht nochmal um den Tod ihrer Frau.«

»Was ist denn noch damit? Ich denke, da ist alles gesagt.« Robert trommelte ungeduldig mit den Fingern auf seiner Schreibtischplatte herum.

Er schien gerade keine große Lust zu haben, sich mit Max zu unterhalten. Den wunderte das nicht. Fragen, die in den Privatbereich vordrangen, waren für jeden unangenehm. Vor allem wenn es ums Kriminalistische ging.

»Wir haben viele Verdächtige, aber immer noch keinen Täter in dieser Angelegenheit.«

»Ist das etwa meine Schuld?«

»Nein.« Max lächelte verbindlich. »Aber wir überprüfen nochmals alle Menschen, die mit der Toten in Verbindung standen.«

»Bitte, prüfen Sie.« Robert zuckte die Achseln. »Ich habe nichts zu verbergen.« Er lehnte sich selbstsicher in seinem Bürosessel zurück.

»Waren Sie jemals gewalttätig gegenüber anderen Menschen, Herr Hemmschuh?« Max beugte sich ein Stückweit vor, während er seine Frage stellte. Keine noch so kleine Regung in Roberts Gesicht sollte ihm entgehen.

»Nein.« Robert schüttelte mit undurchdringlicher Miene den Kopf.

»Was ist mit Giuliana Ferragoni? Gab es da gestern Abend nicht einen Streit in ihrem Hotelzimmer, bei dem sie ihr die Gurgel abdrückten?«

»Wer sagt denn sowas?«

»Frau Ferragoni.«

»Die lügt wie gedruckt, die Schlampe. Es war genau anders herum. Sie warf eine Nachttischlampe nach mir. Fast hätte sie mich damit umgebracht.«

»Stimmt es, dass sie sich von Ihnen trennen wollte?«

»Umgekehrt wird ein Schuh draus.« Robert schüttelte erneut den Kopf. »Ich wollte mit ihr Schluss machen. Wie kommen Sie überhaupt auf sie? Soweit ich weiß, habe ich Ihnen ihren Nachnamen nicht verraten.«

»Warum wollten Sie mit ihr Schluss machen?« Max ignorierte Roberts Frage.

»Das tut nichts zur Sache.« Robert vollführte eine ärgerliche wegwischende Geste mit der rechten Hand. »Ich wollte nicht mehr und Schluss.«

»Sie sind auch nicht total ausgerastet, als Sie ihr heute Mittag in der Innenstadt begegneten?« Max nahm ihn erneut genau ins Visier.

»Behauptet sie das etwa auch?« Robert machte große Augen.

»Ja.« Max nickte. »Es gibt sogar einen Zeugen.«

»Etwa der Gewalttäter, der bei ihr war?«

»Der Herr ist beileibe kein Gewalttäter«, widersprach Max. »Er ist ein sehr angesehener Bürger unserer Stadt. Was hätte er außerdem in Ihrem Fall davon, zu lügen. Sie können ihm letztlich völlig egal sein. Er kennt Sie nicht einmal.«

»Wahrscheinlich hat die italienische Schlampe ihn verhext.«

»Also, was ist jetzt, Herr Hemmschuh? Rutscht Ihnen gelegentlich die Hand aus, wenn Ihnen alles zu viel wird oder nicht? Geht uns doch allen ab und zu so.« Max gab sich burschikos freundschaftlich. Frei nach dem Motto »Männer müssen zusammenhalten«. Oft genug fielen Verdächtige auf derartige gespielte Solidaritätsbekundungen herein.

»Nein.«

»Das glauben Sie doch selbst nicht.« Max zwinkerte ihm zu. »Kommen Sie schon.«

»Jeder andere vielleicht. Ich nicht.« Robert schüttelte vehement den Kopf. »Ich drohe. Das gebe ich zu. Aber ich schlage nicht zu.«

»Wirklich nicht?«

Mann, oh, Mann. Ein harter Brocken.

Max' Smartphone spielte das »Lied vom Tod«. Franz Name erschien auf dem Display. Er drückte den Anruf weg. Konnte jetzt keine Störung gebrauchen. Er war sich sicher, dass sein Gegenüber jeden Moment alles zugeben würde. Da musste nur noch ein wenig nachgebohrt werden.

»Wahnsinn, die Melodie von meinem Lieblingsfilm!«, rief Robert.

»Ihrer auch?« Max staunte nicht schlecht.

»Claudia Cardinale ist eine Göttin darin.«

»Charles Bronson ist einfach unschlagbar.«

»Und die Musik von Ennio Morricone erst. Ein Wahnsinn.« Robert riss begeistert die Augen auf.

»Absolut. Der beste Western aller Zeiten.« Max schlug sich vor Begeisterung auf den Schenkel.

Er liebt »Spiel mir das Lied vom Tod«. Normalerweise kann so jemand nicht schuldig sein. Egal an was. Aber da bin ich wohl ein wenig befangen. Zugegeben.

»Also gut, Herr Raintaler.« Robert sah Max lange an. »Giuliana hat mich zur Weißglut getrieben«, gab er schließlich zu. »Sie hat einen anderen. Als sie es mir gestern gestand, packte ich sie am Schlafittchen und schüttelte sie. Aber ich würde niemals jemanden umbringen. Meine geliebte Julia schon gar nicht. Das müssen Sie mir einfach glauben.«

»Warum hatten Sie denn überhaupt ein Verhältnis mit Frau Ferragoni, wenn Sie Ihre Frau so sehr liebten?«

»Sie wissen doch, wie so etwas läuft, Herr Raintaler. Ein romantischer Abend, die eigene Frau ist mit einer Freundin im Urlaub, und schon braucht man ein wenig Zuspruch und Trost.«

»Tatsächlich? Ist das so?«

»Ja.« Robert nickte. »Oder nicht?«

»Keine Ahnung.« Max zuckte die Schultern.

Jetzt nur nichts Falsches sagen.

»Ich schon.«

»Na gut, Herr Hemmschuh. Das war's dann erstmal.«

»Fertig?«

»Ja.«

»Sie glauben mir?«

»Eher schon, würde ich sagen.« Max nickte. »Sie können froh sein, dass Frau Ferragoni sie nicht anzeigt, wegen der Sache im Hotelzimmer.«

»Danke, Herr Raintaler.«

»Bitte kommen Sie in den nächsten Tagen im Revier in der Ettstraße vorbei und machen Sie eine schriftliche Aussage. In Ordnung?« Max erhob sich von seinem Stuhl.

»Ach übrigens. Da drüben steht eine Kiste mit Reginas Sachen.« Robert zeigte auf die kleine Sitzecke links von ihm. »Jemand aus ihrem Supermarkt hat sie vorhin bei meiner Sekretärin abgegeben, weil ich so etwas wie der letzte lebende Verwandte bin.«

»Aha. Und?«

»Da sind billiger Schmuck, ein getragener Minirock, T-Shirts, Unterwäsche und so Zeugs drinnen. Sie wissen schon, Mädelssachen eben.«

»Okay.«

»Ich brauche nichts davon.«

»Da würde ich schon gerne mal einen genaueren Blick draufwerfen.« Max zuckte mit den Schultern. Große Hoffnungen auf die entscheidende Spur unter den Sachen machte er sich nicht. Aber nachschauen musste er. Das war seine Pflicht als Ermittler.

»Nehmen Sie die Kiste einfach mit.«

»Danke, Herr Hemmschuh. Schöne Pflanzen haben Sie da übrigens. Wirken total natürlich.« Max zeigte auf die täuschend echt aussehende Plastikpalme neben dem Schreibtisch und den ebenfalls sehr lebensecht erscheinenden Kaktus auf dem Fenstersims. Sogar zwei knallrote große Blüten hatte ihm sein findiger Designer verpasst.

»Ich liebe die Dinger.« Robert lächelte. »Haben nur Vorteile. Sie erfreuen das Auge, riechen nicht und müssen weder gegossen noch umgepflanzt werden.«

»Wo haben Sie die her? Könnte ich gut für meine Wohnung gebrauchen so was.« Max machte ein neugieriges Gesicht.

»Meine Sekretärin gibt Ihnen die Adresse.« Robert nickte ihm noch einmal knapp zu. Dann vertiefte er sich in den Bildschirm seines Computers. Was wohl heißen sollte, dass die Audienz nun endgültig beendet war.

Max ging hinaus ins Vorzimmer.

Plastikpflanzen. Dass er da nicht längst selbst draufgekommen war. Gleich morgen würde er sich welche kaufen. Dann konnte Moni nie wieder über seinen mangelnden grünen Daumen meckern.

59

Mittwoch, 21.00 Uhr, Monikas kleine Kneipe, Thalkirchen.

Max hatte sich zuhause umgezogen und war zu Monikas kleiner Kneipe geeilt. Sie hatte ihn angerufen und gefragt, ob er ihr beim Ausschenken helfen könne. Im Inneren natürlich, wo er von der anderen Straßenseite aus nicht zu sehen wäre. Es wäre riesig was los. Sie ersticke in Arbeit. Anneliese wäre in der Küche vollauf beschäftigt.

Jetzt war er hier und hatte sogleich das Kommando über die Zapfhähne übernommen.

Die Kiste mit Reginas Sachen hatte er vorhin daheim noch oberflächlich durchwühlt, jedoch wie erwartet nichts Weltbewegendes darin gefunden. Er würde morgen noch einmal gründlicher darin nachsehen. Machte sich aber keine großen Hoffnungen, dass es dann anders wäre.

Josef kam mit einer gutaussehenden dunkelhaarigen Frau im Schlepptau herein. Südländischer Typ, tolle Figur, große grüne Augen, lockige Haarpracht, Charakternase, knappes Pelzjäckchen, schlanke Beine bis in den bayerischen Himmel hinauf. In ihrem denkbar knappen Minirock kamen sie besonders zur Geltung. Sie hätte locker als Monikas jüngere Schwester durchgehen können.

»Das ist Giuliana, Max«, stellte Josef sie vor, als sie bei ihm ankamen und sich ihm gegenüber auf zwei zufällig gerade frei gewordene Barhocker setzten. »Sie wollte mal ein richtig uriges bayerisches Lokal sehen. Was wäre da besser geeignet als Monis Kneipe, dachte ich mir.«

»Da hattest du absolut recht. Guten Abend, Giuliana.« Max lächelte charmant. »Man trägt wieder Pelz?«

»Guten Abend, Max. Ich darf doch Max sagen?« Sie reichte ihm ihre grazile Hand mit den vielen edelsteinbesetzten Ringen an den Fingern. »Es ist ein Kunstpelz. Gut gemacht, nicht wahr?«

»Sehr gut.« Er nickte beifällig. »Giuliana Ferragoni. Das freut mich wirklich sehr.« Natürlich wusste er von dem Telefonat mit Josef bereits, wer sie war. Ihr blendendes Aussehen war ihm allerdings neu.

»Woher wissen Sie meinen Nachnamen? Kennen wir uns?« Sie sah ihn verwundert an.

»Nein.« Er winkte lächelnd ab. »Ich habe in einer Zeitschrift einmal ihr Bild gesehen«, log er.

Noch wollte er ihr gegenüber nicht aufdecken, dass er im

Fall Julia Hemmschuh ermittelte und sich bei Josef vorab über sie erkundigt hatte.

»Und das haben Sie sich so gut gemerkt?« Sie schenkte ihm einen intensiven Blick.

»Sie haben mir eben besonders gut gefallen.«

»Das freut mich sehr.« Sie strahlte ihn offenherzig an.

»Mich auch.« Er grinste breit zurück. »Sie waren mit Robert Hemmschuh zusammen, stimmt's?« Er sah ihr lange in die Augen. »Ist da jetzt wirklich endgültig Schluss? Auch von Ihrer Seite aus?«

»Das geht Sie zwar nichts an. Aber ja, es ist Schluss.« Giuliana nickte. Zwar immer noch lächelnd, dabei aber auch leicht indigniert dreinblickend.

»Robert ist ein alter Bekannter von mir«, erklärte Max seinen unvermittelten Vorstoß. »Deshalb frage ich.«

»Sie kennen ihn?« Die Zweifel in ihren Gesichtszügen wichen der blanken Neugier.

»Seit der Schulzeit.« Max nickte, während er munter weiterlog.

»Warum hat er mir nie erzählt, was für charmante Freunde er hat?«

»Wir haben nicht viel Kontakt. Ein, zweimal im Jahr treffen wir uns mit anderen Klassenkameraden auf ein Bier.«

»Sie sind also kein enger Freund von ihm?«

»Auf gar keinen Fall.« Max schüttelte den Kopf.

»Das beruhigt mich. Er hat sich nämlich in letzter Zeit als nicht besonders nett erwiesen. Um es milde auszudrücken.«

»Das tut mir leid für Sie.« Sein Tonfall signalisierte aufrichtiges Bedauern.

»Egal.« Giuliana machte eine wegwischende Handbewegung. »Heute ist ein neuer Tag, richtig?« Sie sah ihm direkt in die Augen.

»Richtig.« Max nickte erneut. »Ja, da schau her«, meinte er sodann aufgeräumt. »So ein Zufall.« Er blickte von Giuliana zu Josef und wieder zurück. »Warum sagst du mir denn nicht, dass du die Frau Ferragoni kennst, Josef?«, meinte er mit gespieltem Vorwurf in der Stimme.

»Wir kennen uns erst seit gestern.«

»Wirklich ein echt witziger Zufall.« Max war froh, dass ihm Josef keinen Strich durch die Rechnung machte. Er hätte auch nichts anderes erwartet.

»Ja, nicht wahr?« Giulia lächelte.

»Seit wann interessierst du dich eigentlich für Wein?« Monika sah ihn fragend an. Sie hatte das Gespräch ungewollt mitgekommen. »Du trinkst doch, seit ich dich kenne, nur Bier.«

»Oder Tee.« Josef zeigte auf die dampfende Tasse Pfefferminztee, die neben Max auf dem Tresen stand.

»Hab halt irgendwo von den Ferragonis gelesen. Beim Arzt wahrscheinlich.«

Verflixt nochmal. Sie verdirbt mir noch alles.

Er nahm sie an der Hand und führte sie in die Küche, wo Anneliese gerade in einem großen Topf rührte. Kartoffelpüree, wie man sehen konnte.

»Pass auf, Moni. Das ist eine unserer Verdächtigen in den Todesfällen Bauretter und Julia Hemmschuh«, zischte er leise. »Die italienische Freundin von Robert Hemmschuh.«

»Und was tut sie dann mit Josef? Oder hat er sie für dich mitgebracht?« Sie sah ihn erwartungsvoll an. Eine gehörige Portion Misstrauen mischte sich in ihren Blick.

»Sie hat sich gestern von Hemmschuh getrennt.« Er sprach nach wie vor fast unhörbar. »Josef hat anscheinend nahtlos übernommen.«

»Die Gute scheint wohl generell sehr auf Männer zu stehen. So wie sie dich vorhin angeschaut hat.« Monika runzelte die Stirn. »Dir gefällt sie anscheinend auch.«
»Wie kommst du denn darauf?«
»Ich kenne deine Blicke. Schon vergessen?«
»Bitte lass den Schmarrn, Moni. Es gibt nicht den geringsten Grund für Eifersucht. Das weißt du ganz genau.« Max stöhnte genervt.
»Tatsächlich?«
»Tatsächlich.«
»Und was war mit der Blonden vor zwei Wochen, die wir zufällig auf dem Viktualienmarkt getroffen haben?«
»Nichts. Eine flüchtige Bekannte.«
»Ach, nennt man das jetzt so? Eine flüchtige Bekannte. Sah für mich nicht so aus. Da möchte ich aber lieber keine flüchtige Bekannte von dir sein.« Sie stemmte streitlustig die Arme in die Hüften.
»Bitte lass uns einfach wieder rausgehen und mit den beiden reden.« Max faltete die Hände. Er schüttelte sie vor seiner Brust, höchste Dramatik im theatralisch beschwörenden, nach oben gewandten Blick. Ein waschechter Italiener hätte es nicht besser gemacht. »Ich versuche lediglich etwas aus ihr herauszubekommen, ohne gleich zu verraten, dass ich in dem Fall ermittle. Dann redet sie vielleicht offener, verstehst du? Zum Beispiel würde ich gerne wissen, ob sie sehr eifersüchtig auf Julia Hemmschuh war. Möglicherweise verplappert sie sich und ich kann sie als Täterin entlarven.«
»Na gut. Alles klar.« Sie nickte, während sie unaufgeregt eine Pfanne voller Bratkartoffeln vom Herd nahm, bevor sie anbrannten. Anneliese war wohl zu sehr in ihr Püree vertieft, um es zu bemerken. »Außerdem bin ich nicht eifersüchtig, wie du weißt. War ich noch nie. Ist mir zu albern.«

»Wie würdest du dein inquisitorisches Gehabe von gerade dann nennen?« Er sah sie neugierig an.

Sie machten sich auf den Weg zurück in den Schankraum.

»Keine Ahnung.« Sie zuckte grinsend die Achseln. »Berechtigter Verdacht?«

60

Mittwoch 21.15 Uhr, München Mitte.

Bernd war früh zu Bett gegangen. Er wollte noch ein wenig lesen. Hatte sich auf dem Heimweg einen Thriller gekauft, in der Hoffnung, etwas Ablenkung darin zu finden.

Eine Kanne frischgebrühter Espresso stand auf dem Nachtkästchen neben seinem Bett. Die Nachtischlampe brannte. Es konnte also losgehen.

Bereits während er die ersten Seiten las, kam ihm immer wieder Maria in den Sinn. Er wollte einfach nicht glauben, dass sie nichts mehr mit ihm zu tun haben wollte. Sie mochte ihn doch auch. Das spürte er ganz genau. Wie konnte er sie nur davon überzeugen, die Erinnerung an ihren verstorbenen Mann in Frieden ruhen zu lassen? Zumindest so weit, dass sie sich auf etwas Neues einlassen konnte.

Am besten rief er sie an. Wenn sie wüsste, dass er alles für sie tun würde, was sie sich wünschte, entschied sie sich möglicherweise anders.

Stopp. Denkbar dämliche Idee. Wenn er sie anrief, würde sie sich lediglich bedrängt fühlen und ihm womöglich ein für alle Mal den Laufpass geben. Nicht mal mehr zum Essen würde sie mit ihm gehen. So konnte er das nicht anfangen. Ein besserer Plan musste her.

Er stand auf, holte sich ein Bier aus dem Kühlschrank, weil ihm Espresso beim Pläneschmieden erfahrungsgemäß nichts nützte, ging in sein modern eingerichtetes Wohnzimmer hinüber und setzte sich auf seine weiße Ledercouch. Auf sie war er besonders stolz. Ein geschmackvolles Geschenk seiner Eltern, die inzwischen alle beide verstorben waren.

Er überlegte fieberhaft weiter, wie er Maria für sich gewinnen konnte und seinem Leben damit nach so langer Single-Zeit endlich eine glückliche Wendung gab.

Nichts fiel ihm ein. Aber auch schon rein gar nichts.

Gähnende Leere in den überheizten Gehirnwindungen, holte er sich sein zweites Bier.

Immer noch nichts.

Das dritte Bier sollte es richten.

Doch er kam einfach nicht darauf, wie er es anfangen sollte.

Möglicherweise brachte ein Whiskey seine Phantasie in Schwung. Und ein viertes Bier dazu natürlich.

Gegen 23 Uhr ließen ihn der fünfte Whiskey und das siebte Bier alte irische Volksweisen singen. Traurige Lieder, in denen es um die Geliebte ging, die man nicht haben konnte. Aus welchen Gründen auch immer. Manche von ihnen waren sogar tot oder selbst Witwen. Tränenüberströmt sang er weiter. Eine Lösung für sein drängendes Problem war allerdings immer noch nicht in Sicht.

Sein Handy schlug Alarm. Er ging ran.

»Berndi?«

»Ja?«

»Maria hier.«

»Hallo.« Er schniefte.

»Weinst du?«

»Alles gut.« Er bemühte sich, tapfer zu klingen und sorgfältig einen Buchstaben nach dem anderen auszusprechen. Am besten auch noch in der richtigen Reihenfolge.

»Wirklich?«

»Ja.«

»Aber du klingst so komisch. Hast du Schnupfen?«

»Nein.«

»Es tut mir leid, dass ich so unfreundlich war.«

»Aha.«

»Ich habe meinem Mann wirklich geliebt und kann ihn nur schwer vergessen.«

»Du sollst ihn auch nicht vergessen.«

»Ich mag dich sehr«, erwiderte sie nach einer kleinen Pause. »Du bist ein toller Mann.«

»Ich mag dich auch sehr. Sehr, sehr sogar.«

»So sehr?« Sie lachte herzlich.

»Absolut.« Er nickte.

Warum er dabei auch noch salutierte, wie ein Grenadier vor seinem Feldwebel, wusste er selbst nicht. Möglicherweise war es dem vielen Alkohol geschuldet. Aber so viel war es doch auch wieder nicht gewesen. Oder? Egal. Zuhören was sie sagte.

»Magst du Spaghetti Vongole?«, fragte sie.

»Mein Lieblingsessen.«

»Freitagabend bei mir? 19 Uhr?«

»Ich bin da.« Er konnte nicht fassen, was er gerade gehört hatte.

»Bis dann.«

»Bis dann.«

Sie legten auf.

Bernd führte sogleich einen Freudentanz auf. Das größte Problem seit langem hatte sich gerade von selbst gelöst. Das musste unbedingt gefeiert werden.

Schwungvoll goss er sich einen dreifachen Whiskey ins Glas. Dann holte er sich sein achtes Bier aus der Küche.

Er legte seine CD mit den fröhlichen Trinkliedern ein. Zumeist waren es irische Songs. Aber auch schottische und englische Melodien befanden sich darunter. Ihm waren sie gerade alle recht. Hauptsache, sie hatten mit geistigen Getränken und glücklichen Liebenden zu tun.

Lauthals mitgrölend öffnete er weit das Fenster, um seine Nachbarn an seinem Glück teilhaben zu lassen.

61

Mittwoch, 23.00 Uhr, Waldperlach.

Er trank einen Schluck von seinem Weißbier, während er beobachtete, wie ein offenkundig sturzbetrunkenes Rentnerpaar zu dem kleinen schwachbeleuchteten Waldperlacher Biergarten hinausschwankte. Er kam gerne vor dem Schlafengehen hierher. Nachts, wenn die Gefahr, dass er von irgendwem erkannt wurde, geringer war als tagsüber.

Die alte Frau war wackeliger unterwegs als ihr Begleiter. Auf einmal versagten ihr ihre Beine ganz den Dienst. Sie zog ihn mit sich zu Boden. Er stürzte erschrocken schreiend auf sie.

Anschließend rappelten sie sich laut lachend gemeinsam wieder hoch. Fünf Meter später geschah das Gleiche erneut.

Dumme Menschen, die keine Kontrolle mehr über sich hatten. Er hätte sich ewig darüber amüsieren können. Andererseits nötigten die beiden ihm irgendwie Respekt ab. Sie nahmen sich die Freiheit, ohne Wenn und Aber drauflszuleben. Allemal ehrenwert in ihrem hohen Alter. Sie könnten letztlich auch gelangweilt vor ihrem Fernseher Erdnüsse essen, Kamillentee trinken und langsam vor sich hinsterben.

Der Polizist, den er gestern zusammen mit der Frau von der Truderinger Tankstelle in diesem italienischen Lokal in Neuhausen gesehen hatte, war bestimmt glücklich gewesen. Sie war wirklich eine Schönheit, und sie schien mit ihm zu flirten.

Obwohl sie eigentlich nicht dem Polizisten, sondern ihm gehören sollte. Aber sie wollte nicht einmal auf einen Kaffee mit ihm gehen, als er sie neulich einmal ganz freundlich gefragt hatte. Dummes Ding.

Um sie umzubringen, wie er es seitdem vorhatte, und wozu er ihr gestern letztlich auch von Trudering aus gefolgt war, waren zu viele Leute unterwegs gewesen. Also hatte er sein Vorhaben schweren Herzens verschoben. Jedoch nicht aufgehoben.

Bestimmt ergab sich auf ihrem Nachhauseweg von der Arbeit bald einmal eine günstige Gelegenheit. Dann würde sie immer noch früh genug dafür büßen, dass sie ein Rendezvous mit ihm abgelehnt hatte.

Man musste die Dinge schließlich nicht übers Knie brechen.

Der Polizist war ihm aus dem Lokal heraus auf die Straße nachgerannt. Natürlich hatte er ihn nicht erwischt. Diese Typen waren allesamt zu langsam und zu dumm, um ihn jemals erneut zu erwischen.

Wann wäre er wohl selbst einmal so glücklich wie die zwei oder wie das schwankende Rentnerpaar, das gerade um die Ecke bog und aus seinem Blickfeld verschwand?

Wäre das überhaupt jemals der Fall?

Wohl erst, wenn Max Raintaler tot auf dem Ostfriedhof lag.

Er überlegte, ob er zu der kleinen Kneipe von Raintalers Freundin schauen sollte. In einer halben Stunde könnte er mit einem Taxi dort sein. Mit grimmigem Blick fragte er sich, ob er diesmal geradewegs hineingehen und Raintaler von hinten abstechen sollte. Vorausgesetzt natürlich er war dort.

Mit den gefärbten Haaren, seinem neuen Anzug und seiner getönten Brille würde ihn genau wie hier im Biergarten sicher so schnell keiner erkennen. Auch Raintaler nicht, der bestimmt nur ein uraltes Bild von ihm besaß, wie alle Polizisten.

Noch nie zuvor hatte er in seinem Leben einen Anzug getragen. Allein das sollte Verkleidung genug sein.

Raintaler abstechen und dann schnell wieder verschwinden, ohne dass es jemand bemerkte. Könnte klappen. Wenn auch ein gewisses Restrisiko dabei war. Aber das gab es schließlich immer.

Wozu also zögern?

Die Zeit bei der Legion hatte ihn gelehrt, mutig zu sein. Egal was kam. Bisher hatte er sich daran gehalten.

Warum also nicht auch jetzt?

Langsam trank er sein Glas aus, stand auf und stellte es zu den anderen an der Rückgabestation gleich neben der Schänke. Dann steuerte er geradewegs auf den Ausgang zu.

62

Mittwoch, 23.30 Uhr, Monikas kleine Kneipe, Thalkirchen.

»Prost, ihr Lieben!« Giuliana hob mit einem breiten Lächeln ihr Champagnerglas. »Schön euch kennenlernen zu dürfen.«

»Prost, Giuliana!« Monika lächelte ebenfalls.

Sie standen zu viert am Tresen. Giuliana und Josef davor.

Monika und Max dahinter. Josef hatte soeben die dritte Flasche vom besten Champagner bestellt. Normalerweise gab es den nur zu Geburtstagen oder an Sylvester. Doch heute wollte der reiche Münchner Junggeselle offenbar ohne Wenn und Aber feiern und möglicherweise dabei auch seine italienische Freundin beeindrucken.

Wie auch immer.

Monika machte jedenfalls ein erfreutes Gesicht im Angesicht des respektablen Umsatzes heute Abend.

Max freute sich mit ihr, obwohl er die ganze Zeit über beim Tee geblieben war. Eine gut gelaunte Freundin war Gold wert, wusste er. Es machte vieles leichter, was üblicherweise nicht so leicht war. Zum Beispiel hatte er seit der ersten Flasche bereits vier Küsschen von Monika bekommen. Normalerweise war das eine Wochenration.

»Auf die Liebe«, sagte er deshalb und hob seine Teetasse.

»Auf die Liebe, jawohl.« Josef gab Giuliana einen zärtlichen Kuss auf die Wange.

»Sollen wir auch auf die Eifersucht trinken?« Max sah Monika neugierig an.

»Keine Ahnung, wovon du redest«, erwiderte sie.

»Ich schon.« Giuliana verdrehte die Augen. »Die Männer sind eifersüchtig und wollen alle Frauen besitzen.«

»Ist das tatsächlich so?« Max lachte.

Was mag jetzt wohl kommen? Ein Spruch zu Robert Hemmschuh?

»Aber natürlich. Robert war das beste Beispiel. Sogar auf seine Frau war er eifersüchtig, obwohl er sie mit mir betrogen hatte.«

»Da schau her.« Max registrierte die Information aus erster Hand und legte sie zu den anderen Fakten über den Fall in seinem Gehirn ab.

»Du warst nicht eifersüchtig auf sie?«, fragte er Giuliana lächelnd. Inzwischen duzten sich alle.

»Schon«, räumte sie ein. »Aber ohne Theater.«

»Wie meinst du das?«

»Ich bin eifersüchtig, mag sein. Aber es macht mich nicht wütend auf andere. Das könnt ihr Männer besser.«

»Du hättest ihr also niemals etwas zuleide getan?« Er nahm sie genau ins Visier.

»Nein. Wozu?« Sie zuckte die Achseln. »So etwas ist sinnlos. Liebe kann man nicht erzwingen. Warum willst du das überhaupt alles wissen? Bist du von der Polizei?«

»Nein.« Max schüttelte den Kopf.

»Liebe kann man nicht erzwingen. Da gebe ich dir absolut recht, Liebling.« Josef himmelte sie mit einem schmachtenden Blick an. »Sie fliegt uns auf Engelsschwingen zu.«

Er schien tatsächlich verknallt zu sein. Normalerweise gab er sich bei seinen Bekanntschaften nicht so emotional, wie Max wusste. Die Damen verschwanden meistens genauso schnell wieder aus seinem Leben, wie sie hineingekommen waren. Natürlich auf sein eigenes Betreiben hin.

»Glaubt dein Freund etwa tatsächlich, ich hätte etwas mit Julias Tod zu tun?« Giuliana sprach mit spitzer Stimme. Sie sah Josef indigniert an.

Sie vermied es, Max ins Gesicht zu sehen. Aus welchem Grund auch immer. Schlechtes Gewissen oder urplötzliche gerechte Empörung. Beides konnte der Fall sein.

»Natürlich nicht, Liebling.« Josef lächelte beruhigend. Er strich ihr beschwichtigend über den Oberarm.

»Vielleicht aber doch.« Jeglicher Humor verschwand aus ihrer Miene. Sie schüttelte Josefs Hand ab. »Und hör endlich auf mich Liebling zu nennen«, fauchte sie. »Ich bin nicht dein Liebling.« Ganz klar war ihre Aussprache nicht mehr.

Max ließ die Szene weiterlaufen, ohne sich einzumischen.

»Natürlich, Liebling, äh«, stammelte Josef verdattert. Er errötete leicht.

Offensichtlich war ihm das Ganze gerade ziemlich peinlich. Vielleicht dachte er, dass er doch wieder die Falsche erwischt hätte. Bei seinem diesbezüglichen sprichwörtlichen Pech wäre es auch kein Wunder gewesen. Monika und Max wussten das genauso gut wie er.

»Da schau her, das südländische Temperament kommt durch.« Max lachte, als würde er Giulianas Gezeter nicht ernst nehmen.

In Wahrheit wollte er sie damit noch mehr provozieren. Möglicherweise hatte sie gelogen und eben doch eine gehörige eifersüchtige Wut auf Julia Hemmschuh gehabt. Bis zum Streit mit ihr und einem verhängnisvollen Schubser am Isarufer wäre es dann nicht mehr weit gewesen.

»Ich lasse mich von niemanden für etwas beschuldigen, was ich nicht getan habe. Südländerin hin oder her.« Giuliana wurde unvermittelt laut. Sie ruderte windmühlenartig mit den Armen in der Luft herum.

»Hör schon auf, Max«, mischte sich Josef ein. »Du siehst doch selbst, dass sie es nicht war. Ich glaube ihr jedenfalls.«

»Ich glaube die Dinge erst, wenn ich sie weiß.« Max blickte Giuliana abwartend an.

»Du lügst.« Giuliana knallte ihr Glas auf den Tresen, dass der Champagner darin überschwappte. »Natürlich bist du ein Polizist. Du hast mich nur betrunken gemacht, damit du mich besser wegen Robert und Julia ausfragen kannst.«

»Nur Privatdetektiv im Auftrag der Kripo.« Max ließ sein Versteckspiel auffliegen. Sie würde sich von ihrem Verdacht sowieso nicht mehr abbringen lassen. »Ich habe also nicht gelogen.«

»Du bist genauso ein Idiot, wie Robert Hemmschuh«, fuhr Giuliana lauthals fort.

»Tatsächlich?«

Kein Wunder, wir haben denselben Lieblingsfilm und teilen unsere Vorliebe für Plastikblumen. Ernsthaft, Max Raintaler. Sie ist schneller auf die Palme zu bringen sein, als angenommen. Ein Streit zwischen ihr und Julia erscheint immer mehr im Bereich des Möglichen. Vor dir steht eine astreine Verdächtige. Das sollte dir klar sein.

»Tatsächlich, stell dir vor.« Giuliana sah ihn an, als würde sie ihm jeden Moment den Kopf abreißen wollen. »Schlägst du deine Freundin ebenfalls?«

»Pass bloß auf, was du sagst, du verwöhntes Früchtchen. Auch wenn du betrunken bist, gibt es Grenzen für dich.« Max merkte, wie ihm langsam aber sicher selbst der Geduldsfaden riss.

»Lass uns gehen«, wandte sich Giuliana an Josef. »Ich ertrage keine arroganten Menschen um mich herum, die mir nur Mist erzählen.«

Sie warf echauffiert den Kopf zurück, würdigte Max keines weiteren Blickes.

»Ist noch was offen, Moni?« Josef sah Monika unsicher an. Er schien zwischen seinen alten und besten Freunden und Giuliana hin- und hergerissen zu sein.

»Passt schon, Josef.« Monika winkte ab. »Die letzte Flasche geht auf mich. Nur schade, dass die schöne Stimmung dahin ist. Es war richtig lustig mit euch. Bis jetzt zumindest.«

»Kein Wunder, wenn Leute wie Max dabei sind.« Giuliana ließ sich zu einem weiteren Kommentar herab. »Nur Tee trinken, andere betrunken machen und falsche Beschuldigungen aussprechen. Typisch humorloser Deutscher.«

»Moment mal, junge Dame«, protestierte Max. »Ich habe mit keinem Wort behauptet, dass du an irgendetwas schuld bist. Ich habe lediglich einige Fragen gestellt, die dir ganz offensichtlich zu unbequem waren, richtig?«

»Rufst du uns bitte ein Taxi?«, wandte sich Giuliana an Monika, ohne auf Max einzugehen. »Ich glaube, mir wird schlecht. Die Luft hier riecht auf einmal so komisch nach Arschloch.«

»Na gut. Wenn du es auf die harte Tour willst.« Max hatte die Nase voll. Unentwegt beleidigen lassen musste er sich nicht. Schon gar nicht von einer Tatverdächtigen. »Frau Ferragoni, ich verhafte Sie hiermit wegen Verdachts des Totschlags an Julia Hemmschuh.« Er holte Plastikhandschellen aus seiner Hosentasche, die er für den Fall der Fälle immer bei sich hatte, und legte sie ihr an. Obwohl sie sich zunächst wehrte, ließ sie ihn schließlich gewähren.

»Mein Onkel wird dafür sorgen, dass deine gesamte Existenz vernichtet wird, Max Raintaler«, drohte sie ihm währenddessen. »Das schwöre ich dir hiermit hoch und heilig. Beim heiligen Namen unserer geliebten Mutter Gottes.«

»Geht es noch eine Spur theatralischer?« Max nahm ungerührt sein Smartphone zur Hand. »Ich für meinen Teil hole jetzt jedenfalls die echte Polizei. Mit denen kannst du dich dann weiter herumstreiten.« Er wählte die Nummer des Diensthabenden auf dem Revier in der Ettstraße.

»Muss das wirklich sein, Max?« Josef wollte die Situation offenkundig gerne deeskalieren. Trotz ihres ungehobelten Benehmens schien Giuliana ihm bereits wirklich sehr ans Herz gewachsen zu sein.

»Echt, Max. Hör schon auf.« Monika legte ihm ihre Hand auf die Schulter. »Du hast doch gar keine Beweise gegen sie.«

»Aber einen begründeten Verdacht habe ich.« Er blickte stur geradeaus an die Wand. »Das genügt mir in diesem Fall.«

»Einen Schmarrn hast du. Das sind nur Vermutungen. Das weißt du genauso gut wie ich.« Monikas Stimme klang unaufgeregt. Sie wollte ihn beruhigen. Das war deutlich herauszuhören. »Sie ist einfach nur betrunken. Außerdem hast du sie gezielt provoziert. Auch nicht gerade die feine englische Art.«

»Ich habe Julia nichts getan. Ich schwöre es.« Giuliana weinte auf einmal, anstatt weiterhin aggressiv zu zetern. »Ich war an dem Abend, als sie starb, bei meinem alten Freund Fabio.« Ihre Stimme zitterte.

»Hat dieser Fabio auch einen Nachnamen?«, wollte Max wissen.

»Fabio Pavone. Er hat ein neues Lokal in Neuhausen. Dort haben wir gemeinsam gegessen und später sind wir noch in seine Wohnung hinaufgegangen.«

»Warum hast du das nicht gleich gesagt?«

»Ich wollte ihm nicht schaden. Er ist glücklich verheiratet. Mit einer Sizilianerin. Es gäbe Mord und Totschlag, wenn jemand von ihm und mir erfahren würde.«

»Er ist glücklich verheiratet und steigt mit dir in die Kiste?« Max zog erstaunt die Brauen hoch. »Warum lässt du nicht die Finger von ihm?«

Da schau her. Von den Italienern kannst du noch was lernen.

»Um der alten Zeiten willen.« Sie senkte den Blick.

»Na gut.« Er nahm ihr die Handschellen wieder ab. »Wir werden das auf jeden Fall noch überprüfen. Für heute kannst du gehen.«

Moni und Josef haben recht. Ich habe nur Vermutungen. Man sollte immer auf seine Freunde hören, Max Rainta-

ler. Vor allem, wenn man sich möglicherweise in etwas verrannt hat.

»Danke.« Giuliana wischte sich die Tränen aus dem Gesicht.

»Aber nur weil Josef ein alter Freund ist«, fuhr Max fort. »Halte dich bitte zu unserer Verfügung und verlasse die Stadt nicht in Richtung Heimat, bis wir deinen Fabio befragt haben. Sonst werden dort möglicherweise die italienischen Kollegen für uns übernehmen. Das könnte peinlich für deine Familie werden.«

»Okay.« Sie nickte. »Und frag du ruhig Robert nochmal, wie das war an diesem Abend als Julia starb. Er schlägt wirklich Frauen.«

»Weiß ich bereits.« Max nickte.

»Das Taxi müsste gleich da sein.« Monika nickte den beiden aufmunternd zu.

»Danke, Moni«, sagte Josef. »Wir gehen schon mal raus und warten dort. Danke auch dir, Max. Wir telefonieren.« Er hakte Giuliana unter. Dann führte er sie hinaus.

»Bist du jetzt glücklich?«, fragte Monika Max, nachdem die Tür hinter den beiden zugefallen war.

»Nein.« Er schüttelte den Kopf. »Aber bei der Indizienlage musste ich sie hart anfassen. Womöglich wäre mir sonst Julia Hemmschuhs Mörderin durch die Lappen gegangen.«

»Die sie aber anscheinend doch nicht ist.«

»Schaut ganz so aus.«

»Ist so.« Monikas Stimme ließ keine Zweifel gelten.

»Warten wir es ab. Ich werde diesen Fabio Pavone gleich noch zu erreichen versuchen. Dann wissen wir mehr.«

»Du weißt mehr.«

»Ich, richtig.« Er nickte. »Aber natürlich geb ich dir Bescheid. Ich weiß doch, dass es dich interessiert.«

63

Mittwoch, 0.00 Uhr, Monikas kleine Kneipe, Thalkirchen.

Er hatte es getan. War mit dem Taxi zu der Kneipe von Max Raintalers Freundin gefahren, hatte sich gut 100 Meter davon entfernt absetzen lassen, war nahezu unsichtbar hierher geschlichen und hatte sich auf der gegenüberliegenden Straßenseite postiert.

Genau so, dass ihn Raintalers Bewacher, die 50 Meter die Straße hinauf in ihrem Dienstwagen saßen, nicht sehen konnten.

Der Kerl war also im Lokal. Perfekt.

Seine neue Ledertasche mit dem Scharfschützengewehr darin hatte er vorsorglich mitgenommen, da ihm die Idee mit dem Abstechen im Lokal letztlich doch zu riskant erschienen war.

Er beobachtete, wie ein Taxi direkt vor dem Biergarten hielt.

Ein Mann im Anzug schleppte eine stark angetrunkene Frau auf die Beifahrerseite. Erkennen konnte er die beiden nicht.

Der Mann stieg mit ihr zusammen im Fond ein.

Wie wäre es denn, wenn er Raintaler gar nicht erschoss, sondern stattdessen langsam zu Tode quälte?

Interessanter Gedanke.

Es würde die Angelegenheit auf jeden Fall sehr befriedigend machen.

Allerdings könnte er ihm auch folgen, falls er in nächster Zeit aus dem Lokal herauskam, und die Sache gleich jetzt irgendwo unterwegs zu Ende bringen. Lange nicht so kompliziert, und Spuren von ihm waren weitaus schwieriger zu entdecken.

Also um einiges erfolgversprechender als ein tätlicher Angriff aus der Nähe.

Also gut. Operation wie geplant durchführen.

Kurze Zeit später kam Max aus dem Lokal.

Er folgte ihm mit großem Abstand, sodass die Bewacher im Auto ihn nicht bemerkten. Als Max über den Flauchersteg ging, nahmen die beiden im Auto den Weg über die Tierparkbrücke. Offenbar wollten sie am anderen Ende wieder auf ihn treffen.

Das war seine Gelegenheit. Während er Max mit ausreichendem Abstand weiterverfolgte, sodass er von ihm nicht entdeckt werden konnte, schraubte er sein Gewehr zusammen.

Als er damit fertig war, stützte er sich auf dem Holzgeländer in der Mitte des Stegs auf, zielte und drückte ab. Im selben Moment, als ein Rabe laut krächzend an ihm vorbeiflog und ihn irritierte.

Max stürzte dennoch getroffen zu Boden.

Er blieb neben einem Gebüsch liegen.

»Erwischt«, murmelte er, während er sein Gewehr mit flinken Bewegungen auseinandernahm. Er verstaute es anschließend wieder in seiner neuen Ledertasche. »Endlich ist er erledigt, der verdammte Mistkerl.«

Ein zufriedenes Lächeln eroberte seine Lippen.

64

Mittwoch, 0.20 Uhr, Monikas kleiner Kneipe, Thalkirchen.
Max war vorhin nach Hause gegangen. Monika und Anneliese gönnten sich noch einen Gutenachtschluck, nachdem Monika hinter ihm zugesperrt hatte.

Sie saßen bei zugezogenen Vorhängen an einem der kleinen gemütlichen Fenstertische. Die rote Kerze darauf war fast heruntergebrannt. Monika ignorierte es. Sie hatte keine Lust aufzustehen und eine neue zu holen. Nicht nach der ganzen Rennerei des heutigen Tages. Ihre Fußsohlen brannten wie Feuer.

»Giuliana war ganz schön betrunken«, meinte sie, während sie sich ihre vom Spülen immer noch feuchten Hände an ihrer ehemals weißen Bedienungsschürze abwischte.

»Dabei sollte sie als Nichte eines Winzers eigentlich etwas vertragen.« Anneliese trank genussvoll einen Schluck Champagner.

Monika hatte die bereits geöffnete Flasche von vorhin mitgebracht. Es wäre wirklich zu schade darum gewesen, den guten Stoff wegzuschütten. Eine Todsünde, um genau zu sein.

»Meinst du, dass sie jemanden umbringen könnte?«

»Für mich sah sie nicht so aus.« Anneliese schüttelte den Kopf. »Aber hineinschauen kann man natürlich nicht in die Menschen.«

»Ich glaube auch nicht, dass sie diese Julia Hemmschuh umgebracht hat.« Monika betrachtete nachdenklich den

Inhalt ihres Glases. »Schon ein seltsamer Beruf«, meinte sie nach einer Weile des Schweigens.

»Was? Winzerin?«

»Kriminalbeamter oder Privatdetektiv, wie Max. Andauernd stocherst du im Leben anderer Leute herum. Noch schlimmer, in ihrem Tod.«

»Da ist wohl wenig Positives dabei.« Anneliese nickte.

»Außerdem befindest du dich ständig in Gefahr.«

»Nicht schön.« Anneliese nickte erneut. Dann schüttelte sie den Kopf.

»Du siehst irgendwann nur noch das Negative an den Menschen und am Leben.«

»Moment mal. Geht dir das hier in deiner Kneipe mit den ganzen Besoffenen denn tatsächlich anders?«

»Ja, sie sind gelegentlich auch ziemlich lustig. Außerdem wird hier nur selten jemand umgebracht. Die Gäste fallen höchstens um, wenn sie zu viel trinken.« Monika grinste.

»Gelegentlich, selten. Das stimmt auch wieder.« Anneliese nickte.

»Wird dir nicht langsam schwindelig?« Monika blickte sie neugierig an.

»Wieso?« Anneliese zog verwundert die Brauen hoch.

»Nicken, Kopfschütteln, Nicken, Kopfschütteln. Das geht in einem fort so bei dir.«

»Schmarrn.« Anneliese schüttelte vehement den Kopf.

»Da, schon wieder.« Monika zeigte mit dem Finger auf sie.

»Echt?«

»Ja.« Monika nickte heftig.

Sie prusteten beide lauthals los.

»Aber eifersüchtig schien sie auf jeden Fall zu sein«, fuhr Monika fort, nachdem sie sich wieder beruhigt hatten. »Hast du gesehen, wie besitzergreifend sie Josef andauernd am Arm festhielt?«

»War nicht zu übersehen.« Anneliese nickte.

»Jetzt hör schon auf damit, Anni.«

»Womit?«

»Zu nicken.« Monika lachte erneut.

»Okay, ich geb mir Mühe.« Anneliese hielt still.

»Sonst sind eigentlich immer nur die Männer eifersüchtig, stimmt's?« Monika sah sie fragend an.

»Männer sind tierisch eifersüchtig und die guten sind meistens besetzt. Erzähl mir mal was Neues, Schatz.«

Anneliese hatte eine Scheidung hinter sich und war seitdem eingeschworener Single. Sie wollte sich keine weiteren Enttäuschungen mehr antun, hatte sie Monika seitdem nicht nur einmal anvertraut. Alleine lebte es sich besser. Das war ihre eindeutige Überzeugung. Nur gut für sie, dass sie ihrem Exmann damals bei der Trennung ein kleines Vermögen abgeknöpft hatte und somit finanziell unabhängig war.

»Aber nicht jeder von ihnen tötet gleich aus Eifersucht.« Monika trank nun ebenfalls einen Schluck Champagner.

»Eigentlich schade. Dann hätten wir zumindest das Problem der Überbevölkerung vom Tisch.« Anneliese lachte humorlos.

»Ich bitte dich, Anni.« Monika sah sie entsetzt an.

»Wenn's doch wahr ist.« Anneliese zuckte gleichmütig die Achseln. Sie leerte ihr Glas. »Krieg ich noch was?«

»Logisch.« Monika trank ebenfalls aus. Danach schenkte sie ihnen nochmal voll. »Hast du morgen zufällig Zeit?«

»Helfen?«

»Ja.« Monika nickte verlegen. »Ich trau mich fast nicht fragen. Nimm wenigstens mal Geld dafür von mir an.«

»Du weißt, dass ich das nicht will. Ich brauche dein Geld nicht. Mir macht es Spaß, dir zur Hand zu gehen und damit Basta. Bin wieder dabei morgen.«

»Danke, Anni. Du bist die beste Freundin, die man haben kann.« Monika tätschelte ihr die Hand.

»Eine neue Reisegruppe?«

»Nein.« Monika schüttelte den Kopf. »Josefs Japaner kommen nochmal. Denen hat es beim letzten Mal so gut gefallen, dass sie unbedingt nochmal hier essen und trinken wollten.«

»Umso besser. Die waren lustig drauf. Das macht doppelt Spaß.«

»Stimmt.« Monika nickte.

»Jetzt ist aber bestimmt dir gleich schwindelig.«

»Wie meinst du das? Wegen dem Umsatz?«

»Nicken, Kopfschütteln, Nicken.«

Sie lachten erneut. Diesmal noch eine Spur lauter als vorher. Beide hatten Tränen in den Augen, als Monikas Handy klingelte.

65

Mittwoch, 0.30 Uhr, Flauchersteg.

Max drückte sich tiefer in das Gebüsch hinein, neben dem er nach seinem Sturz zum Liegen gekommen war. Er hielt den Atem an, hörte niemanden in der Nähe, holte daraufhin mit der linken Hand, die er im Gegensatz zur rechten noch bewegen konnte, sein Handy heraus und rief Monika an.

Natürlich wollte er sie nur ungern beunruhigen. Aber ihr Name stand als erster auf der Kurzwahlliste seines Smartphones, und jetzt war schnelles Handeln gefragt.

»Max hier«, meldete er sich flüsternd, nachdem sie abgehoben hatte.

»Was gibt's? Findest du nicht nach Hause?« Sie lachte albern. Offenbar war sie guter Stimmung. Er hörte Anni im Hintergrund mitlachen.

Aha, Damenkränzchen um Mitternacht. Die scheinen keine Probleme zu haben, so wie ich.

»Nicht witzig, Moni.« Er stöhnte laut auf, als er versuchte, seinen rechten Arm zu bewegen, um noch etwas weiter in den Schatten des Gebüsches neben ihm zu rutschen. »Ich brauche Hilfe.«

»Was ist passiert?« Sie hörte schlagartig auf zu lachen. »Bist du verletzt?«

»Ich liege am nördlichen Ende des Flaucherstegs und traue mich nicht aufzustehen. Jemand hat mich angeschossen. Ich weiß nicht, ob er sich noch irgendwo in der Nähe herumtreibt. Es hat mich am Oberarm erwischt. Ich hatte wiedermal unvorstellbares Glück. Aber es blutet trotzdem ziemlich stark.«

»Wo genau liegst du?« Ihre Stimme zitterte.

»Hab ich dir doch gerade gesagt«, flüsterte er. »Am nördlichen Ende des Flaucherstegs. Kurz vor Antons Brotzeitstation.«

»Bleib wo du bist, ich hol Hilfe!«

»Danke.«

Er legte auf.

Anschließend fummelte er mit seiner intakten linken Hand umständlich seine Pistole aus dem Achselholster, das normalerweise für Rechtshänder gedacht war. Seit den ersten Schüssen auf ihn in Monikas kleiner Kneipe trug er sie ständig bei sich.

Sollte der Kerl ruhig kommen und bestenfalls nach ihm rufen. Er hätte auf jeden Fall die richtige Antwort für ihn parat. Auch wenn er mit der schlechteren linken Hand schießen musste. Kampflos würde er sich auf keinen Fall ergeben. Und der schlechteste Schütze war er auch nicht gerade. Regelmäßiges Schießtraining war das Zauberwort.

Warum war ihm eigentlich keiner seiner professionellen Bewacher zu Fuß über den Steg gefolgt? Bestimmt wurden sie im entscheidenden Moment beide schlagartig fußkrank, falls er sie später fragte.

Mit schmerzverzerrtem Gesicht kroch er vollständig unter das Gebüsch. Dort harrte er schweratmend mit seiner Waffe im Anschlag aus.

Hoffentlich ließen sich Franz und seine Männer nicht zu lange Zeit. Die Gesamtsituation war im Moment alles andere als zufriedenstellend.

Er fühlte sich eindeutig zu jung zum Sterben.

66

Donnerstag, 10.00 Uhr, Kripo, Ettstraße, München.

»Setzen Sie sich, Herr Mario.« Franz bot Luigi den Besucherstuhl vor seinem Schreibtisch an.

»Danke, Comissário. Wieso haben Sie mich herbestellt? Bin ich verdächtig?« Luigi nahm Platz.

»Wir wollen nur noch einmal ihr Alibi überprüfen, Herr Mario.« Franz zeigte auf sich und Bernd, der direkt neben ihm saß. »Reine Routine. Wenn Sie tatsächlich unschuldig sind, haben Sie nichts zu befürchten.«

»Aha.« Luigi blickte unsicher von einem zum anderen. »Was meinen Sie mit tatsächlich unschuldig?«

»Gestern war ein Bekannter von Ihnen bei uns, ein gewisser Salvatore Brignone.«

»Salvatore. Stimmt, er ist ein guter Freund von mir. Was hat er hier gemacht?«

»Er hat im Todesfall Julia Hemmschuh für Sie ausgesagt.«

»Das kann er gar nicht.« Luigi schüttelte den Kopf. »Nur ich selbst kann für mich aussagen. Er kannte Julia kaum.«

»Er hat ausgesagt, dass er zur Tatzeit mit Ihnen zusammen war.«

»Ach so?« Luigi kratzte sich am Kopf. »Das heißt dann wohl, ich kann es nicht gewesen sein?« Er sah Franz verwirrt an.

»Wenn Herr Brignone die Wahrheit gesagt hat, ist das so.« Franz nickte. »Hat er die Wahrheit gesagt?«

»Wir haben an diesem Abend auf jeden Fall angefangen miteinander zu trinken. Was später noch los war, weiß ich, wie gesagt, nicht mehr. Da habe ich eine ... wie sagt man ... Lücke im Kopf.« Luigi zeigte auf sein Haupt.

»Gedächtnislücke heißt es.« Franz grinste amüsiert zu Bernd hinüber. Der grinste zurück. »Herr Brignone meinte, dass Sie und er zusammen in einem Bordell waren.«

»Tatsächlich? Davon hat er mir gar nichts erzählt.« Luigi schüttelte verwundert den Kopf. »Merkwürdig. Aber vielleicht war es ihm peinlich. Er hat eine sehr schöne junge Frau. Eine Deutsche.«

Franz schweifte kurz in Gedanken ab. Er dachte an Max, mit dem er einige illegale Bordelle ausgeräumt hatte. Damals während ihrer gemeinsamen Zeit bei der Kripo.

Sie hatten ihn gestern unter einem Gebüsch am nördlichen Ende des Flaucherstegs gefunden, unter dem er sich zuvor versteckt hatte. Er war bereits ziemlich erschöpft gewesen. Der Täter hatte ihn zwar nur mit einem tieferen Streifschuss am Arm getroffen. Aber er hatte anscheinend Adern erwischt, aus denen eine Menge Blut geflossen war.

Sie hatten ihn sofort in einen Krankenwagen verfrachtet, der mit ihm in die nächste Notaufnahme fuhr.

Inzwischen war er bei sich zuhause und ruhte sich dort hoffentlich aus.

Nach Ferdinand Gruber wurde intensiv weitergesucht. Der gesamte Polizeiapparat lief auf Hochtouren. Nicht mehr lange, dann würden sie ihn haben.

»Sie können sich wirklich an nichts erinnern?« Franz sah Luigi neugierig an.

»Nein.« Luigi schüttelte zum wiederholten Mal den Kopf. »Aber Moment«, sagte er dann. »Da fällt mir gerade etwas ein.«

Er holte seinen Geldbeutel aus der Hosentasche seiner Jeans und zog eine Visitenkarte daraus hervor, die er anschließend Franz reichte.

»Die hier habe ich vor ein paar Tagen in meiner Jackentasche entdeckt«, kommentierte er das Ganze. »Ich kenne die Adresse nicht. Möglich, dass wir an dem Abend dort waren und mir jemand die Karte zugesteckt hat.«

»Klub Sonnenschein«, las Franz laut vor. »Wir sind die Nummer eins in der Stadt, wenn es um harten Sex geht.«

»Vor dem bewussten Abend hatten Sie die Karte noch nicht?«, fragte Bernd.

»Nein.« Luigi sah erneut unsicher von einem zum anderen. »Was bedeutet das alles?«, fragte er besorgt.

»Ich würde sagen, es bedeutet, dass Sie mit Ihrem Freund in einem Puff waren, in dem harter Sex praktiziert wird«, erwiderte Bernd trocken. »Ihr Freund Salvatore sprach ebenfalls von einem Klub, in dem die Sonne scheint. Währenddessen kam Ihre Freundin in den Isarauen ums Leben. Absichtlich oder unabsichtlich wissen wir leider nicht.«

»Und jetzt?« Luigi machte ein gespanntes Gesicht.

»Jetzt dürfen Sie wieder gehen. Es sei denn, Sie wollen uns noch irgendetwas Bedeutendes mitteilen.« Franz sah ihn neugierig an.

»Ich wüsste gerade nichts.« Luigi lächelte schief.

67

»Dieser Comissário. Wie zuhause in Italien«, murmelte Luigi amüsiert, sobald er unten auf der Straße stand. »Madonna mia, wie gut doch die Freiheit riecht«, fügte er noch hinzu, nachdem er zweimal tief Luft geholt hatte.

Hoffentlich war ich es wirklich nicht.

Er hätte es sich niemals verzeihen können, wenn er Julia etwas angetan hätte. Erstens, weil er grundsätzlich nicht gewalttätig war und die Frauen insgesamt gesehen abgöttisch liebte und verehrte. Zweitens, weil er Julia ganz insbesondere über die Maßen geliebt hatte. Er trauerte immer noch sehr um sie. Keine Minute verging, in der er nicht an sie denken musste.

Ob das jemals enden würde, konnte er nicht sagen.

Ihr Mann schien sie dagegen des Öfteren geschlagen zu haben. Ein brutaler eifersüchtiger Kerl, wie sie ihm anvertraut hatte. Den sollten sie mal lieber verhaften. Möglicherweise hatte er einmal zu fest zugeschlagen und schon war es um Julia geschehen gewesen.

Sie wollte diesen Mistkerl immerzu am liebsten verlassen. Dann aber wieder doch nicht.

Luigi hatte ihr Hin und Her nie so recht verstanden.

Sie war diesbezüglich eine schwierige Frau gewesen. Andererseits hatte sie sehr gut ausgesehen. Ihre Augen hatten heller gestrahlt als das Licht aller Sterne im Dunkeln, und in ihrer Brust hatte ein Herz aus Gold geschlagen. Das hatte alles Komplizierte positiv überschattet.

»Wäre sie doch immer noch hier bei mir«, murmelte er traurig, während er mit hängendem Kopf durch die belebte Fußgängerzone zur U-Bahn am Marienplatz ging. »Ich würde ihr die Welt zu Füßen legen.«

68

Donnerstag, 11.15 Uhr, Ostbahnhof München.

»Da drüben. Ist er das nicht?« Werner zeigte in Richtung eines Mannes, der sich an die 50 Meter weit vor ihnen entfernt eine Zigarette anzündete.

»Wer ist wo was?« Bernd klang ungeduldig.

Der Fall begann an seinen Nerven zu zehren. Ein ehemaliger Kollege in Gestalt von Max Raintaler wurde bereits zweimal angeschossen. Ein junges Mädchen war dabei gestorben. Der Attentäter lief nach wie vor frei herum.

Wer würde der Nächste sein?

»Der Typ im Anzug, der sich gerade die Zigarette anzündet. Der mit der Sonnenbrille.«

»Das soll der Weißbierferdl sein? Schaut mir eher aus, wie

ein x-beliebiger Geschäftsmann.« Bernd schüttelte ungläubig den Kopf.

»Schau dir mal ganz genau sein Gesicht an. Er hat zwar andere Haare, aber das ist er. Hundertprozentig.« Werner holte tief Luft. »Wir haben den Mistkerl, Bernd.«

»Machen wir eine Personenkontrolle. Dann wissen wir es.«

Franz hatte sie vorhin hierher hinter den Ostbahnhof geschickt. Eine Augenzeugin wollte den Mann aus der Zeitung erkannt haben, den die Polizei suchte. Ganz in der Nähe des Sonnenstüberls.

Sie näherten sich dem Mann im Anzug, der mit dem Rücken zu ihnen vor dem kleinen Lokal stand und im Sonnenlicht seine Zigarette genoss.

»Grüß Gott, der Herr. Kripo München.« Bernd sprach ihn von hinten an.

»Grüß Gott.« Der Mann drehte sich um.

»Wir müssten einmal Ihre Papiere sehen, bitte.« Bernd zeigte ihm seinen Dienstausweis.

»Die sind drinnen in meiner Manteltasche.« Der Mann deutete auf die Tür des Sonnenstüberls.

»Dann lassen Sie uns doch bitte hineingehen.«

»Habe ich irgendwas verbrochen?«

»Reine Routine.« Bernd winkte ab.

Er hatte ihn jetzt auch erkannt. Es war eindeutig der Weißbierferdl. Sobald er ihnen erneut den Rücken zukehrte, um ins Lokal zu gehen, würden sie ihn gemeinsam packen und ihm Handschellen verpassen.

»Sind das Ihre Kollegen?«, fragte Ferdl, während er hinter sie zeigte.

»Wo?«

Bernd und Werner drehten sich zugleich um.

Ferdl nützte die Gunst des Augenblicks. Er rannte blitzschnell davon.

»Hinterher!«, rief Bernd.

Unfassbar. Sie waren einem der ältesten Kindergartentricks auf den Leim gegangen. Jetzt durften sie zusehen, wie sie den Tatverdächtigen wieder einholten.

Dass Ferdl zu schnell für sie war, merkte Bernd bereits auf den ersten Metern. Hier half nur eins.

Er hielt an, zog seine Dienstwaffe und rief: »Halt Polizei!« Kurz darauf schoss er zweimal in die Luft.

Ferdl ließ sich offenkundig davon beeindrucken. Er schien zu wissen, wann es vorbei war und blieb wohl lieber stehen, als von hinten erschossen zu werden.

»Na also, geht doch«, murmelte Bernd.

Er näherte sich ihrem Verdächtigen gemeinsam mit Werner.

Einer von jeder Seite.

Ihre Dienstwaffen im Anschlag.

Als sie auf seiner Höhe angekommen waren, legte ihm Werner Handschellen an, während Bernd ihn weiter mit seiner Pistole in Schach hielt.

Der Rest war Routine. Sie packten ihn jeder an einem Oberarm und verfrachteten ihn in ihren Wagen. Besonders zimperlich gingen sie dabei nicht vor. Warum auch.

Dann fuhren sie mit ihm aufs Revier.

Dort freute sich Franz bereits auf ihn, den Bernd natürlich sogleich telefonisch verständigt hatte. Er hatte ihnen sofort begeistert einen Tag Sonderurlaub in Aussicht gestellt, als er die gute Nachricht vernahm.

Max hatte Bernds Botschaft ebenfalls hörbar erleichtert aufgenommen und sich vielmals bei ihnen beiden für den Anruf und die hervorragende Arbeit bedankt.

69

Donnerstag, 11.15 Uhr, Josefs Haus, München Thalkirchen.
»Also, ich gehe dann.« Giuliana küsste Josef zum Abschied auf die Wange.

»Schade«, erwiderte er. »Musst du wirklich zurück ins Hotel? Hier ist es doch viel gemütlicher.«

»Ich muss einige Dinge erledigen. Kundengespräche und so weiter. Mein Onkel verlässt sich auf mich.«

»Hat das nicht Zeit bis Morgen?«

»Morgen fahre ich zurück nach Hause.« Sie streifte ihr Jäckchen aus Kunstpelz über.

»Aber hat Max dir nicht verboten, die Stadt zu verlassen?«

»Falsch.« Sie schüttelte den Kopf. »Er hat mich darum gebeten, es nicht zu tun. Das ist ein großer Unterschied. Außerdem macht mir dein Max keine Angst. Er ist nicht einmal ein echter Polizist.«

»Verstche.«

Und wenn sie nun doch Julia Hemmschuhs Tod verschuldet hatte? So ein kleiner Schubser brauchte nicht viel Kraft, und ein unglücklicher Sturz passierte immer wieder mal. Es musste nicht einmal absichtlich geschehen sein. Eine strafbare Körperverletzung mit Todesfolge wäre es aber trotzdem gewesen.

»Du kannst mich gerne mal auf dem Weingut meines Onkels besuchen, wenn du möchtest. Ich würde mich sehr freuen.« Sie bedachte ihn mit einem vielversprechenden Augenaufschlag.

»Vielleicht mache ich das sogar«, erwiderte er lächelnd. »Morgen Abend? Wäre das recht?«

»Von mir aus auch morgen Abend, du verrückter Kerl.« Sie lachte kopfschüttelnd und küsste ihn erneut. »Aber ohne deinen Freund, diesen Privatdetektiv. Ich will ihn nicht mehr sehen. Er macht mir schlechte ... wie sagt man ... Gefühle.«

70

Donnerstag, 11.30 Uhr, Untergiesing-Harlaching.

Max hatte besonders lange auf seiner roten Couch im Wohnzimmer geschlafen, um sich von seiner erneuten Verletzung zu erholen. Hier konnte er sich, im Gegensatz zu seinem Bett, so anlehnen, dass ihm sein verletzter Oberarm nicht wehtat.

Während er aufstand, um sich in der Küche einen Espresso zu machen, stach ihm Reginas Kiste, die er gestern im Wohnzimmer neben der Tür abgestellt hatte, ins Auge.

Er dachte erneut mit Bedauern daran, dass sie statt seiner von der tödlichen Kugel getroffen wurde. Eine Unschuldige war wegen ihm ums Leben gekommen. Katastrophaler konnte es gar nicht kommen. Obwohl er natürlich auch zugeben musste, froh zu sein, dass er nicht selbst gestorben war.

Neugierig durchwühlte er die Klamotten in der Kiste und stieß dabei ganz unten auf ein kleines Tagebuch. Es standen persönliche Dinge wie Liebeskummer, Ärger im Job, virtuelle Briefe an beste Freundinnen und so weiter darin.

Max vergaß alles um sich herum, während er sich neben die Kiste auf den Boden setzte und zu lesen begann. Ganz am Ende stand noch ein kleiner Absatz, der sein besonderes Interesse erregte.

Liebes Tagebuch, es ist etwas ganz Schlimmes passiert. Ich habe meine Schwester geschubst und sie war sofort tot. Ich wollte das nicht, es war ein Versehen. Wir haben bloß über was total Blödes gestritten. Wie soll ich damit nur weiterleben? Ich weiß nicht, ob ich mit Mama darüber reden soll oder lieber nicht.

»Da schau her. Wer hätte das gedacht.« Max erhob sich langsam von seinem Wohnzimmerboden.

Er rief umgehend Franz an.

»Der Fall Julia Hemmschuh ist gelöst, Franzi«, begann er ohne Begrüßungsfloskeln zu sprechen. »Dein durchgedrehter Chef, Kriminalrat Maier kann sich wieder beruhigen. Robert Hemmschuh braucht ihr gar nicht mehr zu verhören.«

»Hatten wir sowieso nicht vor.«

»Aber ich.«

»Wie denn? Du bist nicht hier. Außerdem sollte er nur seine schriftliche Aussage machen.«

»Ruf ihn an und sag ihm, dass er in seinem Büro bleiben kann. Er war es nicht.«

»Und Irmi Bauretter?«

»Könnte sein, dass sie Selbstmord begangen hat. Der Kummer. Vielleicht hat sie auch erfahren, wie alles geschah mit ihrer Tochter Julia. Was da genau passiert ist, werden wir wohl nie erfahren.«

»Verrätst du mir, wer der Mörder von Julia war? Nur wenn du Lust hast, natürlich.« Franz' Stimme wies einen unüberhörbaren ironischen Unterton auf.

»Ich komme nachher zu dir ins Büro und erkläre dir alles.« Max fiel wieder ein, dass er sich einen Kaffee machen wollte. Er ging mit dem Telefon am Ohr in die Küche und warf dort seine Espressomaschine an.

»Du bleibst schön daheim mit deiner Verletzung. Ich komme zu dir. Noch ist die Gefahr nicht vorbei.« Franz klang besorgt.

»Ich denke, ihr habt den Weißbierferdl in einer Zelle.« Max schüttelte verwundert den Kopf. »Bernd hat jedenfalls vorhin angerufen und mir das erzählt.«

»Aber er hat nicht gestanden.«

»Habt ihr seine Waffe sichergestellt?«

Der Espresso war fertig. Max gab einen Löffel Zucker hinein und rührte um.

»Sie war in Ferdl Grubers Wohnung. Die Spuren an den Kugeln, die wir in den drei Opfern fanden, stimmen auch mit denen aus den Probeschüssen im Labor überein.«

»Was willst du dann noch? Er ist der Richtige.«

»Und wenn doch nicht? Wenn ihm jemand die Waffe tatsächlich untergeschoben hat, wie er behauptet? Dann haben wir den nächsten Justizirrtum.«

»Du hörst die Flöhe husten, Franz. Die Indizien sind mehr als überwältigend. Da brauchst du nicht mal ein Geständnis.«

»Ich weiß nicht so recht.« Franz zögerte. Er schien tatsächlich an Ferdl Grubers Schuld zu zweifeln.

»Habt ihr Schmauchspuren an ihm gefunden?«

»Ja.«

»Was sagt der Haftrichter?« Max ging mit dem Telefon in der einen und seinem Espresso in der anderen Hand zurück ins Wohnzimmer. Dort setzte er sich wieder auf seine Couch.

»Er sagt, dass Ferdl Gruber, genannt Weißbierferdl wegen dreifachen Mordes und den Mordversuchen an dir vor Gericht gestellt wird.«

»Na also, was willst du dann noch?«

»Absolute Gewissheit.«

»Träum weiter. Oder willst du den Kerl höchstpersönlich erschießen?« Max traute seinen Ohren nicht.

Spinnt der langsam komplett?

»Wäre mir am liebsten.«

»Der ist geliefert. So viel ist sicher.«

»Natürlich ist er das, Max.« Franz lachte unvermittelt laut los. »Ich wollte dich nur endlich auch mal reinlegen. Und siehe da, es hat geklappt.«

»Offensichtlich.« Max atmete erleichtert auf. »Ich war drauf und dran, dich für verrückt zu erklären.«

»Schiss hattest du auch, stimmt's?«

»Geht so.« Max zuckte die Achseln.

»Ich bin in einer Stunde bei dir.«

»Bring Bier mit. Ich habe Durst.«

»Bier? Liebend gern. Ich nehme mir den Nachmittag frei. Bin sowieso immer noch krankgeschrieben.« Franz klang höchst erfreut. »Gott sei Dank bist du wieder normal. Ich dachte schon, ich hätte dich an die Antialkoholiker und Betschwestern verloren.«

»Apropos Alkohol, Franzi. Weißt du zufällig schon, woran Heinz Bauretter starb?«

»Natürlicher Herztod, sagen die in der Rechtsmedizin. Das Ergebnis ist vor einer halben Stunde reingekommen.«

»Doch so früh?«

»Eine Frechheit diese Trödelei. Das hat auf jeden Fall noch ein Nachspiel. Verlass dich drauf.«

»Kein Mord also?«

»Nein.«

»Gibt es sowas auch?« Max zog erstaunt die Brauen hoch.

»Schaut ganz so aus.«

ENDE

Bernhard Hampp
Bayern erlesen!
Lieblingsplätze
192 Seiten, 17 x 24 cm
Paperback
ISBN 978-3-8392-2289-8
€ 25,00 [D] / € 25,70 [A]

Bayern ist ein Bücherland. Große Literaten lebten hier, darunter Thomas Mann und Bertolt Brecht. Geschichtsträchtige Städte wie Nürnberg und Augsburg zählten zu den Hochburgen des Buchdrucks und auch eines der frühsten poetischen Zeugnisse in deutscher Sprache entstand im Freistaat. Der Autor Bernhard Hampp führt auf einer Reise durch Bayern zu Dichterstätten, Büchermärkten sowie einem Schloss voller Kinderbücher und stellt auf unterhaltsame Weise einen Mann mit Eselsohren sowie ein rätselhaftes Findelkind vor. Eine Region zwischen zwei Buchdeckeln – die schönste Art, das Leseland Bayern zu erkunden.

GMEINER KULTUR

WWW.GMEINER-VERLAG.DE
Mensch, Kultur, Region